죽음은 삶의 이면이죠

그때 삶은 시작하는거예요

萬人譜

만인보

고은

29/30

창비

차 례

만인보 29

만인보 30

만인보

29

萬人譜

계남수의 비

1945년 8월 15일 생
1980년 5월 20일 몰

쑥꾹새가 빗돌 끝에 앉았다 아직 날아가지 않는다

문신을 위하여

성종 11년
대담무쌍 어을우동
그 여체의 음풍 너울너울 장엄하더라

저 효령대군 손자며느리
그 며느리 노릇
숨막혀
숨막혀
그 법도 화초담 두려울 바 없이

집 뛰쳐나가자마자

위로는 대감 참판 참의 할 것 없이
헌걸찬 호반 싹수머리 이속
따질 것 없이
가릴 것 없이
어허
종친이건 부자간이건 숙질간이건 도무지 가릴 것 없이
아래로는
객주건 왈짜건
등짐장수 봇짐장수
누구네 종놈 할 것 없이
겨울밤 떡장수 녀석
대장간 풀무도령 할 것 없이

닥치는 대로
감창삼매
그 무애 음풍 장엄하더라

이 어을우동사건
종친 다섯 명 아니 일곱 명
고관대작 30여명
그밖의 60여명
하루에도 한 명 아니라 아홉 명까지 번갈아 대어 장엄하더라

그런데
사내 만난 뒤
사내 이름을
팔뚝에
등에
연비 문신으로 반드시 자세자세 새겼으니
포청에서
그 문신 보고
그 풍교 망친 사내들 단박에
다 잡아들였더라

천고 열녀 반가(班家)마다 숙연한데
만고 탕녀
어을우동 온몸의 문신 거짓 없는 이름들 장엄하더라 해방 외설이더라

적

휴전 직전 스딸린고지

치열함
치열함

고지 한치라도
더 밀어붙여야 한다

일진일퇴 3일

잔뜩 흐린 날
고지 남동쪽 백병전
다 죽고
다 내려가고
딱 두 병사가 남아

총탄마저 동났다 대검 뽑아들었다

국군 채일묵 20세
인민군 함도섭 18세

이 새끼 오늘이 네놈 제삿날이다
이 새끼야 너 지옥에 가는 날이다
막상막하 엉겨붙었다

지쳐갔다

세찬 소나기가 퍼부었다

소나기 두들겨맞는 두 병사
멱살 잡은 왼손 놓았다
대검 든 오른손 다 놓아버렸다

철모 벗었다 비 맞았다 히힝히힝 얼싸안고 울었다

기영도

이 세상에 와서 알았습니다
바다 갈매기들
날개 치지 않고도 바람에 실려
오래오래
수평선 배 따라갔다가
돌아옵니다

이 세상에 와서
내가 아는 것
한글과
한자 몇자입니다
천만다행으로
교통표지판 읽을 수 있습니다

내가 할 수 있는 것
오로지 운전대 잡는 것

몇대 가지고 운영하는
자그마한 운송회사 트럭 하나를 운전하였습니다
사장은 다방에 앉아
사무실도 없이
다방 공중전화로
배차 지시하고
영업 교섭하였습니다

끝내 사장은 고의부도 처리하고 달아났습니다
호주 이민인지
캐나다 이민인지
아주 떠나버렸습니다

천만다행입니다
동료 임순만 형님이
광주시청 청소차 운전기사로 가서
나도 답쌓여 따라붙었습니다

광주시 북구 어린이대공원 예정지 일대 담당으로
어둑새벽마다
거리 청소차 운전으로 제법 부지런 떨었습니다
몇달 뒤 내가 모는 청소차로
시체 실어다
암매장 가매장할 줄 몰랐습니다

1980년 5월
나는 청소차 운전기사가 아니라
학살 시체
피투성이 시체 실어다가
썩은 생선더미
건축자재 쓰레깃더미
씨멘트 조각더미 뒤섞어

파묻는 매장 인부가 되어버렸습니다
그런 운전기사 중
비밀누설 혐의자
교도소에 처넣어
거기서 병사 처리 사고사 처리로 꾸며 없애버렸습니다

그런 목숨 경각 넘어
어찌어찌 살아남았습니다

계엄사 발표
정부 발표로
광주시민 사망자수 축소하고 축소
기껏해야
기독교병원
적십자병원
전남대병원 등
몇곳에 모아둔 시체만 계산
그것으로 사망자수를 조작하였습니다

국군통합병원과
그밖의 병원 임시보관 시체들은
사망자 발표에서 무더기로 빼놓았습니다
계엄군은 학살만행뿐 아니라
암매장

가매장으로
엄청난 사망자를 지워버리는 짓거리도 서슴지 않았습니다

그 꼭대기가
서울 북악산 밑 청와대
전두환의 아홉시 뉴스 첫번째 '땡전'이었습니다

그런 세월 뒤
나는 병들어
트럭도
봉고차도 무엇도 운전할 수 없는 찌그러진 폐품 폐인입니다

입도 없는 벙어리 폐인
봄에 나비만 와도 무서워
방문 닫고 방으로 들어가는 방안퉁소 폐인입니다
끝내 정신 놓아버렸습니다 슬픔도 무엇도 다 사치입니다

산은 산이고
물은 물입니다
물이 산이고 산이 물입니다 저승입니다

김생 자손

전라도 임피
임피향교
향교 아전 김생
풍채 한번 일월(日月) 근방
기운 한번 용호(龍虎) 근방

장가가자마자
자식 낳기 시작
나이 스물다섯에
자식 열다섯
읍내 왈짜들 가로막고 핼금핼금 묻기를
밭이 좋아 씨가 좋아
강동강동 대답하기를
밭도 좋고 씨도 좋고

나중에
자식이 올망졸망 자라나
제비 주둥이들
삼시 세때 먹여살려야 하니
에라 소금장수로 길 나섰다
이 마을
저 마을 돌다가
헛간 잠자다
무슨 염복이던지 과부댁 과부 감창

노처녀 감창

팔도강산 도처에
정을 두니
그 정으로 자식 낳아
팔도강산 도처에
여보
여보
여보
아빠 아빠 아부지 아바님

한 영감이 무자식이라 대 이을 자식 갈망이라
자신의 소실과 합방시키매
할수살수없이
남의 자식까지 낳아주었다
어디 이뿐인가
옛 친구 간청으로
옛 친구 마누라
사흘밤 합방하니
거기에도 자식들이라

이제 이골이 나서
과부
노처녀

무자식 부녀자 말고
주모
여종
비구니까지 육복 터져 자식 낳으니
전국 도처에 이내 핏줄이라
보부상 농부 유기장 포졸 대장장이 머슴
미장이 목수 신기료장수 순라군
투전꾼 강도 절도 거지 등등

만년에
이 핏줄들 다 불러모아
1백여 형제자매
동복
이복 다 불러모아
황무지 개간
2천석 소출 갑부가 되니

만경평야

그 자손 대대 이어져
한식일이
김생의 날이라
임피 뒷산 김생 묘소에
흰 두루마기 입은 자손들

산 하나를 통째로 덮었어라
하얗게 덮여 있어라

저 주나라 문왕 아들 99명이라 하나
김생의 아들 103명
딸 36명에 어찌 감히 버금이랴

형 홍순백

나 비겁한 줄 네가 잘 알았으리라
네가 죽어
자취 없어도
경찰서 형사
안기부 수사대 졸경 치기
빨갱이!
빨갱이 집!
빨갱이 동생!
그러니
너도 빨갱이 아니냐

나도 시민군이었으나
내가 시민군이란 것
그것만은
꼭꼭 숨기고 있었다
그러다가 나 또한 빨갱이 형이 아니라
빨갱이가 되고 말았다

그래서 나 도망쳐
송정리 갔다
정읍 갔다
서울 갔다
상거지 되어 돌아왔다
대낮 거리

밤거리 무서웠다

순권아

너 살았는지 죽었는지
그날
집 나가
도청으로 간다면서
집 나간 뒤
너 죽었는지
너 어디서 죽었는지 살았는지
모르는데

비는 석 달이나 오지 않고
전두환은
군복 벗고
대통령 되었는데
나는 세상이 무서웠다
빨갱이!
이 한마디면
모든 것이 끝장나는 세상이 무서웠다
그래서
돌아오지 않는
아우 순권이 너를

빌빌거려 찾아나서지 못하고
다른 유가족
다른 행불자 가족들
만나지도 못하고
나 혼자 벌벌 떨며 구석으로 구석으로 떠돌았다

아버지도 떠나셨다
어머니도 뒤이어 떠나셨다
빨갱이 부모라는 이름 붙어
빨갱이 집구석이라는 이름 붙어
밤마다
순권아
순권아
순권아
방 안에서 네 이름 부르다가 눈감으셨다

내가 한 일이라고는
어머니 뜬 눈을 감겨드린 것뿐

1년 뒤에야
몰래 망월동 가보았다
네 무덤이 있었다
순권아 하고 불러보고
얼른 네 무덤 네 빈 무덤 떠났다

나 비겁한 줄
네가 진작 알았으리라
순권아

낭랑클럽

1946년 명동 마돈나다방에
숙녀들 미녀들이 모였다
그 궁핍의 식민지 시절
이런 미녀들이
어디 숨어 있다가
성큼성큼 모여들었다
눈부셨다
밤마다 댄스파티
분홍저고리
노랑저고리
미 군정청 중령 소위 대위 들이 와
그녀들 하나하나 끼고 돌았다

탱고
가랑이 열렸다
진하디진한 블루스
가슴 붙었다

모윤숙의 뜻
그뒤
이승만의 뜻으로
이 미군 장교들에게
유엔 명사에게
삼팔선 이남의 시대가 맡겨졌다

낭랑클럽 밤마다
서투른 영어
몸으로 익어가며
춤과 칵테일 그리고 한쌍 한쌍의 육체
그렇게 이승만의 단독정부 밤 지새워 만들어갔다

모윤숙은 메논을 맡았다
낭랑클럽 마치면
한강의 달밤에 나갔다 인도의 달밤이었다

장차
그녀들
세상 주름잡아
무슨 부인회 간부
무슨 교수
무슨 국장
운크라 과장 계장

바야흐로 낭랑클럽으로 시대 열리더라 이렇게 저렇게 열리더라

아우 홍순권

스무살이었네
묵은 재수생이었네
학원 가면
아우 또래
조카 또래들과 함께 앉아
수능 학습에 머리 띵하고 마음 켕겼네
그러다가
그 넌더리 재수생 멍에 냅다 벗어던졌네

때는 5월 광주
어우렁더우렁 시민군으로
마구 내달렸네 화랭이 놀듯
머리띠 두르고
태극기 날리며
트럭 짐칸 우뚝 서

전두환 물러가라
전두환 처단하라

목 터지며 구호 외쳤네
시내 벗어나
화순
나주 가서 외쳤네

광주일고 졸업
늦었으나
재수 삼수 대학생이 될 꿈 그따위 꿈 작파하고
총 든 시민군의 영광에 잠겨버렸네

5월 27일 새벽 가장 길었네
새벽 두시
새벽 세시
도청 별관
총부리 어둠속에 대고
옆의 친구 상식이와 몇마디 나눠보았네

순권아 아무래도 우리 최후가
오고 있는갑다

그렇다
상식이 너도 단단히 각오하거라

부모님이 보고 싶다

나도 그렇다
동생도 보고 싶다

새벽 세시 반

순권이는 기도했다 가망없이 큰 기도였다

이것이 마지막인 줄 압니다
우리의 죽음으로
이 나라가 진정한 민주주의의 꽃
피우게 하소서

재수생 겸
북동성당 가톨릭 농촌운동에 뛰어든
지난날
쏜살로 떠올랐다
가난한 학다리 농촌 풍경 떠올랐다

5월 20일 지나
5월 21일 수습위 참가
형 순백이 나타나
끌고 가려다가 말았다 막무가내였다

형이나 가
나는 여기서 죽을 거여
오늘 아니면
내일이 내 제삿날이여

5월 27일 새벽 네시

도청은

총성 포성 속

한마디 비명 따위도 들리지 않았다

장하인

1948년
경성 황금정 거리 명치정 거리
훤칠한 장하인이 걸어간다
국민복시대
웬 나비넥타이가 우벅주벅 걸어간다
리젠트 머리
그 면도 자국의 하얀 얼굴
참척으로 걸어간다
아 인쩰리의 백수(白手)
반덩어리의 오뇌를 들고
내리막길 걸어간다

몇해 전 불란서에서
그 안개 낀 빠리에서 돌아왔다
보들레르가 신이었다 거기서 돌아왔다

식민지 문단

느닷없이 나타난 장하인이 꿈에서나 그리던 보들레르였다

몇편의 시
눈치레로 별것 아니건만
눈얼림으로 별것으로 보였다

여기에 막 일본 유학에서 돌아온 인텔리 처녀
임순덕이 그를 만났다

둘은 세상으로부터
추대된 듯
선택된 듯
세상 모르고
불란서 시를 말하고
불란서 시를 내세웠다
조르주 쌍드와 뮈쎄라고
뒤발과 보들레르라고
결혼을 맹세한 밤
임순덕이 울고
장하인이 그 울음을 부여안았다

임순덕의 아버지가 진노하였다
안돼
안돼
나이도 안돼
불란서 건달 안돼
시 나부랭이 안돼

둘이 경원선 야간열차를 탔다 도망쳤다
원산에서 바닷바람 속에 있었다

총석정 지나
외금강 유점사에 갔다
유점사 주지 앞
정화수 떠놓고
가시버시가 되었다
금반지 금팔찌 팔아
고성 읍내 방 얻어
신부 신랑으로 살았다
신랑은 웬 돼지를 길렀다
돼지를 몰고
바닷가를 거닐었다

일본 순사가 미친놈이라 하고
읍내 토박이들이
손가락질하였다 돼지시인 지나간다고

해방이 되었다 소련군이 왔다
북위 38도선 이북
인민위원회가 설쳤다
인민위원회 문예지
임순덕이 소설 「들국화」를 발표했다
소련군의 은혜로
자유를 찾아
민주 건설에 나섰다는 사연

평양까지 소문이 나
모스끄바까지 소문나
러시아어로 번역이 되었다
동독
체코에서도 번역되었다

일약 사회주의 국제작가 임순덕이 되었다
프라하에서
동베를린에서 인세가 왔다
평양작가동맹으로 불려가
평양 거리를 설쳤다
그럴수록
남편 장하인은 돼지밖에 몰랐다
자본주의 냄새로 반동 냄새로 따돌려갔다

아예 시 작파하고
오로지 돼지밖에 몰랐다

평양의 부부생활
아내는 문단활동 출판활동
끝내 남편은 돼지 공장으로 보내야 했다
허나 돼지를 좋아한다고
돼지를 많이많이 길러낼 수 없었다
집으로 돌아왔다

집으로 돌아와
부엌에서 밥 지었다 설거지했다

아내는 작가동맹에 나가고
현장체험 나가는데
남편은 장바구니 들고 장 보아다가
부엌에서 밥상 차렸다
아내는 방에서 찾아온 동료들 맞아
김동무 신동무 하며
환담중이고
남편은 부엌 살강에서 사발 내린다
방에는
임동무
부엌에는 부엌동무 장동무

조행권

하아따 징허게도 시퍼런 하늘이궁만
내 고향 징헌 사투리
내 이승 얼
내 저승 넋
이 징헌 것 어따가
놔둘 것이랑가

내 고향은 영광
아버지는
환갑노인
새벽 해소로 가르랑가르랑
하루를 된기침 잔기침으로 시작허시는디
징헌 하루하루
오든지 말든지
가든지 말든지
일년에 한두 번
허나 그 고향에 다니러 가는 날이
내 평생 가장 복된 날
내 등짝
소소리 높은 하늘 밑 복된 날인디
그런 날 아니라면
날마다
이 일 저 일
막일 되는대로

씨멘트 버무리기 삽질
씨멘트 버무린 것 져나르기
돌무더기 져나르기로
등뼈 작신작신 쑤시는 날들인디
그러다가
군대놈덜 학생 쏴죽인다는 말 듣고
소주 퍼마시는디
군대놈덜 시민 때려죽인다는 말 듣고
그것이 헛소문이당가
그것이 사실이당가
아녀 사실이여 청천백일 사실이여

마구 돌무더기에 사발 내던지고
생전 처음으로
금남로 큰거리로 나가보니
순 촌것이 나가보니

오메오메 무슨 일이당가
시체 널브러진 거리
핏자국 거리
죽은 아빠 관 옆
어린아이 노는 것 보니
가족들의 단장 통곡 귀 막아도 들리니

내 몸 밑창에서도
무엇인가 시커먼 것이 치솟아뿌렀네
분노였네
생전 처음 치솟은 시커먼 분노였네

무턱대고
도청 시민군에 가담해뿌렀네
M16 소총 받아
장전
격발 익혀
무장시민군이 되어뿌렀네
생전 처음 내 뱃구레 가뜩
이 세상에 태어난 보람 커졌네 촌놈 딱쟁이 떨어져나갔네

나 서른아홉살인디
마음속은 스무살이었네
여우 같은 마누라 없는
노총각 홀아비도 순 검불도 순 무식꾼도
이 안 닦고도
당당하였네 하늘에 뜬 해동청 당당하였네
시장 아주머니들의 주먹밥 넙죽 받아먹었네
약국 주인 보내준
드링크를 먹었네
사이다와 콜라도 먹었네

시민군 차 타고
시내를 내달렸네 시외를 내달렸네 바람이었네 깃발이었네

여태까지 몰랐던
내 운세 열려뿌렀네 탁 문 열렸네
이제까지 모르는 것
하나하나 알아뿌렀네

5월 23일 동운동 금호고 앞거리
거기까지였네
매복 공수 사격
거기까지였네 내 숨결

여한 없네
여한 없네

조병상

종로경방단 단장
나쯔야마 시게루(夏山茂)
조선 본명 조병상

종로경찰서 언저리 놀다가
조선총독부 경무국
경무과장 야기 노부오(八木信雄)의 팔이 되어
팔꿈치 되어

살모사보다
전갈보다 더한 것
더 독한 것

동족 조선인
하나하나 죄 만들어 고해바쳐
종로서 고등계
경기도 경찰부 고등계
총독부 경무국 특무 사찰
그 어디서나
나쯔야마 단장
나쯔야마 단장
하고 실적 올리는 데 꼭 내세우는 이름

그의 조작으로

그의 보고로
경찰 사찰업무 실적 나날이 다달이 올라가느니
경무과장 야기 가로되

나쯔야마 꿍〔君〕 아니면
이 야기도 허수아비야 흐흐흐

헌데

그 나쯔야마 자신이 고발한 사람의 집에 가
잡혀간 사람의 집에 가
금품 두둑이 받고
엉뚱하게시리 뒤에서 석방시킨다
악질 경찰 독사대가리에 탐관오리 전갈에 담 넘어가는 먹구렁이에

목청은 기왓장 깨지는 소리 갈까마귀 짖는 소리

누구네 3대독자
지원병으로 보내고
1945년 8월 14일까지
8월 14일 전날까지
모시 한 필 바치면
빼내준다고
그 뒷소리 큰소리 마다하지 않더니

다음날
8월 15일 낮 열두시 옥음(玉音) 방송 직후
그 눈두덩 칼 맞은 흉터 행방 묘연

부자

아박지 이천균과
아들 이정연이 마주 앉았다
5월 18일 아침
아버지가 아들에게 술을 따랐다
처음 있는 일
아들의 눈 휘둥그레졌다

자 마셔라
나도 마실 테다
한번의 대작

아버지와 아들
아들은 전남대 상업교육과 2학년
우등생
모범생

아버지가 목을 적신 뒤 입을 열었다
너 오늘 집에 있거라
아들이 입 다물었다
이 애비의 말 명심하거라 부디 나가지 말어라
아들이 입을 열었다
제 친구들이
얼마나 죽은 줄 아십니까
얼마나 끌려간 줄 아십니까

우리 대학에서 사망자 부상자 구속자가 늘어나고 있습니다
아버지의 말
너는 벌써 한번 잡혀가
가까스로 풀려나온 몸이다
14일 연행되어
감옥에 갈 것을
학생 쪽에 생포된 경찰하고
맞교환한 것 아니냐

아버지
친구들을 배신할 수 없습니다

너는 오늘부터
이모네 집에 가 있거라
네 이모부도 좋다 하더라
네 이모부는 시 공무원이라
그 집은 안전하다

결국 아들은 아버지의 뜻 따라
산수동 이모 집에 가 있었다
멀리 시가지가 내려다보였다
금남로 쪽
고속버스터미널 쪽
검은 연기가 올랐다

멀리 함성의 끝자락이 들려왔다

5월 24일 할아버지 제삿날
집에 돌아왔다
제사상 물린 뒤
아버지와
할아버지 제사상 술 한모금 음복

다음날 가톨릭쎈터에 볼일 있다고 나서서
그길로 도청으로 갔다
또 죽은 친구들이 있었다
다친 친구
붙잡혀가 행방을 모르는 친구들이 있었다

가차없이 총을 들었다
구두닦이
넝마주이
막일꾼 시민군 형이 되었다
고교생 시민군이 아우들이었다
그 많던 명사들 유지들 어디 가고
기껏해야
녹두서점 선배들 몇 남아
5월 25일
5월 26일

5월 27일 그날까지
총 들고 도청을 지켰다 날이 갈수록 가망 없었다

어린 날 고향산천 장성땅
솔바람 소리 대바람 소리 생각났다
천년만년 그대로
넉넉한 밤
고향의 밤 생각났다
백양사 밑
가슴 문대고 싶은 등짝 문대고 싶은
가을 단풍 생각났다
할머니 따라간
그 산길 생각났다
긴 냇물 건너는 누룩뱀 생각났다
옆집 계집애 순옥이 생각났다
물동이 물 넘치던
그 계집애 긴 모가지 생각났다
그 코밑 복점 생각났다
고개 흔들어
그 생각들 내버렸다

5월 27일 새벽
넝마주이 박씨
그 겉늙은 박씨와 얼싸안았다

우리는 조국의 민주주의를 위해
이 한몸 바칩니다
그렇소 그렇소 잉

첫 총성이 울렸다
수많이 총성이 이어졌다

어머니
아버지

이또오 찌꼬오

이또오 찌꼬오(伊東致昊)
본명 윤치호

고종 2년 태어나시다
고종 18년
신사유람단으로 일본 건너가시다
미국에 건너가시다

고종 20년
한미수호조약
미국 공사 통역이시다
아관파천 직후
러시아 니꼴라이 2세 대관식 특사로 다녀오시다

독립협회 만드시다
서재필 이상재 이승만과 거닐으시다
독립신문사 사장 의자에 덜렁 앉으시다
만민공동회 주관하시다
대한자강회 이끄시다

YMCA 창설하시다
하루하루
영문 일기 쓰시다 놀라운 재능이시다

그러다가
일제 말기 어찌 가만있으랴
총력연맹 총재로 부름받으시다
언더우드 쫓아내고
연전 교장이 되시다
중추원 참의
귀족원 의원
자원병 후원회장이시다 주면 받고 주면 받으시다

창씨개명
조선인 맨처음으로
창씨개명
이또오 찌꼬오가 되어
사뭇 자랑하시다 진정으로 자랑하시다

본디 능란한 솜씨

일제 초기 토지 측량에 끼어들어
새삼 땅부자 되시다
백발 휘날리며
천황폐하 만세 선창하시다
기품 고결하시다

근대조선 지도자의 초상

여기 계시도다

그 어느 놈이 귀하신 몸 허벅지 찔러
뉘우쳐라
깨쳐라 하느뇨

현대 한국 지도자의 초상 한 내력이시다

이천균

그날 아들 정연이 도청에서 죽었다
그날 이후
아버지 이천균은
김일성 앞잡이이고 빨갱이였고
빨갱이 아비로 몰려
올 데 없고
갈 데 없다

그러나 아버지 이천균
가슴 한쪽 도려낸 뒤
그 가슴 한쪽 분노로 채웠다
어머니 구선악도
못 피우던 담배 피워
가슴속
아들 무덤을 달랬다
달래면서
사나운 분노를 뿜어냈다

오냐
오냐
내 아들의 원수
광주의 원수
민주주의의 원수
전두환 노태우 정호용을

이대로 둘 수 없다 내 몽둥이로 때려죽이고 말리라

가슴속 고통보다 분노
가슴속 분노보다 고통

그들 아버지 어머니는
아들 잃은
피눈물 접고
빨갱이
빨갱이 신세 짝 찢어 내던지고
두 주먹 불끈 쥐었다 고개 쳐들었다

1주기 2주기 3주기
유족회장 공동대표였다
전화도청 밀착감시 끊이지 않고
걸핏하면
강진 마량 바닷가에 실어다 버리고
걸핏하면
순천 갈대밭에
실어다 버렸다

빨갱이 아비
빨갱이 에미였다

이윽고 7주기 1987년 5월
전두환 노태우 허수아비에 불질러
화형식 거행
불타는 허수아비 빼앗기니
경찰차에 불질러
아버지 이천균 구속되었다 감옥에 갔다
어머니 구선악 경찰에게 맞짱 뜨니
이 쌍년
이 개 같은 년
길바닥에 패대기쳤다

삶의 이유 증오였다

어떤 도덕군자 나리

이 증오 악이라고? 다 용서하라고?

박상현

철학은 행동인가 행동의 포기인가
철학은 무슨 동굴인가
그 동굴로 들어가면 되는가 안되는가

연희전문 철학교수 박상현
새 이름 키도 코오조오(木戸耕三)

고전철학은 비판철학인가
비판철학 이후
순수이성비판
실천이성비판
판단력 비판은 무엇인가

뒷날 관념철학 메타철학 앞서
프랑스대혁명의 관념론인가

이어
헤겔 세계정신론
딜타이 생의 철학
하이데거 존재론
어느 것 하나 막힘 없다가

드디어
대일본제국 황도철학의 제일인자

천황폐하 철학의 길이
그 길이
학병 나가라
학병 나가라
제자들을 황군으로 보내는
철학의 실천이었다

신촌 네거리에서
천황 옥음(玉音) 방송을
찌직찌직찌직
라디오로 들었다
악성 지양(止揚) 급성 판단정지
봉원사 뒷산 수풀로 들어갔다 숲이 무서웠다
앞 캄캄하였다

철학 끝났다

정지영

그날이 아니었으면
고만고만한 주택가
고만고만한 주택들 실내장식 쉴 날 없었지요
도배
인테리어 일손 거두자마자
신방 꾸며놓으면
그곳에서 한쌍의 부부
새로운 삶을 설익은 채 시작하지요
사랑의 처음이 사랑이지요
그날이 아니었으면
나 같은 도배쟁이도
그런 부부 본받아
출무성한 처녀 모셔다가
새 각시 삼아
금방 말 놓고
마음 열고
새로운 삶 너랑나랑 구구구구 시작하겠지요

그날 5월 20일
내 꿈 내 신방의 꿈은 사라졌지요
직업 실내장식
성명 정지영
나이 31세
전남대 이공학부 거기던가

광주역전 거기던가
공용버스터미널 거기던가
교도소 앞이던가

어디던가

그 참변 지나
폐허가 된
그 참변의 도시 다 망가진
6월 2일 해질녘

101사격장 언덕
암매장 현장
나 정지영의 사체 나왔다
다른 사체에 포개어져
다 썩어버린채
머리 껍질 다 벗겨져
머리 뒤쪽 갈라져
개머리판에 맞은 사체 나와버렸다

이로부터
형 수만이
아우 지영 신고한 뒤
다음해

1주기 추모식에 나섰다가
국가보안법 위반 구속
유족회 청년부 활동에 앞장서던
아우 태영도
제주도로 실려가 갇혀버렸다

막내아우 길영이 치 떨다가
대통령 전두환 초두순시 때
전두환 승용차
박살내려고 뛰어들었다

허리 굽은 어머니도 나섰다
유족회 싸움 앞장서서
어머니 임경순도 납치와 감금에 시달렸다

나는 나 하나 아니었다
어머니였다
형
아우였다
한 10년쯤
세상도 함께였다

이구영

어느날 송시열의 문인 권상하가
이정귀의 핏줄 이희조의 귀에 대고
속삭였다
지촌! 자네 가문이
난세 무사할 집터가 여기 있네 하고
가는 붓으로 그린 지도 한 장을 누긋누긋 내밀었다
그 지도가
가뭇없이 대대 문갑 서랍에 전해져
그때의 이희조 종제인
이해조 직계로 전해져
6대조쯤에서
조선 말기
일본과 청과 아라사 각축하는 한양 떠나
그 지도 들고
충청도 내지 제천 산골에 터를 잡았다
타향도 고향이런가
이해조 9대 종손으로 태어난
아기가
9대 가문 번영할지어다 하고
구영이라는 이름을 받았다

이구영 1920년생

아버지 재취로

무려 서른한 살 연하의 처녀를 맞이하여
51세에 늦둥이 구영을 보게 되니
집 안팎 아침나절 활짝 피어나
그 종손 아기에게 붉은 꽃으로 푸른 꽃으로 아침 꽃밭 극진하였다

명성황후 참살
단발령

드디어 호서의병 일어나니
아버지도
작은아버지도
양반 의병의 앞장이었다
그 의병 가문의 아기
어릴 적부터 눈떠
소년 사회주의의 길을 갔다

투옥

전시 월북 얼어붙은 압록강 강계 소개(疏開) 지구에서 살아남아
그리고 평양

남파 간첩 한밤중 군산 도착
서울
부산

부산 여관 구석방에서 잡혀
하필 일제 때 악질 형사한테 잡혀
간첩 무기수 노릇

감옥 22년 끝 어쩌다 가석방으로 나왔다 나와 한학 은사 되었다

여든살 노래 하나

팔십년 살아오며 한 일이 무엇인가
거문고 끌어안고 아양곡이나 울려보리

이강수

나 역시
다른 아이들과 같지요
열아홉살로
생을 그만둘 무슨 놈의 까닭 없이
스물아홉살
쉰아홉살
아흔아홉살로 마감할 한평생을 향하여
아침 신을 신고
저녁 신을 벗어두는 나날의 푸새밭 아이였지요

나 역시
대학생이 되는 것이 꿈이었지요
뼈빠지게 거미줄 가난이지만
아버지
어머니의 날들 따라
뼈빠지게 일 나가지만
나오는 건
한숨이고 짜증이고 뒷담 밑 눈물일 테지만
기어이
대학생 한번 되고 싶어
금호고 중퇴 뒤
검정고시로
대학입시 재수생이 되었지요

5월

재수생 친구 진압봉 맞아
입원했다는 소식 듣고
끓어오르는 울분 참을 수 없었지요
5월 18일 댓바람 시위에 나섰지요
대학생 시위행렬 속
어느새 나도 거리의 대학생이 되고 말았지요 대학생 꿈 이루었지요

아예 집에 들어가지 않고
어머니한테
날마다 전화로 알려드렸지요
나 잘 있으니
걱정 말라고

5월의 끝

도청 새벽
거기 총 들고 마지막을 지켰지요

내 사체
우측흉부에서 겨드랑이로 총탄 관통

아우 광준아

네가 살아서
아버지
어머니 잘 모셔라

그 아우 광준이도
그날 광대뼈 총 맞고 쓰러져
병원으로 실려가
살아서
감옥 가서
감옥 나왔지요
내 머리숱 짙고
아우의 머리숱 성글었지요

내 죽음은 아버지의 막소주였지요
어머니의 식고 식은 눈물이었지요

광준아 광대뼈 일그러진 광준아
네가
아버지
어머니의 원한 잘 모셔라

연날리기

태조 이성계의 둘째 왕비
신덕왕후 강씨
왕과 왕비 사이
지독한 사랑이었다 나날이 식을 수 없는 사랑이었다
왕과 왕비 소생
어린 왕자가
배다른 왕자 넷 제치고
세자 책봉으로 가는 길
지독한 사랑이었다 앞에 있어도 옆에 있어도 그리운 그리운 사랑이었다

왕과 왕비의 침전
밤마다 장난꾸러기 놀이였다
다음날 아침
조례도 늦었다

바람 부는 날이었다
왕비 납시어
왕을 청하였다

보셔요
마마께서 내려주신 이 연 날려놓으니
이 연 날아가는 것 보시와요

날아올라
중천에 떴는데
팽팽한 연줄 탁 끊으니
연줄 끊긴
연 표표히 떠내려가다
어드메
땅 위 은근슬쩍 내렸을 터

그 연 내린 곳 거기 어디에
소첩 죽거든 묻어주시와요

그 무슨 소리시오 그런 말씀 장난으로도 삼가시오 중전

아니나다를까
배다른 왕자들 일어나
피바람 불어
왕비도 어린 왕자도
칼 맞아버리니
태조는 성 안에
그 능을 써서
대궐에서 몇걸음에 다다를 곳
거기 첫 정릉이었다
거기가 정릉골
약칭 정동

뒷날 의붓자식 태종이 나서서
그 정릉을
멀리멀리 삼각산 밑
거기로 옮겨버렸다 퉤
지난날
왕비 생시
멀리멀리
연이 날아가 내린 곳
그곳이었다

서울 성북구 정릉동의 그 정릉

빼어난 예감과
빼어난 사랑의 무덤

바람 분다
연 날린다
연 날리다가
연줄 끊겨 너 어디 가나

어느 형제

희한한 죄명이렷다
유영선
너 폭도 유영선
너

광주교도소 장기수인
형 유낙진
통혁당사건 고정간첩죄로
긴긴날 콩밥 먹는
형 유낙진을 빼내려고

마침 광주 시민군 선동하여
광주교도소 습격 주동한
고정간첩 유낙진의 아우
제2의 고정간첩 유영선이라
폭도 유영선이라

중앙지
지방지 대서특필의 유영선이라

그 얼토당토않은 죄명으로
이미 죽은 시민군 유영선
고정간첩
폭도의 죄명 씌워

세상에 떠들어대니
조카딸 소영이조차 예비검속으로 잡아다가
고정간첩 방조죄명 씌워
5개월 뒤 집행유예
풀려났으니

이 억울한 누명 절통한 누명
어디 가 씻어내나
어디 가 지워버리나

조카딸 소영이조차
고정간첩이라 폭도라
길 물을 수 없고
물 한사발 얻어먹을 수 없어
히잉
히잉
노새가 될까
노새 등때기 파리나 될까

형수는 입 다문 콩나물장수
콩나물 동이 이고
새벽 한시
양동시장 참깨 들깨 몇짐 이고
이 악물고

살아서
기필코
조카딸 대학 졸업시켰다

죽은 유영선의 무덤
남원 선산으로 이장했다가
훗날 다시 망월동에 옮겨왔다

하늘 땅 사람 삼재(三才)
본디 불인(不仁) 어쩌고저쩌고
웬놈의 철딱서니 모르는 혓바닥이냐

어느 해방둥이

서울
1948년 남로당은 그만 불법이다
그러자마자
남로당
조선부녀총동맹 문교부장 박진홍
북으로 갔다
전쟁 뒤
남로당계
숙청
처형
그뒤 박진홍의 이름 지워버렸다

조선공산당 서기국원
민주주의민족전선 문화부 차장 거쳐
남로당 문화부장 김태준
문화공작대 창설
이현상 유진오 등과
그녀 남으로 왔다

지리산

1949년 1월 서울 시경 사찰과에 체포되었다
그해 9월
공개 군법회의

사형선고
그해 11월
수색 육군처형장 총살

김태준 박진홍
그들 사이의 씨 하나
아들
김태준 아래 항렬
세(世)에
죽음 무릅쓰고
독립군
국내 진입 요청하러
김태준
박진홍 연안에 갔다 돌아오는 길
아기 낳으니
연(延)

김세연

1945년생 해방둥이 김세연
어디서 살아 있을까 남일까 북일까 바다 건너 어디일까

이금재

내사 박정희하고 아무 상관 없어요
박정희보다 먼저 죽은
육영수하고 아무 상관 없어요
전두환하고 아무 상관 없어요
다못 그때그때마다
깜짝 놀란 것밖에 없어요

대선 투표날
끈질기게 살아남은
김대중에게 한 표 찍은 것밖에는
정의도 자유도
민주주의하고도 아무 상관 없어요

내사 마누라와
세살배기 딸내미
그리고 마누라 뱃속에 든 아이밖에

내 일터
춘양당한약방 조제실밖에

도청도
시청도 아무 상관 없어요

그런 나에게도

깜짝깜짝 놀랄 일이
또 와버렸어요
5월 광주 죽음의 도시
3공수
7공수
11공수
무지막지한 계엄군 공수부대의 도시
그러다가
며칠 동안
짠물 속 민물인 듯
어중이
떠중이 뭉쳐
새로운 날들
시민군의 도시

내사
그러는 동안
꼼짝달싹하지 않고
문 닫은 약방이라
약방에도 나가지 않았어요
맨드라미 크는 것이나
빼꼼 내다보았어요
집 안에서
방과

뙈기마당에서
세살배기 딸내미하고
세발자전거 놀이로 즐거웠어요
대문 밖이 저승이라는 말 그대로
대문 안이 이승이었어요

내사
아우들
누이들
여섯 남매 중 큰아들인 나 말고
다섯 남매 다
정치도 사회도 쓸데없고 부질없는 것이었어요

그러나 5월 27일 새벽
시민군의 마이크 소리 들었어요
시민 여러분
시민 여러분
계엄군이 시민군을 죽이고 있습니다
광주시민 여러분
광주의 아들딸들 모두 죽어가고 있습니다
시민 여러분 도와주십시오
시민 여러분
아침이 되자 그 마지막 호소 사라졌어요
열흘 동안의 시민군 끝나버렸어요

도청은 피의 집이었어요

5월 27일 대낮
이번에는 계엄군의 마이크 소리가 들렸어요

광주시민 여러분
이제 폭도를 완전 진압하였습니다
안심하고
직장에 복귀하고
생업에 종사하시오

이 마이크 소리 듣고
실로 오랜만에 자전거 타이어 바람 넣고
출근을 서둘렀어요
대문 밖 나서서
1분도 채 안되었어요
뜻밖
계엄군의 총 맞았어요
전남여고 앞거리

픽 쓰러졌어요 여보!라는 말도 나오기 전이었어요

강명화

1923년 6월 12일
충남 온양 온천여관 한 객실
취약 자살의 여인

기생 강명화

본명 도천 23세

토오꾜오로
경성으로
영남 백만장자 장길상의 아들 병천 따라다니던
절세 미녀 강명화
함께 투숙한 애인 잠든 사이
그 애인
잠든 얼굴 보며
쥐약을 삼켰다

평양 기생 양녀로 들어간
화류계의 꽃
최고의 가기(歌妓)
최고의 재기(才妓)
강명화

어글어글한 두 눈

불이 붙는 듯한 입술
빚은 듯한 코
소리 잘하고
춤 잘하고
수심 어려 서러운 경국(傾國)이라 절색이라

수심가 엮음수심가
배따라기
그 곡조 하나면
평양 기생 3백 중 으뜸 아니뇨

소설가 김동인
나도향
현진건도 침 고여 얼씬거렸다
아냐
시인 김안서는
원고료 받고
인세 받으면
그 망국의 절색에 득달같이 달려갔다
사흘 전
나흘 전 예약

명월관

일본 사내 납치를 막아준 유학생 장병천
3년의 사랑
강명화 쥐약으로 죽자
그해 10월 29일 새벽
강명화의 이름 부르며
장병천도
쥐약을 삼켰다
낮 두시 눈감았다
저승도 사랑의 곳 이승보다 더 사랑의 곳
강명화에게 갔다

장차 군정청 수도청장 국무총리
장택상이
막내삼촌

그 할머니

설날이나
그 이튿날이나
아니
초가을 음력 9월 생일날이나
문문한 훈김 모여
여섯 남매 넙죽넙죽 큰절 받을 때
그 남매의 어린 새끼들
그 손자손녀 고사리들까지 뒤따라
엎어지기도 하는
일어서기도 하는
서투른 큰절 받을 때
등불같이
먼저 떠난 영감 생각에 눈물 한방울
매달았지 뭐

그러다가
광주 난리로
큰아들 죽은 뒤
며느리
두 달 뒤 뱃속 아이 유산하고 떠나버렸지 뭐
세살 손녀 놔두고 떠나버렸지 뭐
그래서
그 손녀새끼 불쌍한 것
밥 먹이며

옷 갈아입히며
오줌똥 누이며
자장자장 잠재우며
함께 살았지 뭐

몇년 뒤 그 며느리 나타나
광주사태 사망자 보상금 타가려고
다시 나타나
내가 유족회원이오
내가 이금재 미망인이오 하고
보상금 타갔지 뭐

어언 여덟살배기 손녀새끼
벌써 속이 차
어리광 가셨지 뭐
그래도 할머니를 엄마 엄마 엄마 하고 언제나 불렀지 뭐

저승 간 아들 이금재
밤마다 물 떠놓고 그 아들 제사 지내며 남은 목숨 부지하지 뭐
밖에서 들어오는 손녀 목소리 높디높아라
엄마 나 왔어
저승 아들
이승 손녀가 내 목숨이지 뭐

탄실

김명순 당신

아명 탄실 당신
필명 탄실 당신

당신의 어머님께서는
어릴 적
지아비 잃은 뒤
청일전쟁
청국 병졸한테
오라비마저 잃어

앞날 다 없어졌을 때
당신의 아버지 소실로 들어앉았습니다

첩이라면
기생이나 들병장수로 알던 그 궂은 시절
첩이 되어
첩의 딸로
당신이 태어났습니다

장차
'나쁜 피'
'태생으로 인한 변태'

'어머니의 피'
'색모의 피'가 흐르는 계집으로 태어났습니다

당대 깨었다는 사내들
전영택 김동인 김기진 들
기자들
술꾼들의 그 봉건 사내판
당신을 씹어야 술맛 나던 사내들의 혓바닥에
탄실 당신은 거친 파도 위 내던져졌습니다

근대소설 첫 여성인 당신
근대시 첫 여성인 당신
태생 저주로
악의와
조롱의 술집 안주로 밤마다 씹어 삼켰습니다
어느 소설가
「김연실전」을 써서
탄실
김명순
당신을 머리끝 발끝 모독하였지요
세상은 낄낄거리며 춤추어대며
당신을 되는대로 안되는대로 유린 농락하였습니다

강간으로 정조 잃은 것도

그래서
강간 충격 자살미수도
엉뚱하게 실연 방탕 자살미수로 퍼뜨렸습니다
식민지 초기
그 신여성의 시대
진작부터
'남편 많은 처녀'라는
시도 때도 없는
누명 속에 갇혀버렸습니다
22세
단편소설 김탄실 1등
이상춘 2등
주요한 3등이었습니다

다시 동경 생활

'폐허' 동인
김억
염상섭
김만수 들이 따라붙었지만
그 유학생 사내들
하숙집 문밖
밤마다 서성거렸지만

일절 사절하고도
갖은 헛소문 거짓 소문
퍼져나가고
주근깨 없애려고
낯짝에 양잿물 발랐다는
그런 모진 모함도 따라붙었습니다
이 사내 붙었다
저 사내 붙었다
저 사내 붙었다가
다른 계집한테 빼앗겼다 신소리 허튼소리 퍼졌습니다

능욕이었습니다
학대였습니다
잔인무도 저주였습니다

기자도 해보고
영화배우도 해보고
그러다가 칫솔 양말 땅콩 행상으로 전나귀로 나섰습니다

일본으로 갔습니다
1945년 해방
1950년 전쟁
동경 YMCA 마당 구석
거기 풀섶지붕 판잣집에

늙은 김명순이 옛 탄실이
닭 세 마리 키우며
한 푼
두 푼
한인 동포한테 얻어 구구히 살다가
무료 정신병원으로 실려가
거기 썩은 다다미방에서 눈감았습니다

당신의 혼 응당 원혼이었습니다
당신의 삶은
백번이나 그 누구누구의 징벌이었습니다

안녕 탄실

유영선

내게는 형수 신애덕이 어머니였다
형수는
서붓서붓 걸음걸이
누구 부르는 구슬 목소리
형수는 내 어머니였다
시부모가 앞서거니 뒤서거니
세상 떠난 뒤
시동생인 나 영선을
국민학교 6학년인 나 영선을
형수의 맏아들로 길렀다

내 아래로
조카딸 소영 선영
조카 진우 식 함께 품에 안아 길렀다

보험회사 다니며
한 가정 생계를 맡았다
남편은 평범한 중학교 교사였다가
1971년 통혁당사건에 연루
무기형 복역하는 장기수
고정간첩이라는 장기수였다

보성 예당 옛집에는
형수도

나도 갈 수 없었다
간첩 마누라
간첩 동생이라 갈 수 없었다

어느덧 조카딸 소영이 자라
조선대 약대 운동권
나 또한 군대 3년 마치고
전남대 화학공학과 2학년 복학 준비중이었다 봄이 왔다 봄이 갔다

5월 17일 밤
조카딸 소영이 검거되었다
학생회 간부로 예비검속
투옥되었다
나는 5월 광주에 나서야 했다 봄이 갔다
YWCA 학생수습위 참가
유인물 제작
총궐기대회 준비를 서둘렀다
시민군이었다
5월 21일 도청 앞에서 총 맞았다
5월 23일 기독교병원에서 눈감았다

폭도 유영선

망월동 임시묘지

내 뼈 묻혔다

형수님 형수님 아니 어머님
내 뼈가 형수를 불렀다

하늘 구름 꽉찼다 봄이 왔다 봄이 갔다

리진

아름다움이란 수컷이 아니구나
천년 전에도
천년 후에도 그것은 암컷이구나

보자마자
'영혼의 꽃'이라고 말해야 했다
고종 궁궐의 무희 이진

프랑스 공사 꼴랭 드 쁠랭시가
고자 처갓집 가듯
고자 처갓집 오듯
1886년 수교 2년 뒤
1888년 첫번째 공사
1896년 세번째 공사로 왔다
고종의 배려로
영혼의 꽃을 맞아들였다
꿀의 낮이었다
꿀의 밤이었다
고종의 훈장 받았다

1892년 40일간 항해 끝

적도 인도양 건너
아프리카 희망봉 휘돌아

가고 가
가고 가
밤 항구 마르쎄이유
급행마차
빠리에 이르렀다 조선 활자본 진품도 함께였다

쁠랭시 부인 이진
말 익혀
삶 익혀
빠리 사교계에 나섰다
'직지'도 뭣도 가져가더니
아름다운 암컷
아름다운 춤
아름다운 넋 하나도 가져간 그곳

조선 궁녀 이진
그곳에서의 꿈 그리고 그곳에서의 우울

조선 무희 이진
그곳에서의 절망

4년 뒤
1896년 남편이
다시 주한 공사로 부임했다 귀국했다

그네는
다시 궁중 무희단에 한밤중 끌려갔다
중전 민비의 분부였다
너무 많은 것을
프랑스에 바친 역적인가
너무 중요한 것을
조선으로 가져온 첩자인가
다시
궁녀 신분 무희 신분으로
궁중의 노비 신분으로 돌아왔다

금조각을 삼켰다 쉬쉬 파묻었다 아름다움 끝났다

유동운

본회퍼 고백교회론
라틴아메리카 해방신학
민중교회론
김재준
그리하여
문익환 문동환 형제
서남동
안병무 들
그리하여
여기저기 젊은 신학들 사목들의 의식 뭉쳐야 함 흩어져야 함

그중의 하나
전주 한상진
광주 유연창
그 유연창
광주천 건너 가난한 교회 맡아
반유신
반독재에 나선 이래
1976년 교육지표사건으로 투옥

결국 의식은 감옥에 갇혀야 함

고교생 아들 동운이도 연행
그 동운이 책상 위

'불온'유인물사건
아버지의 옥중 단식으로
그 아들 풀려났음

진흥고 졸업하고
서울 수유리 한신대 입학

의식은 갇혔다가 제 길을 가고 있음

박정희 암살
유신 끝나자
서울의 봄
그리고 소위 신군부가 다 들이닥쳤음

최루탄 지랄탄의 푸른 연기

5월이 왔음
광주로 돌아온 동운
금남로 시위에 나섰음
5월 18일
5월 19일
5월 20일 계엄군에 체포되었음
5월 22일 풀려났음
수습위

무기반납 거부
5월 23일은
석방된 아버지가 아들을 데리고
시위행렬에 나섰음
부자 동행의 날 할렐루야
아버지가 아들 데리고
집에 돌아왔음 할렐루야
5월 26일
아버지 유연창 목사의 열변
정의가 죽어갈 때
누군가 정의를 위해 목숨을 바쳐야 한다
그 아버지 거침없는 얼 이어
도청 농성
아버지의 만류 넘어
다시 도청 농성
5월 27일
계엄군의 무차별 발포

유동운의 사체
구두닦이 동지의 사체 옆에 있음

만덕

조선 팔도 여인네들이시여
천만 여인네들이시여
갑족
을족
반가(班家) 정실 정부인 안방마님들이시여
장수(將帥) 부인들이시여
경아전댁들이시여
지방 관아 아전댁들이시여
나무비녀 농투성이 아낙들이시여
옥비녀 장사치 아낙들이시여
상것 여편네
뭇 계집종
양반 마님 다섯 곱절 종년들이시여

정조 연간

이런 뭇 여인네 가운데
조선 삼천리 밖
저 물 건너
원악지 중 원악지
제주도

거기 만덕 여인 말고
그 누가 감히 으뜸이리오

거기 제주 백성
갑인년 흉년
연이은 흉년으로
세 식구 중 한 식구 굶어 죽어날 때
아침마다 거적 덮일 때

30년 모은 몇천석 다 풀어
살아남은 두 식구의 집집 굴뚝들 살려내어
밥 짓는 연기
바닷바람에 날려주었던
만덕의 큰 가슴이여
유도화 피는
문주란 피는 큰 가슴이여

마침내 조선 왕 정조가
멀리 소원을 물어왔을 때
임금의 도성하고
금강산 일만이천봉 보는 것이라 하자
가상토다
불러들여

제주백성 엄한 출금의 바다 건너
한양 숭례문 턱 밟으시고

금강산 일만이천봉
각 대찰
각 암자 공양 올리시고 돌아왔으니

정약용이 시를 짓고
이가환이 시를 짓고
채제공이 전을 지으니

만덕

당신의 대덕 당대로 끝나 잊힐 것을
2백년
3백년에도 어제 일로 잊지 않고
바람 속 비석이시여 긴 밤 가슴이시여 시 한 수여 또 한 수여

유동인

아버지 유연창 이어
형 유동운 이어
고교생 유동인

광주가 사방 고립되었을 때
광주 꼬뮌
죽음의 도시로 고립되어
폭도의 도시
김일성 지령의 도시로
연일연야
왜곡보도로
악의 도시로 조작 왜곡되고 있을 때

방송국에 화염병 던지며 외치다가
2년 징역살이
다시
형이 죽어간
도청에 달려가 외친 소년

이런 병든 역사 위해
내가 한줌의 재로 변하는 날
그 재 한줌
이름 없는 강물에 띄워주십시오

이 형의 유언 가슴에 품고 외치고 외친 소년

그 지긋지긋한 거리
원수의 거리
피의 거리
어머니는 남편과 아들 죽은 거리
차라리 떠나
지리산 넘었다
추풍령 넘었다
티케이 대구로 옮겨가
그곳 민통련운동에 앞장섰다
낮에는 외치고
밤에는 울었다
꿈속에서 남편과 아들 만나 노래하였다
찬송가 16절 35절
다음날 살아남은 둘째아들 동인의 전화 받았다
추운 거리 나섰다

어느새 유동인 고교생이 아니었다 청년이었다
어머니와 더불어
망월동의 아버지와 형과 더불어
하루에 몇마디 말 동동촉촉으로 살아왔다 눈길 똑바르다

짐치통

제주도 남제주군 남원읍
그 읍 바깥
현무암 바위 화난바위 화풀이 너럭바위
백년 묵은 싸낙배기 바위 넘어
호젓이
누구네 댁 뒷방만하게
외동딸 쪽방만하게
짐치통 물 고여 거기 구름 그림자 둥실 떠가네
눈 깜짝할 사이
지나는 새 두어 마리 그림자도 떠가네
거기에
김장철 아니라도
수시 수시로 푸성귀 절여
김치 담그려면
으레 남원 아낙들
거기에다
김칫거리 담갔다가 꺼내면
은근짭짤히
간 들어
하늘 같은
땅 같은 식구들 시장한 저녁 반찬 오르네

햇볕에 고인 바닷물
햇볕 더위에

바닷물 서려 올라
안성맞춤으로
짠 간물 되니
영락없는 김치통 짐치통 아니랴

그제 표선읍에서 시집온
새댁
새벽녘까지
아직 서툴게 뒤척여 애쓰는
임과 임이다가 나와
썰물 밖
물 긷고 나서
얼른 푸성귀 뜯어
처음으로 짐치통에 와
맨 먼저
그 이른 아침 물에
그네 자신의 얼굴 비추네
부끄러워라
부끄러워라
철퍼덕 푸성귀 넣어
자신의 얼굴 지워버리네

나 이제 비바리 아냐 몸 바친 각시야 어멍이야

오세현

대학시절 막걸리 한말 한말 반 마셨습니다
대학 뒤 몸 둘 바 모를 때
막걸리 멀리하였습니다
고향 전주였습니다
스물다섯
고려대 졸업 유한양행 입사
그해 3월 1일부로 발령 광주지사로 부임하였습니다
편지 쉰 번 쓴 연애
그 연애 끝 약혼하였습니다
약혼녀의 아버지는
청와대에 근무중이었습니다

5월 27일
광주 유한양행 숙직실에 있다가
밖으로 뛰쳐나가
골목 안 어느 집으로 피하였습니다
그 집 장독대 숨어 있다가
공수부대 총탄 맞아
피투성이로 기어가다
엇각으로 숨졌습니다
그뒤 사체
전주 고향으로 강제로 실려갔습니다
소복의 약혼녀
화장장에서 울부짖었습니다 넋 잃었습니다

아버지는 뒷조사 재산 추적으로
목 간당간당하였습니다
몇년 뒤
어머니는 아들 이름 세현아 세현 세… 부르며 숨졌습니다

광주 5·18 묘역
오세현 묘에는
유품 몇가지 묻혔습니다

그의 볼펜
그의 책 몇권과 옷 한벌이었습니다
2년 뒤 약혼녀는 망월동에 오지 않았습니다

북창 이경남

소년독립군이었다
1943년 식민지의 가을
안악중학교 2년생 3년생
대한독립군 안악의용대를 만들었다
3년생
이경남 대장

무기정학

이번에는
소년태극군이었다
해방 직후 학생치안대장
이경남 대장
신의주학생사건에 이어
1946년 1월
안악 반탁시위
태극기 만들어
현수막
전단 만들어 뿌렸다
사수단사건 반소반공 반동죄 검거
해주
소련군 특무사령부 감방 수감
평양 암정 1번지
평양형무소 소련군 구치감 수감

고향 선배 보증으로
출옥 후 김일성대학 입학
전쟁 개시
인민군 군관
중부전선 배치중
꾀하고
꾀하던
국군에 귀순
고향에 돌아갔다가
북상
남하전선

구월산 반공유격대장 이경남 대장

월남

그 소년시절
그 청년시절 지나
한 서정시인이 되었다 잡지를 냈다
실록을 썼다

두고 온 애인 쪽 북쪽
항상
하숙집도

셋집도
북쪽으로 난 창 있는 방에
옷 걸었다

그대여 그대여
북창 아래 북창의 시를 썼다

염행렬

득량만 갯벌은 하나의 덕(德) 아닌가
거기 누워 하늘을 보고 싶네
거기 엎드려 울음 가슴 문지르고 싶네
거기서 여한없이 숨지고 싶네

보성 그 바닷가
꼬막 맛
어릴 때부터 알아버렸네
큰일나버렸네

중학교 마친 뒤
숙식제공 금호공고 다니다 말았네
대학진학의 꿈 하나로 광주에 왔네
양재기 몇개로 자취하며
검정고시 준비했네

5월 하순 아버지
고향 들녘 모심기 한창이다가
오토바이 타고 온 조카한테
염행렬이 사망 소식 들어야 하였네
5월 27일 새벽
도청 시민군으로 죽어갔다네
염행렬
육남매 막내

염행렬
부모와
형들 누나들한테
이승 남겨주고
이승 떠났네
큰일났네
큰일났네
그 죽음의 삶
오남매가 조금씩 나눠 살아야 하네
밤중 하늘 속 기러기 한 식구
무어라
무어라
주고받으며 가네
염행렬 무덤 나이 먹어
염행렬 서른 마흔 예순의
저승의 세월 가네

득량만 갯벌 밤하늘
두고 간
어린 꿈도
거기 와 별이 되고 싶네 별똥 되고 싶었네

일심이 아버지

이웃마을 일심이 아버지 유지태 씨는
역마살 끼어도
한 역마살 아니라
아홉 역마살 끼었나봐요

그래서인가봐요

아홉살 적부터
옥정골 고개 넘어
서문 밖 재 넘어
월봉산 짚신고개 넘어
당고모네 댁에 가 영 돌아오지 않다가
그뒤
두벌 김매다가
그 더위에 멱 감고
그길로 나가
누구도
어디 간 줄 모르다가
그러기를 몇번이다가
병들어 돌아와
몸 추스르고 나
그 부리부리한 눈빛에
그 꾹 다문 입에
마을 처녀들 마음 어질어질하더니

그 동네 위뜸 처녀
향순이와 눈 맞아
동네 장가 들었으나
신랑 노릇 스무 날 못 채우고
또 어디로 가버렸나봐요
이번에는
잿정지 고개
지곡리 고개
당북리 고개 넘고 넘어
갔다고도 하고
북쪽 팔마재 고개 넘어
아예 강 건너
충청도로 가버렸나봐요

고개

몇천년 동안
그 고개 아래 오목땅
조상님 산소 모시고
조상님 집 이어받아
살아온 세월
고개 넘으면
모르는 세상 모르는 삶이어서

아리랑 고개
아리랑 쓰리랑
쓰리랑 고개

그 이쪽의 이승이면
그 고개 넘어
저승

아빠 모르고
일심이 태어나
네가
유복녀더냐
아니더냐

역마살이 저승살이지요
일심이 아버지
영영
돌아올 줄 모르는
아홉 저승살 아홉 역마살

얼라
얼라
일심이 시집가는 날

그 전날
18년 만에
일심이 아버지 유지태 씨
백발 영감으로 돌아왔지요

그동안 남편 원망으로 살아온
일심이 어머니
그 기나긴 원망 눈 녹여 접고
장롱 밑단 깊숙이 둔
남편 두루마기
저고리
바지
버선
마고자 꺼내니
해묵은 나프탈렌 냄새가 잠시 역했지요

딸 시집가는 날
신랑의 백부 상객으로 오니
신부의 아버지로 나서서
어엿하게
맞아들였지요 건기침 냈지요

또
뒷산 기슭 잿정지 고개 쪽

열번째 역마살
열한번째 역마살
마른번개 왔다 간
이룽이룽한 잿빛 하늘 넌짓 바라보았지요

고개 넘으면 저승 어디 그의 이승 어디

양동선

광풍에 애먼 길 잃어라 광풍에 애먼 목숨 잃어라

5월 27일 밤
계림동
광주고등학교 숙직실
숙직 당번 양동선

서무과 임시직원이다가
정식직원으로 발령이 났다
이게 웬일
마흔다섯살의 경사였다 몸속 기쁨 가득 찼다

아내 신영숙이 모란꽃처럼 모란꽃 열흘처럼 웃었다

열살 딸내미
여섯살 딸내미도 엄마 따라 웃었다
세살 아들놈도 젖내음 보조개로 웃었다 집안 구석구석 비린 기쁨 가득 찼다

이제 제대로 살아보자
가슴 펴고 살아보자
고향의 경사
가족의 경사였다

고향 화순의
어머니도
차밭 잎 따러 나가서도 웃었다

휴교령의 학교 마당
교실 텅 비었다
어쩌다가 데모대가
뛰어들어 숨기도 하는 날
집에 전화해서 알렸다
오늘밤 숙직이라고
동료직원 당번인데
고향 무안에 가 오지 않아서
대신 당번 숙직이라고

5월 27일
학교 안에 공수 들이닥쳐
마구 쏴댔다
본관 둘러보는데
폭도새끼라고 쏴죽였다
차라리 집오리일걸 들오리일걸
아내 얼굴
삼남매 얼굴 떠올랐다 지워졌다 기쁨 거기까지였다

만리고개

한양 서대문 밖 만리고개
그 고개야
으레 석전 놀이터
정월 대보름 지나고 나서
찬바람 치는 날
아현패와
삼문패가
돌팔매 던지며 달려들어
아현패가 이기면
아현 쪽 풍년이 들고
삼문패가 이기면
삼문 쪽 동쪽 벌에 풍년 들지

그 만리고개 석전에서
아현패 임조식이
삼문패 돌 맞아
이마빡 피투성이로 돌아오자
임조식이 어멈
예끼 이놈아
돌멩이나 맞고 오다니
우리 임씨 가문 먹칠하였구나
어찌 네가 내 자식이냐 하고
이고 온 물동이 내던져
물동이 박살나버렸다

물동이 내던지고
주저앉아 울어대니

사립문 밖 나온
임조식이 아버지가
그 물동이 조각 주워모았다

임자 그만하면 되었소
내년에는
우리 조식이가 꼭 이기고 올 것이야

옛 고구려
물속에 들어가
물속 돌 주워 던져
상대방을 물리치는 고된 석전놀이
조선 세종조에도
물불 안 가리는 석전군 특대를 두어
석전으로
북쪽 야인을 쫓아낸 적 있다

마을마다 서낭당 있지
서낭당은
마을 지키는 석전터

돌 쌓아놓은
석전터라

스르르 싸움 없는 세월 되놈 왜놈의 세월
오면가면
길 떠나는 이
돌 하나 보태어
비는 곳이 되어오더라 서낭당이라
싸우는 곳이
설설 손 비벼
비는 고개 서낭당이나 되고 말더라
그 서낭당에
돌 대신
가랑잎들 내려오더라

행년홀홀(行年忽忽) 해 가더라 해 오더라

신영숙

열살
여섯살
세살

이 어린 삼남매 길러야 하는 아낙
난데없이
남편 잃어버린 아낙
독재도
자유도
무엇도 모르고
오직
집에 오면
내 식구밖에 모르고
직장 가면
막 정식직원 된
학교 서무과 일터밖에 모르던
그런 남편을 앗아간
세상에 남겨진 아낙 신영숙

당장 어린것들 입입입에 새우젓 하나에 찬밥 데워 먹여야 했다
건전지 회사
자동차 타이어 공장
공공근로 취로사업
무슨 체면

무슨 염치
다 버렸다

5·18 유족회에서 나오라 해도
나가면
몇시간씩 거품 문 회의판에 앉아 있어야 한다
일해야 하니
그런 곳에 갈 수 없었다
어쩌다 가면
경찰이 쪼르르 따라붙었다 꼬치꼬치 들러붙었다

화순 시댁도 친정도
도와줄 뜻
도와줄 힘 아예 바늘구멍만치도 없었다

지친 몸 돌아가는 밤길
혼자였다
셋방살이 잠든 어린것들한테 돌아가는
혼자였다

보릉고개

노령산맥 줄기가 성난 톱날로 이어지다가
뭉툭
누구네 할머니 등짝으로
서슬 죽는다 화 가라앉힌다

거기 남도 장성
북도 정읍 순창
세 고을 경계
뭉툭
보릉고개 있다

복흥(福興)이나 보릉이나 그것이 그것

순창 임천만 방칠수의 어린 딸
양순이란 년
된학질 걸려
헛소리 몇마디
헛울음 몇마디이다가
열 올라
열 내려
숨넘어가는데

아버지 방칠수가 들입다 안아들고
숨찬 걸음으로

보쿵고개 넘어
장성 동쪽 끝자락
원당리 쪽
그 다락논 두렁에 가만히 내려놓았다
뒈져라
뒈져라
뒈져라
세 번 외치고 나서
그 아이 안아들고
집으로 허둥허둥 돌아왔다

다음날
다 죽어가던 아이
빵끗
눈떠
그 눈동자 속에
엄마의 눈동자 떴다

고개 넘어 저승
거기 다녀와
이승
다시 태어나 학질 떨어진다

몇해 뒤

정읍 과부 현씨 부인
내장사 놀러 갔다가
바람나버려
소문 뜨르르
20년 청상과부 수절 망해버리자
시동생 박귀남이
집안 망신이라고
형수 현씨를 업고
장성 갈재 험한 고개 넘어가
장성 백양사 밑에 두고 돌아왔다

이제 내 형수는 죽었으니
다시 태어나
돌아오든지 말든지 알아서 하구려

백양사 산내암자 은적굴
거기로 가
노승 만암의 공양주 되었다

밤에는 두견새소리뿐이었다

안종필

휴교령이다
초중고 학교란 학교 문 닫았다

광주시청 앞거리
대학생들이 지나갔다
고교생들도
대학생들을 따라 지나갔다
각목 들고
구호를 외치며 지나갔다

없었던 일

아니 언젠가 있었던 일
저 1960년
이승만 마지막
그 3월 4월
있었던 일

식당 주인아줌마 겁이 났다
우리 종필이!
덜컥 겁이 났다 이마에 번개 꽂혔다
우리 종필이!
식당일 놔두고 집으로 달려갔다
아들 종필이를

집에 가뒀다
대문 닫아걸었다

열여섯살
광주상고 1학년 안종필
기어이
뛰쳐나갔다

5월 21일 방송국이 불탔다
파출소가 불탔다
각목들 죽봉들
그 시위대 불어났다
쫓아나간
어머니가
종필아 종필아 종필아 불렀다
그 어머니한테
고교 모자 벗어주고 달려갔다
형이 나가 잡아왔다
다시 방 안에 갇혔다

기어이
뛰쳐나갔다

5월 24일 각목 대신 총을 들었다

밤기도
새벽기도 다니던 아이 아니었다
총탄 장전
시민군 차 타고 내달렸다

5월 27일 새벽 두시
전남도청 2층
계엄군 충정작전 총탄에 맞았다
16년의 삶이었다 죽음이었다

어머니 이정임은 식당문을 닫았다
찬송가도 부르지 않았다
울음밖에
울부짖음밖에
아무것도 없었다 목사 장로 집사 돌려보냈다

다 싫었다
다 미웠다
한밤중 벌떡 일어나
가슴을 쳤다

종필아!

백찬원 영감탱이

사립문 밖 내생이라 하더이

옛적이야
산짐승이 자주 내려와
마을을 범하니
애기 먹고
아비 먹고 가니
그럴 만도 하더이

그래서 더 그래서
울안
방 안의 평안이
어찌 울밖에도 있으랴

사람 키 하나 대중 문밖까지는
정든 이승
거기서
5리 10리는
정보다
의리의 곳
거기서 더 나아가면
숫제 아는 얼굴
고개 끄덕이는 곳
모르는 얼굴

그냥 스치는 곳이라 하더이

거기서 나아가면
내생이라 내생 난바다라 하더이

이토록
제집 안에서만 자분자분 머물렀으니

백영주 할아버지는
백영주 증조할아버지와
다를 바 없이
윗마을에서
아랫마을로 마실 나서는 일 없이
윗마을
아랫마을 사이
고래실 비탈 내려선 일 없이

백영주 할아버지 백찬원 훈장
고희 잔치에
아들 삼형제
딸 자매
손녀손자들
천자 이천자 맹자 소학 가르친 제자들

먼 데서 오니
백찬원 훈장 영감탱이
세상 가본 적 없이
세상 넓구나 한마디하시더이

서호빈

긴 밤 지새우고를 콧노래 불렀다
스무살이었다
전남대 화공학과 2학년
스무살이었다
여수고교 우등생으로
광주 유학

전남대 본부 앞 날마다 최루탄이 터졌다
최루탄 연기 속
그가 없었다
그런 날에도 강의실과
양동 하숙집 사이 오직 공부밖에 몰랐다
화학실험실밖에 몰랐다

그런 공부한테
손길 한번 잡은 적 없이
입술 한번 닿은 적 없이
오직 마음 깊이 두근대는
사랑하는 사람 있었다

공부하는 실험실 일기
사랑하는 여자의 얼굴 일기
날마다 썼다

5월 21일
도청 쪽에서 총소리가 났다
양동에도
계엄군 들이닥쳐
이 집 저 집 뒤졌다
그의 하숙집에도
계엄군이
문 박차고 뛰어들었다
하숙생 다 잡아갔다
그는 변소에 들어가 숨어 있었다

그날밤을 일기로 썼다
시민을 이렇게 죽이다니
학생을 이렇게 죽이다니
드디어 군대가
우리에게 총을 쏘았다
내 한몸 희생되어
나라 구할 수 있는가
나는 이미 조국 위해
이 한몸 바치기로 했다 바쳤다

5월 27일
사랑하는 사람이
그의 사체를 찾아나섰다

계엄군이 쫓아내도 대들어
또 쫓아내도 대들어
상무관 시신 보관소 들어가
기어이 사랑하는 사람을 찾았다
안경
시계 풀어 품에 안았다

여수에 갔다

애인 서호빈 부모한테
그 유품 전하고 왔다
여수 앞바다
거기 아무런 노래 없었다

정순왕후

그저 아버님 송현수의 딸로
그저 고만고만한 집
둘째나 셋째 도련님의 아내로
살았더라면
지아비 맛
자식 맛 누려
그저 쉰 예순 살다 지아비 앞뒤로 묻히면 되는 것을

대궐 곤전 앞에 두번 세번 톺아올라 뽑혀
어린 세자비 되어
열네살 세자비
그뒤
꼬맹이 세자 등극
왕위에 오르니
열네살 왕비가 되고 말았더라
겨우 1년 반 그러다가
어린 왕 쫓겨나고
어린 왕과 생으로 갈라져
동대문 밖 숭인동 정업원
세 시녀
희안
지심
계지 데리고
옷감 물들이는 생계로

긴긴 여승의 세월 시작하였다

어린 왕 멀리 쫓겨간 서러움 서러움 서러움 삼키며
그 어린 왕 목 졸려 죽은
아픔 아픔 아픔 아픔 아픔 삼키며
긴긴 원한의 세월 무정한 세월이
정순왕후 송씨의 세월 아니더뇨
그래서 죽은 송씨 귀신이
제일 무서운 귀신 송각시 아니더뇨

살아생전
강원도 영월 두메 떠도는
어린 왕 원혼 몰래몰래 날아와
밤이면
늙어가는 밤이면
그 꿈속 왕후의 잿더미 가슴속
가만가만 내려앉으시는 혼 아니시더뇨

노영희

무등산밖에 몰랐지
애인 따라
여수 가면
오동도
눈앞의 돌산도밖에 몰랐지
내 사랑 서호빈밖에 몰랐지
오동도 긴 둑길
함께 걸었지
천천히
한나절 걸어
햇빛 조각 떠 있는
바다 보았지 바다 위 멈춘 배 보았지

한 사람밖에 몰랐지
노래하면
목젖 마구 떨리는
그 사람밖에 몰랐지

마음 뜨거운 마음 곧은
그 사람
서호빈밖에 몰랐지

5월 광주
그 서호빈의 주검

그 주검 찾아다녔지
기어이 찾아냈지
찾아내어
소나무 관에 넣었지
태극기 덮었지 거기 서 있었지

소리 죽여 울었지
호빈씨
호빈씨
나 어떻게 살어
대답 좀
대답 좀 해봐 호빈씨
수많은 어머니
누나
딸들의 통곡 속
그의 소리 죽인 울음 파묻혀버렸지

서호빈 아버지

국민학교 교사로
학교에서 어린이들 고물고물 가르쳤지
집에 가면
3남 2녀 고물고물 자라났지
아들 녀석
요담에 커서
진남관만한 집 지을래 하면
그래라 그래라
다른 아들 녀석
요담에 커서
진남관보다 더 큰 집 지을래 하면
그래라 그래라
하며 기쁘던 시절 지났지
딸내미가
요담에 크면
오동도에 집 짓고 살래 하면
오동도는
아무나 차지할 수 없단다
오동도는
여수사람 모두의 섬이란다
대한민국 모두의 섬이란다
하며
우리 공주야
돌산도로 시집가야지

싫어 싫어 하면
보성으로 시집가야지
순천으로 시집가야지
하며 기쁘던 그 시절 지나갔지
광주로 유학 간
아들 호빈이 죽었다는 소식
계엄군의 총 맞아
죽었다는 소식으로
지난날의 기쁘던 시절
다 지워지고 말았지

아들의 시신
망월동에 묻혔지
계엄당국이 나타났지
아들의 묘지를
여수로 이장하라 협박해댔지
다음날 또 나타나
여수로 이장하라 회유해댔지

보상금 제안
협박하고
회유해댔지
또 나타나고 또 나타났지

유족회가 놈들한테 넘어가지 말라고 호소했지
아들의 애인도
그러지 말라고 호소했지
망월동 정신이 사라진다고
아들의 명예를 더럽힌다고 호소했지
그러나 마지막 직장 추방 협박
그 5공의 뜻대로
새벽녘에 아들 주검 파내어
경찰이 내준 운구차로
여수 만석리 공동묘지로 이장하고 말았지

아들을 팔아먹었다고
보상금에 눈멀어
아들의 영혼 팔아먹었다고
민주영령을
돈 몇푼에 팔아먹었다고
사람들의 얼뜬 손가락질 받았지

이장 뒤
그 서호빈 아버지 잠 못 이루는 밤
덜컥 심장마비 눈감아버렸지
1997년
서호빈의 무덤
다시

광주 망월동으로 돌아왔지
좋은 시절 갔지
나쁜 시절 오고 말았지

남이의 시

백두산 돌 칼을 갈아 싸그리 없애고
두만강 물 말을 먹여 다 바닥내렸다
사나이 스무살에 나라 평정 못한다면
뒷세상에 그 누가 대장부라 이르리오

세조 당대

북관 이시애의 봉기 진압
여진 정벌 싸움판 맨 앞에서 칼 휘둘러
개선장군으로 돌아오니
기특하도다
기특하도다
일등공신
한걸음 뛰어
일약 병조판서라
스물여덟살
병조판서라
낮 부러움
밤 시새움 속
왕의 총애에
왕자의 질시까지 더하였다

세조 다음
왕자 즉위하여

예종의 벽두
대궐 숙직 중
밤하늘 혜성 나타나니

혜성이라 묵은 것이 가고
새것이 옴이라

이 혼잣말을
낮말 새가 듣고
밤말 쥐가 들어
반역 음모라
간신 유자광이 밀고하니
옳다 되었다 하고
병조판서 남이 즉시 옥에 가둬
거기에
지난날의 포부 담긴 시마저
반역의 시가 되어
반역 음모 증거가 되고 말았다

극심한 인두고문 주리고문으로 다리뼈 부러졌다
형장 효수
머리 장대 위에 꽂혀 바람 맞고
팔다리 도막들 산지사방 드던졌다

남이의 시
백년 뒤에야 누가 우물에 대고 몰래 읊었다

그 동백꽃

동백꽃 속
노랑 꽃술 기슭
그 노랑 꽃술 에워싼
붉은 꽃잎 둔덕들

저녁 바다야 어찌 바람나지 않겠느냐
오는 바람
가는 바람 부딪쳐
햇덩이 묻은
붉은 물 솟구쳐 바람나지 않겠느냐

오동도 동백꽃 모자라서
장흥
고흥 동백꽃 찾아갔다
거기도 모자라서
물 건너
뒤집힐 뻔한 똑딱선 타고
물 건너
거문도 동백꽃 찾아갔다

그렇게 동백꽃들 지고 나면
마흔한살에
마흔네살에 울었다

저 건너
충무공 동상 밑 벼랑집
아기 울음소리로
내 지친 울음 멈췄다

동백꽃 대신 동백꽃 그림의 광주에 왔다
여수
그 비탈 거리 떠나
못난 사람
잘난 사람
주눅드는 대처 광주에 왔다

남광주역전
지게를 질까
광주천
환경미화원 될까
리어카를 끌고
대인시장
김칫거리 나를까

5월 18일

3일 뒤
농협창고 경비원으로 오라 해서

껑충껑충
기쁜 나머지
바지 안주머니에 둔
4천원 중
2천원 꺼내어
황금동 짱뚱어탕집 들어갔다
배부르게 먹고 나와
금남로로 나가보았다

거기서
탕!
한방 맞고
어이쿠!
하고 끝났다

성명 유채구던가 여채구던가

처녀 등명

청량리 588
거기
먼 중앙선인가
동해북부선인가
그런 야간 완행열차 들어오는
쉰 목청
새벽 기적소리 있는

거기

오늘밤은 손님 하나도 못 받고
혼자 급체한 아픔 참다가
손톱 밑
깜장 피 한방울 내고
아픔 가라앉는
그 허망한 새벽

미자

올해 서른다섯인데
숨겨
스물여섯이라며
하룻밤 손님 서넛 받아
숏타임으로

몇천원 받아
포주 언니 바치고
외상값 갚고 나면
또 빈털터리

미자

본디 강화 교동도 당집에
계모 병구완
약값에 팔려
폐주 연산군 원혼 달래는
처녀 등명(燈明)으로 바쳐졌어
폐주 부군(府君)
그 원혼 부군 앞
무당 푸닥거리
온몸 피칠갑으로
처박히고
나뒹굴고
솟고
주저앉고
그 지랄 같은 푸닥거리 끝

처녀

목욕재계한 몸
달거리 전의 몸
어디 하나
상처 흉터 없는 몸

숫처녀

하이얀 홑옷 걸친 알몸 누워
원혼과의
첫날밤을 치르고 나면
다음날에는
무당 수양딸 되든지
어디로 가
새치름히 주막 주모 되든지

미자

너 동두천 갔다가
꺽다리 양놈 싫어 징그러워
청량리 588
여기로 와
진짜배기 숫처녀의 첫날밤
대한청년단 동대문 지부
연락부장 성호동한테 걸려

요 위
동정 핏자국 나니

야 너 숫처녀냐 아다라시냐

화대 곱절 받았으나
웬걸
포주 차지였지 다 가로채갔지

미자

비 오는 날
너 울며
나한테 본명 말했지
내 이름은 미자 아니라고
옥란이라고
배옥란이라고

종필이 녀석

고물고물 아깃적부터
장난감 가지고 있다가
이웃집 아기 오면
덥석 장난감 주었지

듬성듬성 자라난 뒤로도
가로수 밑
구두닦이 아이 사귀어
구두 걷어다주었지

못 말렸지
못 말렸지
신문배달 친구 사귀어
새벽같이 일어나
신문배달 거들었지

어머니의 식당에
배고픈 친구 데려다가
국밥 먹였지
어머니의 식당에
방과 후 와서
어머니의 일 거들었지
사내자식이
웬 설거지여

저리 가
꾸짖으면
주방 바닥 청소했지

집에서는
누나 구두 닦아놓았지
학교 가면
싸움 말렸지
삼세번 말렸지

그런 자상하고 어진 자식을 전두환 패거리가 죽였지

망월동의 밤 황조롱이 잠든 밤
머리 감고 온 어머니가 왔지
머리 감고 온 누나가 왔지
여기가
우리 새끼 종필이네 집이여
여기가 내 동생 집이여

새 노래

새라면 좋겠네
새라면 좋겠네
꾀꼬리 아니라도
원앙 아니라도
물가
물총새라면 좋겠네
솔개 아니라도
학수고대
단정학 아니라도
백로라도 좋겠네
중백로라도 좋겠네
아
두고 온 고향 들판
왜가리라면 좋겠네
강남길 제비라면 좋겠네
새라면 좋겠네

수유리 화계사 밑
고만고만한 사람들
오순도순한 사람들
방 둘
부엌 하나
방 셋에
달아낸 방 하나 더

어제도 오늘이고
오늘도 어제인 그 사람들

그런 사람 모둠살이 끼어든
사글세 어린 자매

어린 동생 임순례
다리 하나 못 쓰는 순례
진작 수술하면
제대로 걸을 수 있다지만
수술할 돈 어디 있겠어
진작 중학교 갔으면
중학교 3학년이겠지만
학교 갈 돈 어디 있겠어

동사무소 청소일 나가다
못 나가는 언니
임옥례
열여덟살 옥례
하루에도
두번 세번
방 빼야 한다
방 빼고 새 방 찾아나서야 한다

벌써 밀린 것 몇달째냐
나가라
나가라
이런 날 밤
더 싼 데 찾아
나가야 할 방
마지막 밤

언니 기다리며
콧노래 부르는 순례

새라면 좋겠네
새라면 좋겠네
이 가지에서
저 가지로
훌쩍 건너가는 새라면 좋겠네
새라면 좋겠네
새라면 좋겠네

순례야 너한테 이제 학교도 병원도 필요없구나
셋방도 필요없구나
새라면 좋겠네
새라면 좋겠네

산 너머 화계사 숲
넘어가는 새라면 좋겠네

어린것이
어린것이
벌써 황천길 떠나는구나
딸칵
얼라
언니 오기 전
혼자 숨 놓아버렸구나

새라면 좋겠네

조덕순

어둑어둑한 이른 아침 일어나서
반듯이 머리 빗고
비녀 지르고 나서
단정한 무색옷
이토록 하루가 늘 신령들었다
하루가 늘 신명났다

2008년 음력 3월 10일
아침 아홉시 반
아침마다
밤마다 찾아가는
그 큰아들이 끄는 휠체어 타고
4층에서 1층으로 내려와
요양원 건물 밖
조붓한 마당에 나오자마자
대뜸
큰아들이 붙여드리는 담뱃불에
담배 한모금
길게 길게 들이마셨다가
내뿜고는

꽃 좋다

길게 길게 담배연기 들이마시고

내뿜기를 부지런히 하였다

아흔다섯살이니
스물 대여섯살 이래
잃으며
얻으며
홀로 다 부여안은 세월
늘 넉넉한 세월
나누는 세월
오로지 담배를 벗삼아 살아왔다

전란으로 빈털터리 되었다가
삼남매 어엿이 기르는 세월 자라는 세월
어느새 아흔다섯 해
여한없이
여한없이
요양원 2년째
아침마다
담배 세 대 피우고 들어가는 일과이더니
어제도
그제도
아침마다 한번에
담배 세 대 네 대이더니
작은아들이 찾아오면

저녁에도 세 대이더니
딸이 찾아오면
한낮에도 식후 세 대이더니

오늘 아침에도
한 대 뒤
두 대째 피우다가
문득 담배를 떨어뜨리셨다
큰아들이
어머니 왜 담배 떨어뜨려요 하고 묻자
휠체어에 앉은 그대로
눈감은 뒤였다

벚꽃이 좋다

김완봉

옆집 아낙이 절에 가자 했다
완봉이 엄니
절에 안 갈 티여?
절에 가

그려 가
완봉이 어머니도
몸빼 벗고
치마 입고
머리 새로 빗고 길을 나섰다

부처님 오신 날
공수부대 들이닥친 날
공수부대 탱크 들이닥친 날
하필 그날
두 아낙 절에 가는 길
큰 거리
작은 거리
시위대열 차 있다

두 아낙 황금동길 돌다가
절 가기 전
시위농성장
삼립빵 나르고

계란 나르고
담배 나르고
김밥 나르고
박카스 상자 나르는 일로 돌아섰다

해가 다 저물었다
절에야
내일 가도 모레 가도
그 절 아닌가
집에 돌아가
어서 새끼들 밥해주어야지 하고
걸음아
걸음아
재촉해서
집에 가니

완봉아
완봉아
에미 왔다
완봉아

아무런 인기척 없다
덜컥 가슴 내려앉았다

밤새 찾았으나
자취 없다

다음날 새벽 다섯시
적십자병원 시체실
거기에
청바지에 줄무늬남방 입은
내 새끼
열네살짜리 완봉이가
누워 있었다

완봉아

임씨

열다섯에 각시 되어
열한살 새퉁이 신랑 새각시 되었다
각시라기보다
누나 노릇이었다
애꿎은
두리하님
친정으로 돌려보내고
그믐달 아래
몰래 울었다

그뒤 일곱 해 앓아온
열여덟 남편
그 어린 몸으로
괴질 앓아
허구헌 날 몹쓸 날들 구들덮개 노릇이다가
피 토하고 눈감았다

어허달구
청상과부 임씨
시가 눈총 속
눈 딱 감고
귀 꽉 막고
입 꽉 다물고
행주로 걸레로 코푸렁이로 살았다

살다가
살다가

어느 누구한테
한날 한시도 원통하지 않은 적 없었지요

이 말 한마디
입안에 물고
목매어 늘어졌다

청상 10년

임씨 열녀문

과부 임씨 자진하자
집안 어른들
쉬쉬쉬하다가 망할 년 독한 년 욕하다가
원근 각처
소문 퍼뜨려
지아비 뒤따랐다고
하루아침 표변
어거지로
그 정절 내세워
그 원한 뭉개어버리고
오로지
지아비 따랐다고
열녀 상신
드디어 나라에서 열녀문 세웠느니
지아비 가문 여산 송씨 일가
대대로 열녀 가문으로 칭송되어갔느니

장구목 마을 밖 길가 민들레 꽃씨 날아 어디 가나

모란꽃

차라리 얕은 바다 민물조개나 될 것을
그 바다 못 떠나고 갈똥말똥 민물도요나 될 것을

5월 20일 어느 목소리가 금남로를 지나간다

울음의 가두방송
애끓는 목소리였다
고운 목소리였다

광주시민이 죽어갑니다
광주의 아들딸들이 죽어갑니다
광주가 죽어갑니다
민주주의가 죽어갑니다

그 목소리로 깨어났다 솟았다
그 목소리로 모였다
씨오쟁이 속
씨 찼다
꽉찼다
다 뿌려지리라 심어지리라

5월 21일 정오
계엄군 발포
애끓는 목소리

곱디고운 목소리

광주시민이여 광주를 지킵시다
민주주의를 지켜냅시다

5월 23일

광주시민이여 광주 학생들이여
불순분자 끼어들게 하지 맙시다
기물 파괴하지 맙시다
우리는 민주시민입니다
광주는 아름답습니다
광주시민은 아름답습니다

그 목소리가 이끌어갔다
가을걷이
풍년 들리라

5월 24일 새벽 다섯시
그 목소리
그 목소리 다시 지나갔다

그 목소리에
죽음이 왔다

죽음이 왔다

우리는 맨주먹입니다
계엄군이 옵니다
우리가 맞서 싸워 물리칩시다
시민들이여
우리와 우리 가족을 수호합시다

통곡의 방송 절규의 방송

그 목소리로
숨어든 사람 뛰쳐나왔다
죽음 앞에
삶이 뛰어들었다
잠든 사람 뛰쳐나왔다
공포에
불안에 묻힌 사람
문 열고 뛰쳐나와 어두운 거리를 채웠다

그 가두방송의 여자

5월 25일에는
시신 옮기는 일 마다하지 않았다

여기
저기
달려갔다
달려왔다

누군가가
저 여자 간첩 아냐
어떻게 저렇게 말을 잘해
누군가가
방송을 잘한다고
빨갱이로 몰았다

아니나다를까
중앙정보부 분실에 끌려가
간첩으로 조작되었다
10일간 밤낮 고문
개머리판에 피 튀었다
송곳으로 위아래 찔렸다
속옷도 벗겼다

배 몇 광주리 팔았던 돈이 간첩 자금으로 조작되었다
6월 4일부터 간첩 조작
하나 더
김대중 패거리로 조작

야구방망이에
오른팔 부러졌다
밥 없이
물만 먹었다
집에서도 올케도
자수하라 자백하라 권했다
온 세상이
간첩으로 조작했다

끝내 간첩 누명 벗어나자
이번에는
창녀로 조작했다
남자 섭렵
남자 편력 조작했다

유방 검사 질 검사

광산경찰서로 넘겨져
발가벗겨
유치장에 처넣었다
일년 내내 하혈
국군통합병원에 수용되었다
검찰 고문 이어졌다
끝내

내란음모죄
방화죄 조작 벗었다
간첩죄 막았다 몸 바쳐 막았다

소요죄 적용 15년

여자 기능 무슨 기능 다 없어졌다
오직 살아
붕어숨 쉬었다

그 여자의 이름
평양 모란봉에서
훈련받은 간첩으로 조작
이름이
'모란꽃'이 되고 말았다

그녀 본명
밝히지 않는다
모독당한 그 신성한 이름
아무리 죄어쳐도 밝히지 않는다

완봉이 어머니

우두망찰이다가
우두망찰이다가
마셔도 또 마셔도
목마르다가
잠들어도
억새밭
억새바람으로 버벅이 깨어 있다가

미움의 세월
아픔의 세월
그 광주의 세월 내 자식 묻은 세월

1년 뒤
중학생만 보면

죽은 아들 완봉이를 본다

2년 뒤
고교생 보면
밤거리 야간부 고교생 보면

죽은 아들을 본다

7년 뒤

8년 뒤

꽃 피는 날
대학생만 보면
비 오는 날
젊은것들 보면

죽은 아들을 본다

아들 묻은
1년 뒤
아들 잃은 어머니들 뭉쳐
전두환 오면
전두환 죽여라 목 터져라 외쳤다
전두환 올 때면
이런 완봉이 어머니
차에 태워
멀리 장성 백양사에 데려다가
백양사 밑
냉방 여관에 처박아두고
형사 다섯 놈이
밖에서 고스톱 치며 파수 보았다

전두환 초두순시 뒤에야
갈 테면 가고
말 테면 말라 하고
저희들끼리
형사들 떠난다

터벅터벅 산길 걸어와 버스 타고
광주로 돌아온다

거리를 보면
죽은 아들을 본다

완봉아

아니다
집에 와
TV연속극
중학생 나오면
젊은이 나오면
죽은 아들을 본다

완봉아

창대 장복

저 연경 가는 길 물쿤 찌는 길
박지원의 종 두 녀석
창대
장복이
등에 진
마님 행리 무거운 것
번갈아 지고 간다

이러구러 의주 관문 나가면
이제 고국 등진다

거기 성문에 이르니
늦은 목비런가 소나기 마구 몰려들었다
그 소나기 속 작별로
주인은 먼길이고
두 녀석
창대
장복이는 한양으로 돌아가야 한다

비 피하여
성문 다락에 잠시 올라서니
타고 내린 말
비 맞고 서 있고
웬일로

두 녀석 보이지 않는다

허허 이 녀석들
어디 갔누
비 그쳐야 작별인가

그때 비 철철 맞고
두 녀석
오리병 들고 나타났다

두 녀석이
골마리 땡전 털어
스물여섯 푼 털어
상전의 장도 축원으로
술 한병 사온 것

첫잔 따라
성문 다락 기둥에 뿌려
우리 마님
먼길 무탈 빌고
삼가 마님께 첫잔 올리옵나니

박지원 나리 감격하여
시 한수 나오니

장복이와 창대의 작은 정이
먼길 만리를 춥지 않게 하누나

마님 잘 다녀오시오소서

오냐오냐 다녀오마
너희들 몸조심하여 잘 돌아가거라

비 갠 길 온 길 돌아보며
앞의 서장관 입 두었다 무엇에 쓰나
그의 열샌 말 한마디

도리어 상전보다
노복이 상품이로세

이희성 2

총장실

육군대장 정장 차림 장관이구나
가슴팍 훈장 기장 출렁출렁 장관이구나

총장 관저
그 정장 벗고 나면
가슴팍 귀먹은 듯 눈먼 듯 적막하구나
샤워 뒤
거울 속 맨가슴 외톨이구나

육군대장 이희성

육군참모총장에다
계엄사령관에다
무엇에다
무엇에다
무슨 허수아비에다

오직 충직
오직 근면밖에 모르는
단순 장교의 길
단순 장성의 길
하필 여기에 이르렀구나

K작전이 시키면 시키는 대로
전국비상계엄령 선포
다음날
전국 31개 대학
136개 보안 목표
계엄군 배치 완료 보고받는구나 수고 많구나

광주지역
2개 공수특전단 증파
이어서
양평 사단병력 현지 증파
보고받는구나
보고받는구나 그것뿐

그해 겨울
흉작의 빈 들마다
남아 있는
허수아비들 2백 10만개
첫눈 맞는구나 그것뿐

김완봉 시신

먼지도 울어야지 티끌도 울어야지
어머니가 아들의 송장 보는 날
검불도 울어야지

내 새끼 완봉이
어머니가
완봉이 송장 보는 날
그 여름날 잎새들 울어야지

관 뚜껑을 열고 보는 날
작은 송판때기
관 속에
구부려 눕힌 송장 보는 날
썩은 냄새 울어야지
여름교복 입은 아들 보는 날
송장 부어올라
입은 옷 벗겨 덮어둔
썩은 송장 보는 날
울다가 울다가 울지 못하지

도청 안 마지막 시민군의 하나
완봉이 송장 보는 날
누구도 무엇도 끝끝내 울지 못하지

도청에서
도청 건너 상무관으로
그 관을 옮겼지

다음날 망월동으로 옮겼지
어머니가 따라갔지
관이 뿌지직 벌어졌지
송장 부풀었지
관이 터졌지
펑 터졌지
관 옆구리 판이 날아갔지

썩은 눈
썩은 코
썩어버린 허벅지 부풀어
펑 터졌지

마흔여섯의 어머니
이런 아들의 주검 보는 날
더이상 울음 필요없지

뒷날 지정 묘지로 옮겼지
관 속에도 세월이 와
육탈 뒤

아들의 뼈만
아들의 해골만
어련무던 남아 있었지

초승달 졌지

울음 필요없지
전두환은
88고속도로
대구-광주
그 씨멘트 도로
한 구간 타고 개통식 마쳤지

이제 김완봉 어머니는 울음 때려치웠지
거리에 자리잡았지

환관 조맹수

이런 것들이 행여 보편인가

패거리 비밀을 누설한 자 혀 빼버리는 것
아들 죽인 어미
사흘 밤낮
죽인 아들 송장 안고 자고 난 뒤
죽이는 것
저울눈 속이는 자 손가락 자르는 것
왼손 도둑질
왼손 잘라버리는 것
오른손 속이는 놈
오른손 잘라버리는 것
간음죄는
아주 사타구니 몽땅 들어내어 거세하는 것

동서 어디에도 매한가지인
이 옛 형벌들이 행여나 보편인가

아이고 무서워라

고대 다섯 가지 형벌
낯짝에 글씨 박는 것
코 베어버리는 것
발 자르는 것

자지 보지 파내는 것
그리고
목매달아 죽이고
도끼로 목 잘라 죽이는 것
사지 찢어 죽이고
독약 먹여 죽이는 것

아이고 무서워라

이 가운데
궁형(宮刑)
사내 고추 자르는 형
고려 하대는
이 궁형은 형이 아니라
자궁(自宮)이거라 청운의 뜻이거라

가난뱅이 아이
가난뱅이 막내아이
부모가 고추 잘라
고자 만들어
대궐에 보내면 환관이라 내시라
대번에
왕실 실세 되시누나

고려 충렬왕 내시 조맹수
어찌어찌
원나라 대도(大都)
천자 환관으로 가
고려 왕자나 공주나
고려 대신이나
천자 어전 알현 뒤
바로
그 조맹수 알현이 있어야 하느니

조맹수

원나라 몽고 복색
원나라 몽고어
원나라 몽고 노래
천자께서 칭찬하기를
네놈은 전생에
짐의 왼손이었느니라
짐의 왼발이었느니라
흐음 네놈 조맹수가 고려 알짜 우두머리로구나

용표

부대 훈련 중 뇌손상으로 쓰러졌다
부대 의무실 경유
통합병원 입원 치료
의가사 제대

고향 광주로 와 자택 요양중
그 몸으로
계림동 집에 누워 있다가
그 몸으로
계엄군 만행을 듣고 보고
치 떨었다

말리는 어머니 두고 집 나가
시민군 차량 타고 외쳤다
전두환 물러가라
김대중 석방하라
광주시민 궐기하라
계엄군 몰아내자
제대군인 김용표가
누워 있다가
시민군 김용표로
마구 달렸다

계엄군에 몰렸다 대인동 친척 가게로 숨었다

숨었다 나와
노동청 앞거리에서
총 맞았다

군용담요에 덮여
군 트럭에 실려가다가
덜커덩
시체 하나가 길바닥에 떨어졌다

씨팔! 주머니 뒤졌다 제대증이 나왔다
제대군인 김용표였다 목구멍이 뚫려 있었다 다시 실려갔다

어머니 가슴속
아들의 기상 하나 박혀 있다

열네살 때
아버지를 때린 사람
무릎 꿇려
한 시간 반 꿇어앉힌 채
잘못하였소 염불을 시키는 아들 용표가 박혀 있다

김재화

그냥 가풀막 가팔막의 하루라면
팔뚝에 앉는 파리 쫓으면 된다 한숨 쉬면 된다
그냥 돌비알 된비알의 하루라면
작년 스물다섯살 때까지
올 스물여섯살 때까지
한번도 껴본 적 없는 팔짱 서툴게 끼고
처마 밑
무등산 늙은 등성이나 한쪽 보다가
절로 무안한지
팔짱 스르르 풀면 된다

정숙하다
착실하다
정직하다
아무 말 없이 몸 하나 튼튼하다 풋보릿국이 고깃국이다

이런데도
전문대 2년 졸업하고 세상에 나갔다
여자 같다 내시 같다 했다
그런 조용하디조용한 남자 김재화
5월 18일
집짐승이
들짐승 되고 말았다
한번 집 나가서 돌아오지 않았다

19일에도
20일에도 돌아오지 않았다

김재화의 아버지는 전직 경찰관
김재화의 형은
현직 경찰관
데모 진압 경찰관

5월 21일 새벽
시민 2천
공수 저지선 바리케이드로 나아갔다
광주역전
공수부대 저지선으로
기름 두 통 실은
시민군 트럭 내달렸다 역전 분수대 들이받았다
폭발했다
시민군 뛰어내렸다
새벽 두시
거기 김재화 있다
계엄군 총격이 멈출 줄 몰랐다
어둠속
풀썩풀썩 총 맞아 쓰러졌다

새벽 네시

재화의 아버지가 전화를 받았다
재화의 친구들이
죽은 재화를
리어카에 실어
서방동 노광철의원에 내려놓았다 했다

흉부 관통

김정

형 김정용은
계엄군 20사단 하사관
아우 김정은
손가락 하나 잘린
프레스공장 직공

형 김정용은
지난해 대통령 피살 이후
군부 하나회 직계
공수부대 특수훈련에 투입되었다
진압훈련
지옥훈련
공수부대 사병들
그 고통으로 살기등등하였다
야수였다
빨갱이
빨갱이
북쪽 빨갱이
남쪽 빨갱이
다 때려잡는
야수가 되었다
거기
20사단 김정용도 야수의 하나가 되고 말았다
심야 이동

어디로 가는지 몰랐다
북으로 가지 않고
남으로 남으로 갔다 어디로 가는지 몰랐다

드디어 5월 18일 일요일
계엄군 각 공수
충정훈련 끝
충정작전 개시

그날 아우 김정은 양동 당구장에서
당구를 쳤다
거기
공수 들이닥쳐
마구 두들겨팼다
누군가가 앞니 다 부러졌다
누군가 쓰러져
정신을 놓았다
김정도 곤봉 열한 대 맞았다
열두 대 맞아
쓰러졌다

치 떨었다 가까스로 집에 돌아왔다
다음날
그 다음날

공장 출근 대신 시위 출근
광주공원
시위차량 탄 시민군이었다

형 김정용
작전 '화려한 휴가'에 배치
빨갱이 소탕작전을 시작했다
쐈다
팼다
끌어다 던졌다
아우 김정의 죽음
5월 20일인지
5월 21일 도청 앞 발포 이전인지
언제인지
그의 죽음 모른다

5월 30일 어머니가 실종신고

6월 초
망월동 가매장 묘지에 가서
묻힌 관 뚜껑 열어보았다
열네번째 관
썩은 시신
잘린 손가락으로 확인했다

머리 없다
가슴 뚫려 텅 비었다

썩은 시신에 남은 뼈 닦아
다시 묻었다

구남매 중 일곱째 김정 하나 없어졌다

구청장 주사란 놈 죽일 놈 혀 놀려대기를
구남매 중 하나 없어졌으니
밥그릇 하나 없어졌으니
한숨 놓겠소

화산 이씨

베트남 독립왕조 오조(吳朝)
다음 정조(丁朝)
다음 전여조(前黎朝)
그다음 이조(李朝)
이조 무너뜨리고
진조(陳朝)가 들어서는데

이조 왕자 이용상
해상 망명

수평선 계절풍에 밀려
가을 흑조(黑潮)에 실려
황해 복판
조선 황해도 옹진반도
화산포
그 화산포 표착하였으니 살아왔으니
함께 오는 동안
갖은 위험
갖은 고초로
33명 중
21명이 파랑에 묻혀 죽고
그 나머지 열두 명이 살아 귀신 형용으로 표착하였으니

바다 위 떠돌며

지나가는 고기 때려잡아 먹다가 굶다가
표착 기절하였으니

화산포 갯말 사람들
우선 밥부터 주고
더운물부터 주어
낯모르는 열두 명 극진정성 살려냈다

고려 최씨 정권 시절이라
달려가
열두 명 가운데
베트남 이조 왕자
이용상의 이씨 그대로
화산포 이씨 조상으로 삼아
즉각 귀화
종가 이루어오니
몽고군 침략 때는
토성 쌓아 함께 맞서
항몽 안남토성이더니

멀리멀리
두고 온 남쪽 고국을 기리던 바위
통곡하던 바위
월성암(越聲巖)

또한 베트남 이조를 일으킨
이남평 그 이름으로
남평리 자리잡아
화산 이씨 종가 이어오니

영영 조선인이 되었으니

세월 뒤
한국전쟁
삼팔선 이북이다가
이남이다가
1·4후퇴 때 아주아주 남으로 온 화산 이씨 핏줄

이용상 후손
이용삼 씨

인천 연안부두
맨주먹 뱃놈이다가
어느새
제물포수산회사 사장 되어
목선 다섯 척
통통배 두 척의 선주
전라도 임자도에서 맨몸으로 온

임창돈의 딸 영숙이
그 미인 영숙이를 아내로 맞아
딸 넷
아들 셋 낳으니

허허

베트남 귀화인 화산 이씨
시조 이용상의 이름이
후손 이용삼의 이름에
그 용 용자를 떴다 봐라 여여하누나

1973년
드문드문 자가용 나와
돌아다닐 때
코티나 자가용이
밤 아홉시 반 대문 밖에 이르렀다
운전사가 내려 초인종 눌렀다

어느새 마누라 늙수그레해 마지않을지라도
지난날의 그 미색 맑스그레 남아
인저 오셔요

가로등불 밑 사뭇 염염하누나

김함옥의 무덤

오로지 오로지 그래야 했다
바다가 마당이다
바닷가 모래밭이 아랫방 윗방
밤바다가 뒤뜰이다

그 앞마당 뒤뜰 건너 떠가는 섬들이
손 흔드는
핏줄이다
육촌 구촌
이웃이다

그런 마당의 한 방
몇대의 방
완도에
서로 겨루며
김씨네 칠남매 서분서분 자랐다

강울음 한번
떼울음 한번
울지 않던 함옥이
형들 두고 누나 두고 그 함옥이 머리 기르고 떠났다
대여섯 달 만에 편지 오갔다
광주 계림동 철물점 점원
물냄새 그리웠다 물새 울음 그리워

먼 수평선
파도소리 그리워

한번도 큰거리에 나가지 않았다
한번도 무등경기장
고교 야구경기 보지 않았다
광주공원 가지 않았다
철공소 달군 모루 붙어 있다가
철공소 뒷방에서 얼굴 덴 듯 잠들었다

그해 5월 무엇하려고 무엇하려고
처음으로 친구들하고
거리에 나갔다

거기서 총 맞았다 금남로 인파 속

친구가 그의 죽음을 고모한테 알렸다
고모와 형수가 시신 확인
완도 아버지가 건너왔다
시신이 사라지고 없었다
이미 망월동에 가매장
가매장한 관 파내어 확인

고향 면장의 강요로

완도에 실어다 묻었다 보상금 받았다
전두환 뒤
망월동으로 실어다 묻었다
비로소 5·18민주열사의 무덤이 되었다

죽음은 너울가지로 죽음 부르는지
어머니 울화병 들어
아들의 죽음을 이어 죽었다
남은 남매들
우쿠르르 모여
터지던 울음으로
어느새 늘키는 울음으로
제사상 차려
술을 올린다

바다는 무덤이다 바다는 제사이다

마루따 오진수

미일전쟁
1945년 봄
조선사람 거의가
하루 두 끼 먹지 못했습니다
봄은 배고픈 봄이었습니다
봄은 발등 붓는 봄이었습니다
봄은 처녀들 달거리 끊긴 봄이었습니다
아 봄은
조상의 무덤들도
하루 한 끼 못 먹는 해골의 무덤이었습니다

그런 봄날
굶주린 마을
발진티푸스 휩쓸어
그해 봄 여름 내내
굶주린 한 품고
시지부지 앓다가 죽어났습니다
마을마다 송장 메고
뒷산에 올라가고
밭머리 내려가야 하였습니다

그 굶주림이야
일본의 강제수탈 공출 때문이었습니다
그 어슬먹 죽음은

일본의 세균전으로
발진티푸스의 벼룩과 이를
폭탄에 장전
투하 살포가 원인이었습니다
그 생체실험이
본토 토오꾜오에서
만주 하얼삔 교외 핑판(平房)으로 옮겨가

소위 731부대

조선인 중국인
떠돌이 백계 러시아인들 잡아다가
'통나무'라는 이름
'마루따'라는 이름으로
세균실험에 써버리고 묻었습니다
그 마루따로 묻힌
연 3천명 가운데
내 외삼촌 최일룡의 벗
오진수
일본 이름 마에야마 마사오
비밀독서회 회원
나이 29세
본적 충남 서천

그의 유골도
쑹화강 남안 핑판 땅에
묻혀 있으니

오진수 형의 아들 손자들
뒷날
옌뻰 가는 길에
하얼삔 들러
삼촌의 넋 불러
위령제사 드리고 왔다

일본 관동군사령관
야마다 오또조오(山田乙三) 대장
731 세균부대장 카와지마 키요시(川島清) 소장 등
소련 하바로프스끄 군사재판
25년 노동형

그러나 태평양 예의지국 일본이라는 섬의 그 누구도
'마루따' 모른다고
'마루따'가
무슨 건축자재냐고
모르쇠

오진수 그분

살아 계셨다면
지금 아흔살 아흔한살
루바슈까 입고
찍은 사진
외삼촌 앨범에
남아 있다

김형관 어머니 1

아들 형관이 죽었다 한다
백운동 철로 언저리
거기서
형관이 죽었다 한다
무슨 귀신 씻나락 까먹는 소리여
식당 주방일 하다가
앞치마 벗고
백운동 철로로 달려갔다

아들 송장 없어지고
아들의 신발 한짝 거기 있었다
동생하고
하루하루 번갈아 신던
형제의 신발 한짝 거기 있었다

이 병원에도 없었다
저 병원에도
저 병원에도 형관이 없었다
기독교병원 갔다
거기
눈도 코도 입도 귀도 없는
피 송장 있었다
형관인가 형관이란 말인가
턱조각 위

이빨들이 남아 있었다

몸뚱이 살들 뼈들 나달나달 떨어져나갔다
기껏
어깻죽지 한조각에 문신이 남아 있었다
'성공'이라는 글자

스물한살 방위병
31사단 훈련 마치고
댕댕한 걸음으로
의젓한 걸음걸이로
돌아오는 길
이유 없이
조건 없이
하 그리 느닷없이
M16 총알 몇발 맞았다

조각조각 맞춰넣은
관을 묻은 날
그 김형관의 묘 앞에
어머니는 이 세상이 아니었다 저세상이 아니었다

김형관 어머니 2

그해 5월 맏이 형관을 잃고

남편 잃고
다섯 자식 앞에서
몸 부서져라
식당일 나갔다
공사일 나갔다
새벽시장 일 나갔다
슬픔도 무엇도 오지 못했다

하늘 안 보았다
구름 안 보았다

속으로 속으로만
위장을 앓았다
대장을 앓았다
신경을 앓았다 관절 앓았다

비 오면
절뚝절뚝 비 맞았다
비 오나
비 안 오나
이슥히 돌아오는 밤
절뚝절뚝

눈 오나
눈 안 오나

남은 자식들 길렀으나
하나는 집 나가
도둑질하다 감옥 가고
하나는
정신병에 술중독
천만다행
어머니 등 주물러드리는 셋째가
집을 지켰다

언제까지나 이 세상 아니었다 저세상 아니었다

오준

임진왜란 뒤
할아버지 없이 자란 아버지
그 아버지 일찍 떠나
아버지 없이 자란
오준

붓 재주 하나 소문나
마을 입춘방 거의 다 써드렸지요

입춘방 말고도
제삿날 밤
지방 축문 써드리고
음식 받고 옷감도 얻었지요

광해군 끌어내고
인조 앉힌 뒤
북방 호적떼 몰려와
남한산성을 에워쌌지요
싸우자
항복하자 하다가

성문 열고 내려가
삼전도 땅바닥에
죄인의 절 올린 다음

그 삼전도에
청나라 개선 사적비를 세우라 하여
글 잘 쓰는
오준이
그 사적비를 써야 하였지요

쓰고 돌아와
그 사적비 쓴 오른손목
칼로 쳐 잘라버렸지요
나라의 치욕을 쓴 손
천추만추
욕된 손
더러운 손 잘라버리고
왼손 하나로 살아갔지요 조선의 손이었지요

왼손 글씨 써
좌필 명필로 흰 수염 얼굴로 새 세상 살아왔지요
살아갔지요

오준

나안주

밤이면
제법 어두룩한
납작집들 골목
공동변소 하나라
신새벽부터
열네 발 스물네 발 줄줄이 기다리는 북새통

밤이면
제법 어두룩한
판잣집들
왠지
거기 들어서면
지린내서컨
쉰내서컨
사람 사는 가슴 겨운 내음이었어

그 용봉동 빈민촌

형 홍주하고
아우 안주하고
어머니 잃은 뒤
계모가 코납작이로 찬밥으로 길러냈어
아버지 잃은 뒤
계모가 고리눈 떠 길러냈어

이복오빠 둘하고
이복누이 둘하고
잘 자랐어
그래도 괜찮았어 괜찮았어

끝내 계모와 틀려버려
막일꾼으로 나섰어

그냥 5월 광주의 시민군이 되어버렸어
21일 도청 앞
시민군으로
그냥 계엄군과 맞서 죽었어

원통할 것도 없어
더 살아보았자
더 살아보았자 뭣이 뭣이겠어
이런 내 27세 어느 놈의 77세까지 갈 것도 없어

공지관

새벽 인시에 깨어 있다가
잔기침 세 번
묘시에 일어나
맨 먼저 하는 일이
이불 개고
요 개어
장롱 안에 넣어두는 일

잠자리 이불 개기 요 개기나
외양간 자고 난 소
기둥 모서리 비게질하기나
다 같이

하루의 시작 아니리오

공지관 마누라
이불 개고
방문 여니
벌써 공지관 어른
마당 서성이며 팔짱 풀고
염소수염 쓰다듬는다

아침나절 날아갈 듯이
다리미질 마친 두루마기 떨쳐입고

대님 맨 버선에
갓신 신고
큼
나서는 길
이슬 덜 마른 길

이 무슨 해괴망측이로고

이른 아침부터
고샅 끝
마을 앞길
암캐 수캐 한쌍 지극정성으로 뽈붙어
오도 가도 못하고 서 있으니

이 무슨 망측이로고 끌끌끌 혀를 차고도 남아

오늘 출행 단념하고
에잇 집으로 돌아가
두루마기 벗고
놋대야에 물 퍼담아
개 뽈붙은 것 보아버린
두 눈부터 씻어내니
상스러운 것 본 두 눈
두 번 세 번 씻어내니

으음 울 밖이란 난당 짐승판이로군
얼른 『춘추』 꺼내어 읽어가니
마음 좀 가라앉는다

어제는
이 노학도 공지관
지리산 화엄학도
강화도 양명학도
천하 불한당이로고 하고
화젓가락
화롯불 뒤적이며 악담이더니
오늘은 개의 천하대도 운우지정 규탄이로고

나홍수

왕년에 '월남전 용사'였어
맹호부대 용사였어
퀴논
안케 고지 점령 뒤
3일 휴가
냐짱
그 바다 밑바닥 보이는 바다에 대고
나홍수우우
하고 내 이름 목청껏 불러보았어
어머니 어머니 어머니 불러보았어
그뒤 원대복귀
베트콩 부비트랩에 걸려
구사일생
가슴팍 훈장 빛났어
떠날 때는
부산항 울며 헤진 부산항
올 때는
오산비행장 군용기였어

환영 화환 목에 걸었어 여배우 도금봉이 걸어주었어

그뒤 시시한 나날 아오자이 생각나는 나날
고향에서 목공소 차려
목수가 되었어

어린 아들 둘
딸 하나
내 마누라 이금자랑 다섯 식구였어

내 마누라 친정 갈 때 버스값 아끼느라
정강말 타고 갔어
그렇게 아껴
딸년 운동화 샀어

나도 술은 죽어라고 일차로만 끝냈어
이차 가는 꾼들한테 따돌렸어

서른세살
아이들 재운 뒤
내 마누라와
소주 한병 마시는 형광등 불빛 아래 그 이차가 좋았어

5월 21일
목공소도 문 닫아야 했어
계엄군이 왔어
세상 어떻게 돌아가나 하고
쭈뼛쭈뼛
거리에 나갔다가
금남로 나갔다가

건물 옥상 사격수
드르륵 총 갈겼어
도망쳤어
다른 옥상 사격수
드르륵 갈겼어

흉부 우측 관통

가슴 한쪽이 떨어져나갔어 나 어이없이 죽어버렸어

아이들 이름 못 부르는
여보 못 부르는 즉사

퀴논 전두환대대에서 안 죽고
광주 전두환부대한테 죽었어

남은 아이들

1980년 당신 잃고
1987년 당신의 아내
나홍수 마누라 이금자
나 이금자

한밤중 소금밭 소금같이 소금물같이
우울증 깊었어
우울증 뒤
간경화 깊었어 기어이 나 죽었어 당신 뒤따랐어

아이들은
미혼 이모가 맡았어
나 대신한다고
내 동생 경숙이가 맡아 길렀어

아니 내 동생 경숙이
결혼한 다음에도
제 남편하고 맡아 길렀어
소년가장
다달이 쌀 몇되 현금 2만 몇천원 받을 때까지
죽은 언니의 세 남매 길러주었어
그 이모를 어머니라 불렀어
그 이모부를 아버지라 불렀어

밥이 소금밥
국이 소금국
아이들 자라나서
해마다 5월 18일
당신 무덤 찾고
나 죽은 날
비 오는 날
화순 공동묘지 비탈 내 무덤 찾아왔어

쉬파리떼

무인년 여름이라
1818년 여름이라
정약용 유배 풀린 그해
풀리기 두 달 전쯤
풀릴 생각 전혀 없던
그해 여름 초복 뒤

어찌나 파리 쉬파리 들끓던지

강진 배소

온 집안에 쉬파리 바글바글
산이나 골이나 득실거렸다
술집 떡집에 구름으로 몰려와
윙윙거리는 소리 우렛소리
노인들 탄식
괴변이라고
아낙들 탄식
괴변 났다고
아이들도 때려잡을 궁리
괴변이라고
개똥이는 파리 통발 놓고
쇠똥이는 진득진득 파리약 놓고 어쩌고

정약용 논하기를

이 쉬파리떼
결코 죽여서는 안됨이라
이것들은 분명 굶주려 죽은 백성들이
다시 태어난 몸이므로

하
불법 삼생설 그것

아닐 터

현생 재생설 이것

주린 백성의 삶 그 얼마나 기구한 삶인가
지난해 염병
지난해 가혹한 세금
굶어죽은 송장 길에 즐비늘비
버린 송장 동구 밖 메웠느니
무슨 수의다냐
무슨 관이다냐
그냥 내다버린 송장더미
솔솔 바람 부니
썩은 김 피어올라

그 묵은 추깃물 새 추깃물 괴어
거기 구더기 만배 불어나
그것들 날개 달린 파리가 되어 쉬파리 되어
여기저기 날아드니
어찌 그 쉬파리떼
산천의 무리
백성의 무리 아니리오

밥 지어다 고기 반찬도 장만하여 놓아라
그대들 쉬파리들이시여
날파리들이시여
똥파리
송장파리들이시여
서로 알려 다 날아와
실컷 자실지어니

허나

6월이면 납세 독촉 사립문 박차고
납세 못 내면
가마솥 떼어가고
송아지 망아지 돼지새끼 끌고 가고
기어이 호주 호주 마누라 끌고 가
곤장 치고

곤장 맞고 돌아와 누우면
염병 역신 들어
고기 물크러지듯 숨 놓으면
죽어
쉬파리밖에 그 무엇이랴

오호 봉황은 입 다물고 까마귀 꽉꽉 소리하누나

오늘도 걷는다마는 마신다마는
파리 한 분
내 손등에 앉았다
그대 내 일가친척이셔라
파리 한 분 손등에 앉았다가
내 소주잔에 앉았다
그대 내 죽은 술동무의 후신이셔라

자 건배

박금희

양림동 건너가는 양림다리 다급한 호소였다
거기 길 막아서서
차 막아서서
사람 죽어갑니다 피가 필요합니다
피를 나눠주세요
피를 나눠주세요

다급한 호응이었다
아저씨 저도 가겠어요
병원 헌혈실
저도 가겠어요
아저씨
아주머니
저도 함께 가겠어요

전남여상 3학년 여고생 박금희
헌혈할 사람 모아
함께 가는 길
기독교병원 헌혈하고 돌아오는 길

탕 탕 탕
헬기에서 쏜
총 맞아
거리에 피 다 쏟아버렸다

쏟아버리고
붉은 길바닥 고꾸라져
열일곱의 이승 마쳤다

아침나절
집안 청소 빨래 다 해놓은 뒤 나가
영영 돌아오지 않았다
박금희를
김금희로 잘못 쓴
베니어판 관 속에 누워
영영 돌아오지 않았다

시청 청소차에 실려가
망월동 묘지
무더기 시체더미
하나하나 아무렇게나
흙구덩이 파 집어던졌다

김금희 아닌
박금희 집어넣었다

그 가족

행복은 마지막 행복인가

광주시 납작집들 농성동거리
아버지 박병민
어머니 문귀덕
그리고
오빠
오빠
오빠
오빠
언니
언니
언니
그리고 막내 금희 나

이 행복에 무슨 행복 더하겠는가

이렇게 우르르 모여들어 행복한 가족
나 하나 죽어
가족이 다
볏집 흙집 세들어 살아도
행복했던 가족
그 가족이 다 가슴속 갑오징어 먹물 찼다

웃음 없다 누가 웃으면 등 돌렸다

저것들 봐
내 무덤에도 못 오게 막는 것 봐
안기부가 막아
경찰이 막아
벌써 두 달이 지나
매미만 외쳐댔다 뻐꾸기만 우짖었다
내 생일
7월 17일
생일상 대신
제사상 받았다

금희의 5월이라 하다가
금희의 7월이라 했다 비가 오지 않았다

언니의 꿈속
대인시장 양장점 나가는
언니 꿈속
내가 나타나
생시같이
생시같이
내년에는 옷 한벌 꼭 해줘

다음해 1981년 7월 17일 밤

새옷 한벌
내 무덤에 놓여 밤이슬에 젖었다 행복은 곧 불행이었다

광복군 부부

남자 김근수 과묵하다
광복군 제1지대 묵묵 복무

여자 김월선 과묵하다
조선의용대 입대
광복군 편입
제1지대 묵묵 복무

저 1930년대 말 두 묵묵 한 사랑이었다

중국 남쪽 귀주 계림 전선
중경
산서성 미 OSS 유격훈련
중국 북부 지하공작

곧 고국 상륙 앞두고
달밤의 맹세 묵묵 사랑이었다
두 사람 김근수 김월선
해방 뒤 중경 임시정부 일행으로 돌아왔다

조국은 일제 잔재판
묵묵 탄식이었다
거기서 시작하였다 묵묵 절망이었다

왕씨의 길

고려가 끝났다 조선이 시작되었다
고려 왕실 왕씨
조선의 이씨한테
없애야 할 씨족

살기 좋은 곳
따뜻한 남쪽으로 가
편히 살라고
왕실 방손들
왕실 인척들
한 배 가득 실어
남해에 몽땅 수장 지낸 뒤
남은 왕실 찌끄럭지
남은 왕씨 씨족 나부랭이
샅샅이 찾아내어
도끼로 찍고
칼로 찌르고
쇠뭉치로 쳐 물고 냈다
아무데나 묻어 길 만들었다

왕씨 득실거리던
도읍 개성은 대번에 풀밭이었다 돌무더기였다
그 풀밭 숨었다가
달밤에 도망쳐

먹밤에 도망쳐
산지사방으로 흩어지니

왕(王)씨에 인(人)을 씌워
전(全)씨로
점 하나 붙여
옥(玉)씨로
양쪽 귀를 달아
전(田)씨로 바꿔
구차한 목숨 버러지로 잔짐승으로 보전하였다

이런 개명이 탄로나자
다시 전(田)씨를 신(申)씨로
신(申)씨를 차(車)씨로
차씨가 유(柳)씨로
버드나무로 수레 만드니
차씨 곧 유씨였다

그러나 이 기구한 왕씨 각성바지
자손들
용하디용하게
그 조상 내력 더듬어올라
서로 혼인 못하는 한핏줄이었다 왕씨 핏줄이었다

1910년 경술국치 그 다음해
의병장 유병우
의병전투 앞장섰다가
생포
투옥
의병 30명 이끌고
탈옥
다시 체포
투옥
그리고 단식투쟁 옥사

이 의인(義人) 유병우의 아들 유재웅이
일제 식민지시대
신씨네 집 이쁜 딸
달덩어리 딸 복순이와 눈맞아
어머님께 결혼을 청원하니
밤 등잔불 탁 끄고 나서
안된다
단연 불허
신씨라면 유씨 동성이렷다 안된다

죽은 아버님 산소 늘 찾던 효자
산 어머님
조석문안 간절한 효자

청년 유재웅 조상보다 사랑이 으뜸 아니랴
불효자식 하직하나이다
한마디 혈서 두고 도망쳤다

만주 국자가 뒷골목
지물포 가게 내어
소리 소문 없이 살았다
도망길
함경도 칠보사 들러
물 한그릇 놓고
결혼한 아내 신복순이 뱃속
벌써 아이 들었다

유씨
신씨의 아이 들었다

얌전이

사람이 사람 이상이라는 못된 생각 버려
사람이
버러지와
잔짐승
큰짐승 이상이라는 못된 생각 버려

뭐
하늘 상제의 형상 그대로라고

그런 오래된
산똥 같은 자화자찬 버려

조선 철종
강화도령
강화 부들 베어 한뭇 두뭇 팔아넘겨
떡 사먹고 엿 사먹던 도령
갑자기 왕이 된 법도
왕이 부들 아니고
왕이 강화 인삼밭
인삼꽃 아니고
왕이 강화도 쌍놈쌍년 아니라는 대궐 법도 밖

그 철종조 방방곡곡
여동밥 한 숟가락 모르는

황달진 봄날
떠돌이 김삿갓 사백(詞伯) 얼굴 돌려
골릴 만한 놈만 골리고
길가 굶어죽은 송장 슬퍼한 적 없어

굶어죽어
길가에 널린 사람 송장
1만 송장
1만 3천 송장 다 묻히지 못하고 말았어
그냥 썩었어
썩어문드러져 뼈다귀 밟혀버렸어

경기도 수원성 남문 밖
팔달산 밑
강인택의 무남독녀 얌전이
고 깨물어먹고 싶게
이쁘디이쁘고
미쁘디미쁜 년
막 아홉살 난 년

하도 세상 캄캄하여
격문 하나 써붙인 것 들켜

간밤 성안 포교와 형방 일행 들이닥쳐

아버지 강인택 잡아가고
어머니마저 머리채 끌려가고
집 양식 가축 서책 등 다 짊어져 간 뒤

너 혼자 남아
앙앙 울어대다가
하루 굶고
이틀 굶고
굶고 굶어
스르르 누웠다가
스르르 눈감으니
그 역적 소생
굶어죽은 송장
누가 지고 가 묻어주지 않은 채
그대로 썩어가며
푸른 기운 돌기 시작하는데

역시나
사람 죽으니
사람 따라 굶은 개들 떠돌다 들이닥쳐
거기 얌전이 송장
가운데 도막부터 뜯어먹는다
한 마리가 달려들었다
또 한 마리가 달려들었다

조금 뒤
뼈대 남았다

날 저물었다 오직 개 짖는 소리 서로 물고 뜯는 소리 들렸다

박민환

서석 보급소
1구역 2구역
석간신문 돌렸다
돌리고 나면 밤중이다
통금해제 싸이렌 뒤
네시 반
조간신문 돌렸다
돌리다가
하수구 수리 현장
다리 하나 빠졌다
맹견주의 그 집
줄 풀린 개한테 물렸다
지지난해
아버지 보증 섰다가
집 날아갔다
어머니가
일수놀이로 방림동 단칸 셋방 들었다

우유배달 신문배달로
오지랖 하나 넓어
동네 아이들 불러 라면 먹이며
국어 산수 가르쳤다

밤중 곤한 잠 깨어

웬 불길 치솟는 것 보았다

5월 21일 새벽
한집 셋방 사람과 집을 나섰다
대뜸 시위차량에 올라타 도청으로 갔다
총탄 날아왔다
최루탄 터졌다

총탄 피하여
엎드렸다
엎드렸다가
고개 들었다

총탄 날아왔다
얼굴 반쪽 어디로 날아갔다

박민환
박민환의 시신

객지 떠돌던 아버지
아들 죽은 소식 듣고 돌아왔다
두 달 뒤
울화병 아버지 아들 따랐다
어머니 남았다

아들 잃은 어머니들 모여
서로 의지가지였다

밤마다 꿈속
아들 나타났다
붉은 옷 입고
흰옷 입고
어느날은
갓난이 벌거숭이로 나타났다

언제부터인가
아들 나타나지 않았다

좋은 데 가서 태어났나보다
어느새 어머니 지팡이 짚었다
방 안에서
눈 암암
바늘귀 못 꿴다
손 덜덜
이불 홑청 못 시친다

오랜만의 꿈속 아들이 나타났다

치사한 사건

생각해보시구려

아무리 바른 임금인들
아무리 밝은 임금인들
조선 18세기
가진 것보다
더 가져야 하는
누리는 것보다
더 누려야 하는
왕실 외척
당의 벌열로 높다랗게 울 친
대궐은
장명등 밝힌 밤의 섬 아니겠소
장명등 꺼진 낮의 섬 아니겠소

만인지상 절해고도라

저 풍산 홍씨
안동 김씨
풍양 조씨
연안 이씨
대구 서씨
반남 박씨
경주 김씨

연안 김씨

무슨 씨 무슨 씨 그 노론 가문들

용 노릇

범 노릇

무려 스무 가문 벌열

경향의 벼슬이란 벼슬 다 차지하고

백년 2백년 끄떡없이 번져내려오나니

그 어드메 틈서리

정구품 아랫벼슬 쪼가리 하나 얻어내겠소이까

임금도 약 먹여 죽이고

쫓아내고

손발 다 잘라버리고

이 가문 저 가문

서로 으르렁거리며

이 당 저 당

서로 제 마누라 옷맵시도 행동거조도 달리하며

죽이고 쫓아내며

꽉 틀어쥔 권세와 재부로 뺑 둘러싸인

섬

그 구중궁궐의 섬

아무리 소리질러도

궁궐 밖에서는

저것이 임금의 소리인고 벽창호의 소리인고

풍산 홍씨
저 인조 연간
부마 홍주원의 자손들
홍석주
홍길주
홍현주 삼형제에
홍양호 이어
정승 판서 다 차지해오다가

홍인한의 소실 진씨댁께서
속적삼 바람으로
초여름
바깥 뜨락 청매실을 따는데
양반 자제 한분
지나다가
고것 이쁘다
하고 끌고 가
뒷산 수풀 속에서 능욕해버리니
그 사내 누구시겠소
바로 홍국영의 아드님이라

정조 등극을 막은 인한

정조 등극에 앞장선 국영
그 원수지간
한갓 첩놀음마저
원수지간이던가
오랜 공방소실 진씨가
넉 달 뒤 아이 섰다는 소문 쉬쉬쉬

이 찢어죽일 년
이 더러운 년

어느날 밤 외로운 이쁜 진씨댁
억수 비바람 속
온데간데없어졌느니
누구의 소행이겠소이까

국영 댁이겠소이까 인한 댁이겠소이까

박세근

광주시청 앞
신성주유소 주인 박세근
주유소 뒷방
밤중에 들어가 불 끈 밤빛 속 혼자다

술집 안 간다

통금시간 뒤
이것
저것
일 처리하고
한밤중에 들어가 혼자다

돈 안 쓴다

하루 한끼는 삼양라면이나 국수다
점심은
다시식당 단골손님
5백원짜리
가정식 백반

식당 아낙들
왜 장가 안 드셔라오
왜 혼자 춥게 사셔라오

하다가
이제 그런 소리도 쏙 들어갔다

여자 안 본다

주유소하고
주유소 앞 식당밖에 모르는
이 박세근
어쩌자고
도청 앞까지 발바투 발걸음 놓아
시민들 속에 덤짜로 들어가 어쩌자고 어쩌자고 혼자다

아내도 씨도 없이
무엇 하나 없이
주유소 남겨놓고
36세의 독신으로 총 맞았다
5월 21일

어디 당신뿐이겠소
시위대열 아닌
거리 노인네
집 안 아낙네까지
조무래기 아이들까지
다 총 맞았다

베트남전 때
베트남 민가
마구 쏴대던
마구 불지르던
그 행각
10년 후

박세근 당신
헬기 기관총탄인가
옥상 총탄인가
도청 계엄군 초소 총탄인가

몸 펑 펑 펑 숭 숭 숭 뚫렸다

인배

아버지 가버렸다
어디로 가버렸다
어머니 이금자만이
어머니였다

남은 사람
어머니도
나도 어디로 가 살든지 죽든지 해야겠다 이대로는 안되겠다

어느날 밤부터 쌀이 없었다
어머니는 식모살이 가고
나는 이모한테 맡겨졌다
나 보면
이모부
이종사촌 입 다물었다
반년 뒤
외갓집에 맡겨졌다
외삼촌은
사흘마다
나흘마다 야단쳤다
외사촌들 구박
낮으로 밤으로 이골 났다

어느덧 중학생이 되었다 밑도 끝도 없었다

학교에서 돌아오는 길
바람만 텡텡 불었다
수챗구멍에 책가방 던져버렸다
외삼촌한테 또 야단맞았다

무작정 서울 가는 밤기차를 탔다

답십리 자개공장에서
자개 솜씨 익혔다

자개공 박인배 이제 열여덟살이었다
낮기차 타고
어엿이 광주로 내려왔다
숙식 제공 월산동 농 공장 자개공이었다

1980년 4월 24일 취직이므로
5월 24일 첫 월급날
어머니 식모살이 그만두었다

토요일 어머니한테 가고
일요일 공장으로 돌아왔다

아버지는 감감무소식
어머니하고 우뭇국 함께 먹었다

오랜만에 속옷 갈아입었다
어머니한테 18금짜리 두 돈쭝 반지 하나 사드렸다
일요일 느지막이
공장으로 돌아오는 길
휘파람 절로 나왔다
다음 공일 어머니 모시고 증심사 놀러 간다

5월 17일 일요일
어머니와 함께 있다가
공장 가는 길
휘파람으로
대전발 영시 오십분을 불러젖혔다

5월 21일 총알 날아와 죽었다
어머니한테 평생 울음 평생 한숨 놓고 갔다

인배 어머니

아들 죽은 뒤
아들 묻은 뒤

꿈꾸어본 적 없다

새 남편마저
아들 보상금으로 장만한 집
내놓으라고 소송 부치더니
가슴에 대못 박고 떠나버렸다

몸속에
죽은 아들의 얼굴 하나 있다 그뿐

양동시장 오이 호박 떼어다
팔던 행상 노릇이다가
옹기장사
사기장사
유리그릇 장사 하다가
참기름 들기름 콩기름 장사 하다가
남광주역 가녘
밤길 포장마차 술집 차렸다

그러고도
그런 일 겪고도

새벽 한시
포장마차 포장 내린다

그러고도
한 아낙의 몸속
아무도 알 턱 없는
슬픔이고
아픔이고
외로움의 포장 내린다

만경부대 곽섬동

왜란이 국토를 범하였다
왜란이 도읍을 범하기 직전이었다
임금은 도읍을 버리고
비 맞고 떠나며
팔도 감사에게 초병령을 내렸다

어서
어서 모여서
과인이 돌아갈
한양성을 지킬지어니

팔도의 소(少) 청(青) 장(壯) 노(老)
팔도의 장삼이사
각처 어중이들 불러모았다
허나
떠중이 오합지졸이라
한양성에 모여들기 전
공포로
거부로
도주 패주하거나 이산하였다

오직 전라병만이
그 왜란 충격을 이기며
부득불

한양성에 이르렀다
과시 호남 기상이런가
전라병 연전연승
한양 입성에 이르렀다

과시 전라감사 권율의 탁월한 지휘로고
과시 권율의 덕망이로고
이런 권율 예찬 밖에는
전라병 편성 썩 잘된 일

광산 김씨들은
광산김씨부대
여산 송씨들은
여산송씨부대
서당 동문은
서당 훈장 아호를 따
일곡(一谷)부대
서당 마을 이름 따다가
두문부대
상부상조하던
마을 이름 따라
윗말부대
아랫말부대

부대장은
가문부대 원로 모시니
업혀다니는 부대장이고
상부상조
청심계원 부대장 노릇은
계주가 맡으니
낫질로 칼을 쓰고
작대기질로 창을 쓰니
그 종친부대 혈연
그 서당부대 학연
그 상부상조의 지연들이
아울러
전라병 한양 입성 기필 성취이더군

전라도 만경평야
만경부대는
순 농투성이
소 청 장 노 2백여명
거기에는
부안 총각 곽섬동이
외갓집 만경에 왔다가
외사촌들과 동참하여
연산싸움
옥산싸움

왜병 11명을 죽인 뒤
한양성 입성에 이르렀다

그길로
임진나루까지
왜병에 밀려가며
왜놈 총 맞아 죽어갔더군

장사(壯士) 곽섬동
뒷날 부안과
김제 만경 일대에서
그 충혼을 기리더군 기리다가 말더군 세월 무심이더군

박인천

나주벌 나주였네
형이 큰집 큰아버지 양자로 들어가니
아우가
아버지의
어머니의 장남이 되었네그려
택시 운전으로
거리를 골목을 훤히 알았네
사람을 알았네 세상을 알았네
송정리에서
서석동까지 장거리 타고 온 손님
택시요금 안 내고
냅다 뛰어 도망치는 세상을 알았네

5월의 거리 수상하였네
무서웠네
나주로 돌아가
아예 푹 쉬고 있었네
그러다가 딴마음 생겼네
앉았다가 섰네
고향친구 일권이
가지 말라
가지 말라 하는데
나주에 나타난 시민군 차 타고
광주 가는 길 나섰네

나주 송암 지나
매복군 사격으로 한소끔 낮잠 자듯 입 벌리고 죽었네

그뒤로
아버지 신부전증 눈감았네
어머니 자궁암 눈감았네
재가한 아내
형제와의 보상금 싸움으로
척지고 원수졌네

무등산 달밤 무당굿 뒷전놀이 쓰잘데없이 길고 길어 진새벽이었네

박창권

열두살 아이
아버지한테 매 맞았다
열세살 아이
술 취한 아버지한테
따귀 맞았다
열다섯살 아이
매맞았다

세월은 매였다 매맞는 일이었다

네놈은 내 씨 아니다
흑인놈 씨다
나가
나가
이놈아
하고 매맞았다

아닌게아니라
가무잡잡한 아이

여덟 형제 중 가장 조용한 아이
학교 갔다 오면
옷 벗어 걸고
얼른 허드레옷 등거리 쇠코잠방이로 바꿔입었다

아침에도 이불 개켜
이불장 속에 넣는 아이
흐트러짐 없는 아이

이런 아이를
술 취한 아버지는 내 새끼 아니라고
술버릇으로 맨버릇으로 두들겨패는데
어린아이건만 낯바닥 아늠 두꺼워 뱃구레 두꺼워
매타작 맷집
낯 한번 찡그리지 않는다
울지 않는다

형이 울어라 울어라 해도 울지 않는다

가무잡잡한 아이
늘 입 다물고 지렁이 본다
제비 본다
봄 나비
가을 잠자리 본다

5월 21일 도청 앞 금남로에 와 있다
아세아자동차 차량
시 외곽지대
시민 실어날랐다

시민 수천
시민 수만
시민 수십만

도청 계엄군 몰아내는
시민
시민군 육박전

그때
가무잡잡한 아이
그 시위군중 속에 와 있었다
도청 앞 분수대
그 공수대
앉아쏴 자세
마구 갈겨댔다
엄마!
이 한마디로 아이 쓰러졌다

적십자병원
그 아이 주검 누워 있다

소년 박창권의 주검 매맞았던 주검 총 맞은 주검

박찬봉

아들 여덟

1980년 5월
아들 하나 잃었다

두부 관통
흉부 관통

죽은 아들이
누구인지 몰랐다

그렇게
아들 잃은 사람
그렇게
남편 잃은 사람
그렇게
아우 잃은 사람
그렇게 그렇게
약혼자 잃은 사람들 모여
5월의 유족회 이루었다

유족회 회장이 되어
경찰 끄나풀로 몰리고
안기부 앞잡이로

손가락질받기도 하며
사실이기도 하며
사실 아니기도 하며

해마다 아들의 무덤 앞에 선다
오늘 하루
망월동 아비로 선다
맨정신으로
창권이 아비로 고개 숙인 채 선다

심동선

진다방
머릿기름 바른 단정한 올백머리 심동선
동부경찰서 앞
경찰관
정복
사복 단골다방

진다방

그 다방 지배인 심동선

날마다 시위현장에 갔다 오는
경찰들 본다
쌍말 찌끄러기
반말 찌끄러기
욕지거리
형사들 본다

그런 험한 다방 분위기
냇 킹 콜 틀어놓고
눈감은 심동선
싸이먼 앤 가펑클 틀어놓고
눈떴다 감은 심동선

산수동 집에서 다방까지 걸어서 향수냄새 풍기며 출근한다

5월 21일 금남로 30만 시위 그날
YMCA 옥상
전일빌딩 옥상의 기관총에서
불 뿜었다
다방에 갔다
다방 옥상에 올라갔다
올라가자마자
총알 날아왔다

실려갔다
머리에 구멍 났다

전남 장성군 삼서면 촌아이가
광주 와서
포마드머리 멋쟁이 되었다

다방 마담
다방 레지 한번 건들지 않았다
다방에서 집으로 가는 동안
휘파람 부는 멋쟁이

그 멋쟁이 구멍 뚫린 해골 하나 되었다

심월용

카나리아군도 원양어선 탔다 생의 극한이었다

형 심동선은
팔다리도
몸통도
어디 가고
머리만 남겨져 있었다

그 머리만 망월동에 묻혔다가
정부의 강요로
고향 장성에 묻혔다가
다시 유족회의 요청으로
망월동에 돌아와 묻혔다 사의 극한이었다

1980년 5월 21일
다방 옥상에서 죽은 뒤
1991년 아버지가 죽었다
어머니 누워
기신기신 일어나지 못하고 누워 있었다

동중국해
남중국해
말라카해
인도양

남아프리카 해안
대서양
북대서양
스페인령 카나리아 앞바다

그 오도 가도 못하는 밤바다에 대고
형의 이름 부른다 아버지를 부르짖는다

형!
형!
심동선!

아버지!
아버지! 어디 계세요

신선로 뒤풀이

영조 즉위
다음날
삼정승 육판서 불러들여
술상을 냈다

생광이로다
어전 어주

술상 복판
커다란 신선로가
자글자글 불기운을 내고 있다

전례 없었다
그 신선로 둘레
뼹 둘러앉았다

주상은
주상 독상
신하는
각각 신하 독상 아니라 뼹 둘러앉았다

자 잔 들지어니

술은 전내기 맑고 맑았다 청주 웃국이라

술상에는
신선로 하나
가만히 들여다보니
네 가지 색 안주라

조선 후기 사색당파
하나의 신선로에
자글자글 끓여
4색을 1색으로 돌릴지어니
4색을 무색으로 돌릴지어니

허나
훈구 내림 노론의
이판
병판
두 대감께오서
궐 밖에 나와
두 가마 내려
육조 뒤 기방에 가
조복 입은 그대로 술상머리 앉았다

이년아
내가 마신 것 토해버리고 싶구나

기녀 속적삼 고름 떼어다
목안 간질여
웩 웩 토해내니
4색전 이것저것 뒤엉겨
한줌씩 토해냈다

빈속에
새로 술을 부어넣고
서른 가지 마흔 가지 안주 가운데
몇가지 집어넣었다

어이 병판
나나 귀공이나
우리 해동주자 송자(宋子)의 후예
노론의 장구(長久)를 빌며
자 드세

어이 이판 정녕 그래야겠지
드세

안두환

날마다 학생들의 풍경이었다
학생 시위
최루탄 푸른 연막의 풍경이었다

용봉동 삼간집

아빠가 방 안 서성이다가 바장이다가
어린것들 육남매
하나
하나
안았다 눈물 글썽이었다

날마다 계엄군 쪽에
돌멩이 던지는 학생들 시민들의 풍경
최루탄 날아오는 풍경
그러다가
총 쏘는 소리
탕 탕 탕 탕 들리는 풍경이었다

아빠가 안절부절
집 옥상에 올라가보았다
총탄 날아올까 무서워
바로 내려와
대문 잠그고

방 안에서 벌벌벌 떨고 있었다

우당탕 대문 잠금쇠 날아갔다
대문 박차고
계엄군 셋 들이닥쳐
집주인 안두환을 낚아챘다
이 새끼 빨갱이새끼
진압봉 맞아
입 터지고
코 깨졌다
끌려가
어디론가 실려갔다

이런 일이 있다
이런 일이 있다
대낮이건
밤이건

마누라가
상무대
31사단
국군통합병원 찾아다녔다

3공수 교도소 쪽으로 실려갔다가

조선대병원 영안실
거기에 남편 있었다
모지랑이 허리띠
바지
노점떨이 회색 점퍼가 유품이었다

보일러공 안두환
마누라와 육남매 놓고 이렇게 택없이 끝이 났다

안두환 마누라

나 안두환 마누라여요
김옥자여요

내 옷도
아이들 옷가지도
죄다 남편이 사와요

칭얼대는
어린것 무릎에 앉혀
밥 먹여요 엄마보다 더 엄마여요

막내 네살
그 위 여섯살
아홉살 국민학생
열한살 국민학생
열네살 중학생
열여섯살 고등학생

남편 부지런한 보일러공으로 먹여살려요 입혀요

망월동 산말랭이
남편 묻고
나도 약 한봉지 구해 먹고
남편 따라가려 했어요

깨어났어요
여섯 아이들 앞에서 벌떡 일어났어요

남편 장부 가지고
돈 받으러 가면
다 주었다고 생청 발뺌이었어요
세상을 깨쳤어요
재료상 재료비 외상값 뼈빠지며 갚고 나서
하숙생 쳤어요
전남교육연수원 청소부로 일했어요
빚 갚고
집 팔고
전세방에 가 일곱 식구 오므라져 살았어요

5월 18일
남편 산소 가는 날
검은 옷 대신
흰옷 대신
생전의 남편 좋아하는 그대로
단벌 반회장저고리
남치마 입고 갔어요

어느 부자

닳아빠진 경아리들 득실거리는
한양 서문시장 안쪽
비 뒤끝이라
질척길
그 길바닥에서
노소(老少) 시비가 한바탕 벌어진다

너 이눔
열 푼 줄 테니 그 물건 내게 다구
이 어른이 눈이 있소
내 물건이 어찌 열 푼짜리란 말이우
너 이 물건 어디서 났니
틀림없이 점포에서 훔쳐왔지
열 푼도 공돈인 줄 알아라 어서 내어라
이 어른이 망령 들었수
어찌 이것이 훔친 물건이란 말이우
이 쥐새끼 같은 놈 버르장머리 없구나
순 강도 늙은이로고

소가 진창을 탁 밟는데
노가 소의 멱살을 잡는다 잡았다 놓친다

이 광경 눈여겨본 한 경아리 영감 이생께오서
얼른 소한테 가

두말 않고 열닷 푼 주고
그 물건을 차지했다

흐흐흐흐흐허

천하진품이 이 장바닥 진창길에 있었군

허허허허허흐

실로 진중한 화대모(華玳瑁)라
저 창해 밑 거북이
그 거북이 껍데기라
대모관자
대모갓끈
대모테
특상품이라

갓집 영감한테 가 자랑하니

유리같이 맑고
순금같이 빛나고
박같이 단단하고
닭 눈깔같이 동그랗고
보소

검은 점 오화(烏花) 두 점이오

갓집 영감이 보더니
흠 염소뿔이로군

이생 생색이 즉시 사색

사실인즉
아까 진창길 싸움질한 노소는
부자였더라
장바닥 사기꾼 부자였더라
노는 염소뿔로 화대모를 만들고
소는 염소뿔 주워오는
부자지간이더라

안병복

삼각동거리
우리 형제들 6남 1녀 나서면
동네 아이들 쉬쉬하고 흩어지지요
그렇게 생게망게 두려웠지요
순안 안씨네 아들들이라면
이웃 동네에서도
광주극장 가근방에서도 쉬쉬했지요

자라나서
선반공도 되고
군인도 되고
인쇄소 문선공도 되고
국민학교 영선실 수리공도 되고
장사도 하고
나는 재봉사 되었지요

어린 시절
뇌종양 소아마비로
다리 오그라들어
양복점 재봉일이나 배워
틈 내어
어머니 이불홑청도 박아주고
집안 식구 헐렁한 옷도 줄여주지요 늘여주지요
그동안 아버지 어머니

우쿠르르
이런 자식들 키우느라 고생이셨으니
어머니
관광버스에 태워드렸지요
설악산 가서
신흥사 건너편 공터에서 춤도 추었지요
그길로
동해안 따라가며
실컷 파도치는 바다 보고
경주 불국사 구경하였지요

거기서
광주 소식
광주에 난리 났다는 소식
광주사람이 죽어간다는 소식 듣고
부랴부랴
길 떠나 돌아왔으나
화순까지 와
길 막혔지요

군대가 가로막았지요

어머니는 아들 걱정으로
어찌어찌 시오릿길

걸어서 화순 너릿재 넘었지요

집에 오고 보니
넷째가 없어졌지요
집에도 없고
양복점에도 없었지요

5월 25일에야
군복무중인 셋째가 전화로 알려와
내 죽음
넷째 안병복의 죽음을 알았지요

어머니 달려와보니
팔도 없고
대가리도 없는
5월 21일의 주검 썩어
소나무관에 들어 있었지요

그동안 집안 묵묵장승이시던
아버지가 달려와
내 자식 살려내라고
경찰한테 외치고
군대한테 외치다가 맞아서 골병드셨지요

추석 때
모인 형제 6남 1녀 떠들썩했지요
이제 추석 와도
5남 1녀 묵묵장승 그대로
입 꾹 다물었지요

야 술이나 먹자 주둥이 풀 나겠다

노송동 사건

갸륵하기는

신라 성덕왕조 휘(諱) 성자 덕자 아깝게시리
학정 악정 자심커늘
서라벌 변방 삽량주에서는
밤나무에 밤 대신 도토리가
우르르 달렸다

갯가 갈꽃 대신
억새꽃 날렸다

그 학정 악정을 간하고 간하여
가까스로 선정으로 틀어 돌리자
형산강변 도토리나무에
밤이 주렁주렁
형산강변 갈숲 갈대꽃 하이얗다

갸륵하기는

조선 대궐 피바람 잠든 뒷날
세종의 장자 문종이
지극효성이라
부왕의 식성 앵두를 좋아하시매
궁 안에

앵두나무 여섯 그루 심어
이쁜 앵두가 수두룩이 열렸다
뒷날
문종의 아들 단종 왕위를
수양이 빼앗자
그 앵두나무에
난데없이 시큼한 머루 열매가 달렸다

또 갸륵하기는

전북 전주시 노송동 언덕배기
3백년 된 팽나무가 여직 살아 있는데
그 노송동 청상과부가
머슴하고 달아난 뒤
팽나무 한 가지에
웬 복사꽃이 피어났다
과연
사람의 도색이
나무에게 낼름 전해졌던구

청상과부 변씨
머슴 팔룡이 달아난 뒤
변씨 시댁
남정네들이

머슴 형제
일룡
이룡
삼룡
사룡
오룡
육룡
칠룡
그 용자 돌림
다 패죽이니

달아난 구룡
십룡
십일룡
어디 가서
죽은 형들 제사 지내느뇨

안병태

안병태 유품
주민등록증 생년월일 1956년생이로군
팔뚝시계
지갑
예비군훈련수첩
그리고
이마 뚫고 들어가 박힌 탄피 조각

안병태 직업 목공
안병태 학력 중졸
안병태 연고자
형 광주전신전화국 직원 안병권
안병태 친구 권학봉

5월 19일
목공소 휴업
방 안에서
친구 학봉이가 송곳눈 흘겨
군인놈들 군인놈들 하며
치 떨었다

아버지가 꾸짖었다 네놈은 꼼짝말고 집에 있거라
다음날 집에 있었다

그 다음날 집에 없었다
몇십만 인파 속
거기 있었다 발바닥에 불났다

전남지역 학생총연맹 이름으로
도민궐기대회 전단 뿌려
오후 두시 모여들었다
몇십만 인파 속 가슴팍 불났다 5월 21일이었다

건물 옥상에서 총사격 개시

병태 이마 맞고 쓰러졌다
학봉이가 외쳤다
병태야
병태야
죽으면 안돼
눈떠
눈떠
병태야

기독교병원에 실려갔다 이미 죽어 있었다
도청으로 옮겨져
이름이 바뀐 채
다른 관에 들어 있었다

아버지도
형도 벙어리가 되었다

담양쯤
담양 대밭 안
아늑자늑한 마을쯤
갓 심고
무 심고
호박 심고
생강 솔 심고
쪽파
당근 심고
새 각시하고 사는 꿈
놔두고

망월동의 밤 지렁이 운다 지네 운다

양인섭

나 베트남에서 돌아왔소
베트남
맹호부대 정글에서 살아서 돌아왔소
퀴논 늪지대
양키 레이션박스 까먹다가
베트콩 총알
내 철모 스쳐가
나 아슬아슬 살아서 돌아왔소

씨팔 억수로 재수좋게
부비트랩 걸려서도
재수좋게
발가락 하나 잘리지 않고
살아서 돌아왔소

내무반 전우 인달식이
그 충청도 달식이
수색대로 나가
돌아오지 않았소

나 미군 수송기 타고 돌아왔소
제대군인
군복 벗고 남방셔츠 입고 나가니
허전하였소

박대통령이 여자들하고 술 먹다가 권총 맞았소

나 머리숱 진하디진하다오
의협심이라는 것
정의감이라는 것 좀 가지고 있소

신문 정치면을 읽었소
광주공원 앞 서동
아내 손창순
큰놈 여섯살
작은놈 두살이오

나는 제대 후 당구장 차렸소
네 식구 생계 맡았소

5월 당구장 문 닫고
시위대열에 나섰소
아내가 말리는데
가래침 탁 뱉고
금남로에 나갔소 거기서 끝이었소

5월 21일 도청 지하실
나 죽어가며 실려왔소
누군가가 이용도외과에 옮겼으나

나는 죽어 있었소

이마에 총구멍이고
이마 뒤쪽 다 무너진
주검이었소
베트남에서 죽었다면 호국영령이었소
광주에서 죽어
폭도였소
폭도의 주검이었소

아파트로 이사 가는 날

머쓱한 등잔대
누구 앓기를 바라는
뒤란 굴뚝 밑
쥐며느리 드나드는 약탕관
큰방 구석 수수비
마당 싸리비

놋주전자
놋주발 두 벌
놋수저 두 벌

헛간 바람벽에 걸린 쳇바퀴
조리
채반
광주리
헛간 바닥
맷돌
질화로
초라한 장독대
독 셋
항아리 넷
뒷간 잿간 오줌장군
3대 내내 내려온 거무튀튀한 솜이불
솜틀집 가고 가도

숨 죽은 지 오래
그 솜이불
퇴침
목침
증조할머니 담뱃대

마당 지게 바작 중병아리 어리 따위 괭이 쇠스랑 따위

다 내다
길가에 쌓아두고
사진첩
옷
농협 적금통장 따위만으로
이삿짐 차 탔다

나 이상돈과 내 마누라
아이 두 놈 영곤이 상곤이 신나는데
생전 처음
아파트시대 부풀었는데

어머니만
눈물 찔끔찔끔 찍어내며
뒤돌아다보고
뒤돌아다보고

간밤 혼자 올라가 있던
뒷산 시부모 산소 옆
영감 산소
뒤돌아다보고

아파트로 이사 가는 길

이삿짐 차 내려버리고 싶어라
뛰어내리고 싶어라
되돌아가
잃어버린 영감 샐쭉경 기어이 찾고 싶어라

창근이

광주 숭일고 1학년 양창근입니다
열여섯살입니다

지산동 골목 구멍가게
어머니가 밥상 내가며 버럭 꾸짖었다
한 번 아니라
두 번 세 번
나가지 말라고 단단히 꾸짖었다

5월 19일 휴교령
가방 던져놓고
친구들과 나갔다

대학생들이 죽는 것 보고
끌려가는 것 보고
교련복 입은 채 나갔다

5월 20일도
5월 21일도
5월 22일에도 나갔다

공용버스터미널 거기서 죽었다

어느 병원에도 주검 없었다

도청에도 없었다
나중에야
나중에야
망월동 가매장 묘지에 묻힌
썩은 주검 찾았다

여장부라던
여장수라던
어머니 무너졌다
내장산 넘어
정읍에서
순창까지 걸어갔다 걸어온 힘
아들의 죽음으로 무너졌다
영영 걷지 못했다 서지 못했다
입도 무너졌다
영영 말을 잃었다

산목숨이 앉은뱅이 목숨 온벙어리 목숨 되고 말았다

어느 고아의 길

아버지가 어디로 떠났다

어머니가
아기를 업고
광주를 떠났다

부산 고아원 문 앞에
아기 놓고
어머니도 떠났다

고아원에서 자랐다
고아원 원장 이민 간 뒤
새벽 신문 돌리고
밤 재칫국 배달하였다
부산 애강원에서
야간중학
야간고교 다녔다

누구한테서 어머니가 있다는 것을 알았다
어머니의 광주로 왔다
어머니를 찾았다
광주통신공사 작업반 직원
25년 고아 생활 마치고
어머니의 아들이 되었다

행복이었다

통신공사 계장 조남신과 함께
사무실 창밖을 내다보다가
날아온 총알 맞았다
계장 즉사
계장 관통한 총알이
윤성호 머리를 뚫었다

한 알이 둘의 목숨 삼켰다

모든 경전들아 성서들아 인생론들아 무엇들아
염치 없이 펼쳐지지 말아라
그대들 모두 총일 뿐 총알일 뿐
부디 닫혀 있거라

한듕록

쓴다 함은 무엇이뇨
사도세자의 비
정조의 모후
혜경궁 그녀의 밤낮

한자 한자 눈물 흘리며 쓴다 함은 무엇이뇨

이승 끝
77세 노파의 말년
쓴다 함은
도시 그 무엇이뇨

한듕록

새삼 쓴다 함은 무엇이뇨

한을 벗어남인가
한에 파묻힘인가
한을 훨훨 떠나보냄인가
한을 국그릇에 국으로 채워 마심인가

지아비 뒤주 속에서 굶어죽고 숨막혀 죽고
아들 먼저 떠나자
친정이 즉각 역적으로 사약 받고

손자 순조에게나 의지하여
한으로
한으로
한을 쓴다 함은 이 무엇이뇨

나는 열(烈)에도 죄를 짓고
효(孝)도 저버린 사람이 되었다
스스로 그림자를 보아도
얼굴과 등이 뜨거워
밤이면 벽을 두들겨 잠을 이루지 못한 것이
몇해였던지

그런 중에도
그 한 중에
어떤 권세의 실마리 누벼 있으니
쓴다 함은
도시 무엇이뇨

살아온 날을 쓴다 함은 무엇이뇨
뒷날
어느 늙은 주모
나에게
술안주 더 주며
말하기를

쓰는 이여
쓰는 이여
울고 쓸지어다
비에 바람에 울고 쓸지어다
쓴다 함은 텅 비는 일 아니리
쓰는 이여

윤재식

검은 눈썹 밑
검은 눈동자 걸짜로 빛났다
검은 눈동자 밑
박은 코
박은 코 밑
묵묵부답의 입
그 다문 입 아래 턱이 간다
그의 두 어깨 밑
두 팔 밑
두 다리가 떡심으로 간다
식품 40여종 도매상 재식이가
할말 하나 없이 가납사니 없이 간다

용봉동

전남대 근처의 자택 앞거리 성큼성큼 나선다
나설 바에야
나설 바에야

성큼성큼
다방에 간다
커피를 시킨다 커피가 나온다
커피향
먼저 침 삼킨다

그때 다방 문짝 차며
얼루기 군인들 들이닥친다
마구 군홧발로 찬다
아이쿠
아이쿠

이 새끼
아이쿠는 무슨 놈의 아이쿠야
이 빨갱이새끼

세상이 무서웠다 실컷 맞는다
작신작신
몸 쑤시며
가까스로 집에 간다
몸 쑤신다

그뒤 두문불출이다가

5월 21일
가게 종업원 민호가 찾아와
바깥 소식 전한다
성큼성큼 대신
슬금슬금

나간다
금남로
그 행진 속에 슬금슬금 절로 끼어든다

주검들 쌓인다

집에 라면 사두어야 한다
양초도 사두어야 한다
그 걱정과 함께
구호도 따라 부른다

탕! 탕!

회색바지 곤색점퍼 윤재식 피 번진다

배용희

도청 앞 가서
돌아오지 않는 남편 윤재식
찾아나선 길 아내의 길
친정어머니도
친정여동생도
대학생 남동생도 함께 매부 찾아나선 길

도청 쪽으로 가는 길
유동거리에서
막혔다
태극기 덮인 주검들 있다

총 든 학생들
외치는 시민들
거리 메워
남편 찾아나선 길
막혔다

나중에는
장흥에서 온
친정아버지도 함께 찾아나선 길

적십자병원
간호과장이 보관한

남편 결혼반지
시계 받았다

기어이
남편 시신 찾았다
썩은 시신
세 번이나
옷 갈아입혔다 묻었다

서울로 갔다 두 아이의 엄마
한 달 2만원 봉제공장 공순이 되었다 눈 침침했다

가난이 독하고 독했다
때로 고독이 가난보다 독했다 세월이 고독보다 독했다
가는귀먹었다

윤형근

언젠가의 나 윤형근의 날

달 뜨면 노래 불렀어
아침 택시 영업 시작하자마자
빈 차로
카세트 노래를 틀었어
틀어
따라 불렀어
손님 태우고도 허물없이
노래 따라 불렀어

오늘도 걷는다마는 정처 없는 이 발길

손님이 내리면서
가수 차 탔다고
거스름돈 받지 않았어
명곡 감상 잘했다고
요금에 5백원 천원 더 주었어

다음해 화물트럭 운전하다
택시운전이었어
노래 부르며
이 거리 저 거리 내 세상이었어

남녘 강진에서 태어나
남녘 해남에서 자라나
서울 갔다
서울 가 운전 배워
군수물자 운송기사로
휴전선 부대 오고 갔어
험한 오르막길 내리막길 지룻길 지나
굽잇길 지나
바퀴 박혔다 나와
흥얼
노래 불렀어

서울살이 택시기사 7년 뒤
광주 누나 오라 해서
광주에 내려왔어
사업하는 누나 운전기사 노릇

5월 광주
그 형근이
연사흘 거리에 나갔어
학동에서 도청 나갔어

누나의 차 동원될까봐
해남에 두려고

차 세운 밖에 나갔다가
탕
흉부 관통 즉사했어

하루에 한두 마디 말이면 되는 입
그런 쇠입에 노래 가득한 줄
아무도 몰라
노는 날 조조할인
재개봉영화 보고
비 오면
비 맞으며 상그랗게 상그랗게 걸었어 노래 나왔어

영화 속 버림받은 여자
꿈속에서 보고 싶었어
나는 안 버릴 거여
안 버릴 거여
지나가는 트럭에 물벼락 맞았어
한 살 먹고
또 한 살 먹었어

그런 21년의 인생이었어 노래 끝났어

이경호

어느 길바닥에서
실려왔는지
어느 병원 씨멘트 바닥에서
실려왔는지 몰라

여기 상무관 씨멘트 바닥
아무렇게나
내버려져
찾아온 가족의 울음소리들 다 남의 것이었어
거기
그냥 내버려져

대가리 으깨어져나가
팔 한 도막 떨어져나가
발 하나 잘려나가
남은 살덩어리마저
여기저기 찢겨나가
너덜
너덜
대검에 난자당한 채
썩어
숨막히는 냄새 속
5월 21일 죽어
여기

저기 실려와
내버려져 울음소리들 다 남의 것이었어

나흘 뒤 닷새 뒤에야
누나 이성자 귀에
전남대병원 가보아
어디 가보아

여기도 없었어
저기도 없었어
그러다가
너덜너덜 찢긴 옷으로
스무살 아우 경호의 주검 만났어
리어카에 실어
5월 29일 망월동에 가매장해버렸어

해질녘 누나의 울음소리가 내 것이었어

이북일

남도 농담으로
해남 풋나락
무안 물감자라 했지요
무안사람
어리무던하고
숭겁고
머리 정수리
독한 뿔 하나 안 났으니
그런 농담거리 되었나보아

무안땅에서
3남 2녀 중
이북일
광주로 나와
중학교 고등학교 나와
엉거주춤 광주사람 노릇이었어
설날 며칠
추석 며칠
할아버지 할머니 제사 하룻밤
무안 다녀오면
늘 광주사람이었어

학동 증심사 입구 삼거리
거기 오토바이가게 내어

오토바이
스무 대
서른 대 팔며
형제상회 잘나갔어

거기 종업원이
시위에 나간 뒤
사뭇 걱정되어
이북일 나가보았어

찾다가
가슴 끓어올라
시위대열에 그냥 합류
금남로 지나
광주역전까지 나아갔어
거기서
공수부대한테 시위차량 돌진한 뒤
차에 불나고
총알 날아왔어
운전사와 함께
죽었어
총알 두 발 맞아
얼굴이 없어졌어

애인 있었어
순옥이었어

홍순언

중인 홍순언 중인 따라지로 태어났으나
오종종 않고
배포 커
술 서 말 들어간다
포부 커
어느 대감
어느 재상의 포부 제치고 나선다

한번은 나라의 치욕 씻고
한번은 나라의 위기 막고
또 몇번은 나라의 이득 가져온다

자아
명나라 통주 청루에서
하룻밤 미녀를 샀으나
그 미녀의 기구한 사연 듣고
부친상 치를 장례비
삼백금을 주고
손끝 하나 건드리지 않고
굳이 이름 밝히지 않았으니

그 미녀가 청루 벗어나
명나라 예부시랑 후처가 된다
애처가 서방께서

조선 사절을 맞으니
역관 홍순언이면
안되는 일 없었다

가장 어려운 일

조선 태조 이성계가
명나라 원수인 친원파 이인임의
핏줄이라는 모함
그대로
대명회전에
태조실록에 씌어 있는 치욕
대번에 고쳐냈다
또한 선조 임진란 초
명나라 건너가
천자군(天子軍) 원병 대번에 청해왔다

이런 공
저런 공으로
조선 난세
영웅으로 추앙되어

서른아홉 가지 야담으로
마흔 가지 소설로 전해오는

영웅호걸로 전승되어
3백년
4백년 내내
백성의 밤
관솔등불
기름등불 꺼진 어둠속
그 이야기 그 이야기
동날 줄 몰라

이성자

결혼 6년째
아이 없어
나들이 나서도
안고 갈 아이
자라서 안동할 아이 없어
퀴퀴한 애육원 찾아가
여섯살 아이 에멜무지로 데려왔다

얼른 호적에 넣어
내 딸 이성자 되었다

성자야 성자야
우리 성자야

온 집안에
방에도 마루에도 불땀 좋은 아궁이에도 웃음이 찼다
마흔네살 아빠 이재현
마흔살 엄마 정석심

우리 성자
우리 성자

실한 웃음이 찼다

그러다가 아이 낳았다
아들이었다
성자가 와
성자 동생 보았다

우리 성자 복덩어리
우리 성자 동생 보았다

이성자
이경수

누나와 아우로
날이 날마다 웃음이 찼다

5월 20일
계림동오거리
이재현 포목점 앞
얼룩빼기 계엄군 살기등등 우글거리다가
곤봉 내리쳤다
총 쏘았다 쏘았다

이재현 가게문 닫았다

다음날 5월 21일

오호라
학원에 갔다 오는
성자
도청 앞 지나다가
옥상 사격으로 쓰러졌다

아빠
엄마가 찾아나섰다
조선대병원
전남대병원
적십자병원
이튿날에야
기독교병원에서 찾았다

흉부 관통 열다섯살 가슴이 뻥 뚫렸다

집안 웃음 싹 없어졌다
푸른색 스웨터 피범벅으로
상무관 갔다
망월동 갔다

단발머리 찰랑찰랑
복덩어리

우리 성자
우리 성자
없다

생전 처음 성자 아빠 이재현
밤하늘더러 욕했다

하늘이야
무언무심 그것 말고 무엇이겠나

물가에서

양녀 성자
복녀 성자
광주학살에 보탠 뒤

양부 이재현
성자 그리워
낚시터 간다
낚시터까지
형사 따라붙는다

붕어 낚싯줄
물에 던진다
찌가 빠끔 뜬다

형사가 담배 두 대째 피운다

찌가 물속으로 들어간다
집중의 순간
낚싯대가 휜다
물린 붕어가 빛나며
버둥친다

잡아서
잡힌 붕어 눈 본다

붕어 꼬릿물 튀긴다
가만히 물속에 놓아준다

형사가 저쪽에 대고 제 오줌발 내려다보며 오줌 싼다

이재술

어쩔 수 없이
이제 광주는 현실이 사상이 되어갔다
이제 광주의 현실은 광주의 사상이 되어갔다

5월 21일
금남로는 사람이다 사람이 사상이 되어갔다
10만
15만의 사람이다 몇십만의 사상이 되어갔다

광주는 다시 광주였다

광주 금남로는 택시였다
대형트럭이었다
중형 소형 트럭이었다
봉고였다
지프였다
자가용 코티나였다
네발 수레란 수레 다 왔다
두발 오토바이도 왔다
광주 금남로는 구호였다
광주 금남로는 온통 자동차 경적이었다
그 금남로는 총소리였다 총알이었다

이재술

처남 윤금환과 함께 나왔다
구호를 따라 외쳤다
행렬을 따라갔다 멈췄다 외쳤다

총알이 왔다
이재술 쓰러졌다
매형 매형
처남이 외쳤다
심장 관통 즉사

그 생
그 이름 없는 죽음
언제 사상이 되는가

이재술의 주검 썩어
비닐로 꽉 쌌으나
부풀어올라 비닐 터졌다
관 뚜껑도 터졌다
썩은 팔이 터져나왔다
언제 사상이 되는가

이런 주검 보고 있는
아내 윤금순 눈물 다 나와버렸다

5학년 아이
2학년 아이
여섯살짜리 아이
홀어머니의 삼형제가 집에 있다

이로부터
몸 부서져라 부서져라
일하는 것만이
세 아이
연탄아궁이 식지 않는 것

어디에 사상이 있는가
어디에 무엇이 사상이 되고 있는가

연꽃

조선 현종 15년
묵석이란 놈이
사촌 유동이라는 놈과
처음에는 그냥 구두덜대다가
티격태격이다가
건몰다가
맞붙은 몽둥이질이 되어가는데
묵석이 어머니가 나서서 말리다가
묵석이 몽둥이에 맞아 죽었다

과실치사 넘어
자식이
어머니를 죽이다니

어훙 윤상십악(倫常十惡)

두말할 것 없이 즉각 능지처참형을 집행하였다
아니
그런 형으로만 다하지 않았다
묵석이네 집을
아예 허물고
그 집터를 파헤쳐 둠벙을 만들었다

2년 뒤엔가

3년 뒤엔가

그 둠벙 물 위 아침이슬 먹은
연꽃 한송이 솟아나
온 마을 얼굴이 철딱서니 모르고 환해 마지않았다

꽃
원한일까 무엇일까

이종연

나주벌
저 영암 가는 길
강진길
해남 우수영 가는 길
아득히
물 건너 완도 가는 길
일로 가는 길
아직 갈리지 않은
나주 왕곡 지나는 길

1번 국도 하염없구나 멀고멀구나
거기

나주 소년 이종연
금성중학 나온
재수생
열일곱살짜리 이종연

광주 소식 듣고
광주로 가
덜컥 시민군 날뜨기 되었다

5월 21일
시민군으로 고향 나주에 와

광주 소식 알렸다

시민군 트럭 타고
나주경찰서 무기고 쳐들어가
총기 꺼냈다
광주로 돌아가는 길
효천 언덕배기
매복 공수의 공격을 받았다
영암 쪽으로 피하다
왕곡 굽잇길
차에서 굴러떨어졌다

종연이 시체 돌아왔다
방 안에 두지 않고
마당에 두었다 애송장 대우였다

5남 중 4남
아버지 이호균은 타버린 입 다물었다

소금덤

1953년 서울은 잿더미였다
빼앗기고 빼앗은 잿더미였다

휴전

서부전선 판문점 언저리
중부전선
철의 삼각지
대성산
동부전선
하루아침에 조용하다

잿더미 을지로 5가
용두동
청량리
한강 둔치 원효로 전차 종점 그 끝머리

먹고살아야 했다
다닥다닥
판잣집
그런 집에서
리어카 끌고 소금장수 나왔다
고학생 소금장수 임만술
국학대학 야간부 임만술

짠돌이 간다
짠돌이
소금장수 간다 하고
금호동 판잣집 아이들이 웃었다

어느새 방울종 달랑달랑
소금 수레 끌고
약수동 골목
문화동 골목 오른다
몸뻬 아낙들
누더기 할머니들이
자루 들고 나온다

아이고 우리 고학생 나리 욕보시겨
정다운 한마디 뒤
소금 흥정에는
소금장수 뺨치도록
짠돌이였다

소금 맛본다 하여
한줌 쥐어
맛보는 척 자루에 담으니
맛덤

소금되
꾹꾹 눌러대어
눌러덤

그것으로 성에 안 차니
한 되면
으레 한 되가웃으로
고봉덤

그러고도
한줌 더하여
끝덤

휴전

살아 있는 자
소금처럼
덤처럼
살기 시작한 시작덤

5백년 개성상인 부기법
외빼기
쌍빼기
아예 덤까지 미리 셈하지

이 세상에는
사고파는 덤 말고 징벌에도 덤이 있다 잿더미도 덤이다

임수춘

어린 시절
어찌 20년 뒤의 일 알까보냐
달리기 꼴찌였으나
끝까지 뛰었다
끝까지 뛰어
마지막 혼자 숨찰 때
운동장 뺑 둘러 박수소리가 들렸다
부끄럽고
뿌듯
주저앉았다

더 자라나서
나무 오르다가
몇번이고 떨어졌다
다시 올라
다시 올라
기어이
아득한 저 잣열매 따
아래로 툭 던졌다

세월이 바람 쌓이듯
달빛 쌓이듯
서른여덟살 임수춘

아버지 모시고
아내하고
아들 세 놈하고
학운동 배 사과 밤 감 가게 열었다
여름에는 수박 참외 딸기 가게 열었다

5월 18일
5월 19일
거리에 나가지 않았다
5월 20일에도
집 안에 있었다
5월 21일
도청 앞 시체들이 널렸다 나가지 않았다

가게 앞 오토바이 들여놓으려고
방을 나갔다
나가자마자
탕 탕 탕 소리
비명 내지르고 엎어졌다

집 앞도 황천

귀 쪽에서 하얀 뇌수가 쏟아졌다
계엄군 지프 지나가며

계엄군 곤봉이 머리를 내리친 것
병원으로 실려갔으나 숨 진작 끝났다

김씨

가을이구나 가을바람 앞으로 뒤로 소슬하구나

조선땅
고대
중세
근세
근대
현대 역대에 걸쳐
가장 많은 김씨들

그 김씨들도
고려말까지는 김씨가 아니라
쇠 금자 그대로
금씨들이었지

그런데 이씨 이단 이성계가 등극하자
오행
금목수화토 살피건대
금이
목을 삼키니
목이 곧 이(李)의 그 목이라

누가 이르기를
금씨 다 없애버리라 고해바쳤지

고려 왕씨도
다 없앴으니
금씨
아무리 많다 해도 다 없애버리고
새 세상
새 성바지로 열자 고해바쳤지

쉬운 일 아니로고

궁여지책 하나

금씨의 쇠 금자를 그대로 쓰되
금씨라 부르지 말고
김씨로 부르게 하자 했지

좋아 그리 하거라
왕명 떨어져
조선의 막강한 성씨
금씨들
각 본마다
이로부터 금이 아니라 김일지어다

새로운 세상의 김씨들
이씨의 조선 무대 위 슬슬슬 기어오를지어다

안동 김씨 18대쯤 19대쯤
풍기땅
거기 태어난
김일봉
약관 17세에
서당 공부 놔버리고
나뭇짐 지더니
어느날 소백산 연화봉에 올라
감히 나라를 세우고
자칭 국호를 일봉국이라 하더라

이런 유치찬란한 몽상
저 이성계
이시애
저 명나라 주원장
그 거지중 주원장의
국운과
무엇이 달라

가을이다 가을밤 귀신 곡하는구나

그 장학사업

떡두꺼비 같은 자식
훽훽 잉어 같은 자식
뒷산 넋 같은 자식
앞들 논 같은 자식
조상 대대
선산 같은 자식
강물 같은 자식
아 나라 같은 자식
동명동 자택에 남겨두고
조선대 토목공학과 교수 임병대
고향 갔다

마침
전국 계엄령
대학 휴교령으로
아내와 함께
순창행 버스 탔다

막내아들 균수가
제 할아버지 한의를 이어
원광대 한의대 다니고 있다가
5월 17일
광주에 와 있었다
그놈 놔두고 왔다

장남 방수가
대학 2학년 때 병사한 뒤
차남 양수
막내 균수가
장남의 생을 나눴다

5월 17일
막내 균수 집에 오자마자
광주공원 법정스님의 강연을 들었다
거리의 뜨거움과 달리
산골 물소리였다 들꽃이었다

아버지 어머니 순창 떠난 뒤
5월 21일
형 양수와 함께
도청 쪽에 나가보았다
그 시위 인파 속
그 무차별 사격
아비규환
형이 아우를 놓치고
아우가 형 놓쳤다

균수의 두개골에 총알이 관통했다

아버지
어머니 돌아와 얼 빠졌다
형 양수는 부대 영창에 갇혔다

균수 묻었다

묻은 밤 지새웠다

아버지 임병대

장남 요절로
10년 전부터
장학사업 시작하고
봉사활동 시작하더니
막내 피살로
순창북중 순창고 무등장학금
광주 인성고 임균수장학금
원광대 한의대 본과 2년 무등장학금
해마다 베풀었다
아버님 아호로 된
몽해장학금
벌써 10년 20년 이어갔다

어디 이뿐이냐
광주 서구 무등노인대학교 학장
순창군 노인학교 교장
순창군 바르게살기회 부회장
순창군 청소년상담실장
순창군 향지사 부회장으로
시혜 봉사 마다않고
소년소녀 가장들 찾아가
그 결손 어린이 생일날
닭 한 마리씩 들고 갔다

아아
'한가족'이란 말
'한마음'이란 말 '우리'란 말이
죽은 아들 균수의 수첩에 적혀 있었다
산 아버지의 마음속
이승의 몸속 새겨져 있다

그 소녀

조선말 순조 때
어미
아비
삼촌 두 고모
십자가 수놓은 것
입은 옷 속에 넣었다

포교에 잡혀 다 죽었다 무덤도 없다

그 몰살 신도의 고명딸년 하나
진외갓집 갔다가
숨어
어찌어찌
호랑이밥 안되고
강원도 삼방고개 넘어
안변 두메
외딴집 심부름꾼이 되었다
그 아기 이름 바람 부는 날 낳았다고
바람례였다

밤중에 주인영감이 들어와
덮치는데
장도 꺼내어
부욱 찔렀다

찌르고 그길로 떴다

새벽별 보았다 십자가별이었다

천주님
천주님 하다가
어머니
아버지
어머니
아버지 불렀다

삼촌도 부르고
큰고모 언년이도
작은고모 복년이도 불러보았다

십자가별 없어졌다 벌써 먼동 텄다

바람례야
바람례야

어디로 가나 또 북관 천리 어디로 가나

장례길

남편 임수춘이야 물굴젓 새우젓이나 좋아하지
시위도
무엇도 몰랐어
나루터 나룻배마냥
가게하고
가게 안
집밖에 몰랐어

그런 사람이 곤봉 맞아 죽었어
오토바이 들여놓는다고
밖에 나갔다가
곤봉 맞아 죽었어

죽은 남편 찾아다니며 울음 말랐어

전남대병원 안치소
도청 지하 안치소
도청 건너
상무관 안치소
피투성이
피투성이 송장들
관 속에 넣어
도청 앞 분수대 광장
장사 지냈어

사람들 촛불 밝혀 뒤따랐어

임수춘의 아내
윤삼례도 따라나섰어 눈물 동났어

5월 29일 합동장례식
팍팍한 길
광주교도소 앞 지나
망월동까지 따라갔어
태극기 덮인
남편의 관 따라갔어

묘지 하관
흙 덮이자
그때서야 울음 새로 터져나와
내 남편 보여달라고 외쳤어 외치고 외쳐댔어

누군가가
정 떼라
정 떼라

관 뚜껑 열어
썩어문드러진 송장 보았어
남편인지

무엇인지 몰랐어
기절하였어 쓰러졌어

다음날 새벽
살아나 보니
집이었어
안방이었어
안방 윗목 벽 사진틀 속
거기 강울음 울다가 웃어대는 아이같이
남편이 환히 웃고 있었어

1년 뒤
시청 소개로
무등도서관 일 나갔어
형사가 찰싹 들러붙었어
그래도 막무가내로
유족회에 갔어
경찰이 덜렁 들어냈어
경찰 몽둥이가
유족회 시위를 막았어
막다 막다
아낙들 시위 못 막았어 밟아도 밟아도 일어났어

향수

비거스렁이
물가에 백로 섰다
쪼아먹을 것 쪼아먹었나보다 죽여야 사나보다

아버지
5년
6년 누워 있다가
방금 숨지셨다

나 야학교 원주섭
한가닥
시드러움 슬픔 없다

어머니 산소에 가 여쭈었다
아버님
곧 오십니다

1936년 나는 혈혈단신 만주로 떠났다
봉천
신경 죽을 지경 지나
머나먼 치치하얼 거기 가
인가 스무 가호
이 집 저 집 문전걸식 시작하였다

어느날부터
국경 넘어
러시아에 몰래 파는
옥수수 장삿길 나서
시미치 뗀 듯
큰돈 만졌다

고향산천
초라한 부모 산소 그리웠다
빼갈 네 개 보뜨까 한 개 마셨다

누구의 불빛 되고 싶었다 밤 깊었다

임은택

이 세상은
산 사람의 세상
이 세상 어느 가장자리
죽은 사람의 거처 있건만
그 거처라는 것
산 사람들의 변방 아니더냐

임은택

그대 누워버려
아직 산 사람
그대로이냐
그대로이냐

그런 시체에 살아 있는 세상의 체면이 남았다
한쪽 발
구두 한짝 신겨졌고
어쩌자고
팬티 입은 채였다 슬펐다

오른쪽 다리
오른쪽 어깨
왼쪽 무릎
옆구리

총알 네 발 관통
담양에서
광주로 가는 길
마을 이장 고규석과 함께
광주로 가는 길

광주 전남대에서
교도소 쪽
계엄군 이동의 길
바리케이드 작업중
픽업차가 계엄군의 총탄 벌집이 되고 말았다

이 새끼들 다 죽여버려
군홧발
진압봉이 마구 날뛰어
두들겨댄 뒤 짓이긴 뒤
두 손 뒤로 묶어버렸다
퍼런 피멍 문신의 주검
흙구덩이에 던져 묻어버렸다

임은택
고규석
픽업차 타고 광주 가다가
그길로 저승 가버렸다

이 세상은 산 사람의 세상이다

음력 4월 초파일이었다

두 아낙

임은택 아내 최정희
고규석 아내 이숙자

오지 않는 남편 찾으러
담양에서 잰걸음 걸어나왔다
길 막혀
보리밭 두렁 에돌았다
개천 도랑 돌았다
언덕배기 올랐다
산 넘었다
다시 길 접어들었다

광주교도소 앞거리
길 가녘
픽업차 박살난 채
처박혀 있었다
신발 한짝 있었다

두 여자의 삶 캄캄하게 남았다

한 집 소 팔았다
한 집 보상금 나온 것 다 썼다
똑같이 아이들 데리고
친정으로 갔다

다시 왔다
날이 날마다 아득했다

두 과부 이숙자 최정희 만나면 무지무지 반가웠다
자네가 나여
내가 자네여

달빛

백제 제15대 침류왕
기껏 1년 미만 왕위에 앉아보았다

저승이 보였던가
천축승 마라난타의 불교를
불현듯 받아들였다
다음해 아우 진사왕이
절을 지었다

중천에 달 떴다
가장 분명한 질문이
달빛에 있다

왕이면 뭘해 왕 아니면 뭘해

장방환

순천만 서그러운 갈대밭 일제히 들오리떼 올랐다
갈대밭 말 없다

순천에 가 있던 방환이
광주 소식 듣고
광주사람들
다 죽어간다는 소식 듣고
삼대로 수숫대로
픽픽 쓰러진다는 소식 듣고
광주 대학생들
총 맞아 죽고
칼 맞아 죽는다는 소식 듣고
부랴부랴 돌아왔다

5월 21일 점심 뒤 궁금하여
용봉동 집 나섰다
과연
오늘도 대학생들 잡아가고 있었다
놔주어라 놔주어라
애들이 무슨 죄냐
놔주어라
소리질렀다

이런 결기 터뜨린 방환이

이 빨갱이새끼 하고
진압봉에 뒤통수 맞고
즉사
그길로 방환이 송장 돌아오지 않았다
다음날도
다음날도 돌아오지 않았다

마누라와
아들 대학생 둘
그 밑으로 고등학생 중학생 다섯
아홉 식구가
여덟 식구로 되었다

마누라가 찾아나섰다
전남대 이학부 건물
피범벅 난장판 쓰레기 소각장
옷무더기
신발무더기
그 속에
남편의 청색 바지 보였다 시신은 자취 없다

두 아들과 함께
남편을 찾아나섰다

전남대병원
기독교병원
적십자병원
조선대병원
응급실 중환자실 영안실 찾아나섰다

광주교도소 앞 흙구덩이
거기
썩은 시체더미 나왔다
낯익은 파자마 입은
시체 나왔다
남편이었다
때로는 솔봉이
때로는 신건이
거짓말 하나 없는 아둔패기
남편 장방환의 썩어버린 시신이었다
58세
술 한모금 마시지 않는 사람
담배 한모금
모르는 사람

모심어
나락으로
여무는 사람

공장 물건 받아다
지방 소매에 넘기는 길
그 길밖에 모르는 사람
종점에서
종점
이 길밖에 모르는 사람
집밖에
마누라밖에
돼지새끼같이 노루새끼같이
내 자식 일곱밖에 통 모르는 사람

이제 흙이 되었다
밥 한숟갈
못 먹는 흙구더기 구더기 되었다

양관 풍류

버들 푸르러라 물길 머뭇머뭇 에돌아가더라
성종 시절

아침 어전 신하의 칭송일색
태평성대 시화연풍이라
간밤 침전의 마마
어느 색에 녹으셨는지
나른나른한 어전

아직 연산 피바람
연산 색(色)바람 이전이라

그 시절
덕천 고을 원으로 나가는
선비 양관
지니고 가는 것은
소학 한 권
이백 시집 한 권
활
거문고
그 밖으로
웬 학 한 마리도 동행이었다

아쭈

덕천 관아의 밤
이따금
술 안 취한 거문고 소리
이따금
정신집중의 활 쏘아
관중 한두 번 박힌 화살 뿌르르 떨었다

술 안 취한 채
술 취한 이백 절구
낭랑하게 읊조렸다

여기저기서
심지어
두고 온 일가친척들까지
이 덕천 고을로 이권청탁이 몰려왔다
성균관 동기
고종사촌
사돈의 팔촌이 찾아왔다

그럴 때마다 양관 나리
동거하는 학을
어깨에 앉히고
묵묵부답으로 앉아 있었다
청탁들 슬슬 빈손으로 물러갔다

고을 아전들
썩은 이방도
썩어문드러진 형방도
하고많은 청탁 초군초군 거두어들였다

양관 나리

학 풍류라
학 울음에
학 울음 듣는 풍류라

아호 하나 지어드리오
학석(鶴夕)이라
학석 양관이라
상품(上品) 풍류라

관아 기생 하나이
나리더러
나리
학더러
나리

전영진

산천 신령께 이 조찰한 치성 드립니다
묵은 곡식이라 노구메
거칠고 거칩니다
사뢰건대
저는 열여덟살 소년입니다
한문 잘하고
영문 잘하시는
족보 달달 꿰시는
박석무 선생한테
영어를 배우며
강진 귀양살이
다산 이야기도 자주 들었습니다
대동고 3학년
내년에는 대학생이 될 것입니다
아버지
어머니의 아들이라
책버러지로
밤버러지로 지새워
안경잡이 집중으로
책 읽고 또 읽었습니다
그만 자거라
어머니가
놓아두신 자리끼가 말하였습니다
학교에서도 밤중까지 책하고 있었습니다

도시락 둘 다 먹고
한밤중에야 꾸벅꾸벅 돌아온 뒤
어머니
아버지 뵙는 시간입니다

거스른 적 없습니다
대든 적 없습니다

5월 19일
그날 전교생들
계엄령 강제 귀가 조치로
교문 뜨르륵 닫혔습니다
산수동오거리까지
터벅터벅 걸어왔습니다
다음날부터 집공부 하라 해서
책방에 책 사러 나갔습니다
나갔다가
계엄군에게 잡혀 마구 두들겨맞았습니다
맞고 돌아와
내 소년의 넋이
바로 청년의 얼로 바뀌었습니다
분노가 치솟았습니다 가슴속 섭새기는 용기였습니다
책버러지
밤버러지 그만두고

어머니의 만류 뿌리치고
거리로 뛰쳐나갔습니다 늘키는 울음 떨쳤습니다

조국이 나를 부릅니다

그날 노동청 앞
뜨거운 거센 시위대열
거기 총탄이 핑핑핑핑 날아왔습니다
노동청 옥상 조준사격

나의 시체

너덜너덜
기독교병원 바닥에 눕혀졌습니다
상무관에 옮겨졌습니다
망월동에 실려가
이놈 저놈 겹쳐져 포개져 실려가
아무렇게나 쑤셔넣어 묻혔습니다 다시 파내어 묻혔습니다

아버지의 술이 시작되었습니다
아버지의 뜻이 시작되었습니다
어머니의 병이 시작되었습니다

40년 뒤의 석학 한국 분자생물학의 권위일 생애가

전영진의 생애가
지상에서 지워졌습니다
그 40년 뒤의
40년 전
나의 운명 미성년으로 중단되었습니다

어머니

전영진의 어머니
김순희
머리 다 하얘져버렸다
머리 다 빠져버렸다 어찌 그렇지 않겠는가

말 한마디 온전하지 않았다
말들이 아귀 맞지 않았다
말뜻도 모르고
그냥 궂은 날 중얼중얼 흘러나왔다
처마 밑
바쁜 낙숫물 소리
그 소리에 시지부지 묻혀버렸다 어찌 그렇지 않겠는가

천원짜리 돈 열을 세지 못한다
2천원
3천원까지 세다가
세지 못하고

밥 지을 쌀 일지 못한다
쌀 속 뉘와 돌찌끄럭지 그대로였다
연탄불도 갈지 못했다 어찌 그렇지 않겠는가

남편 전계량
거리에 나가

5·18유족회 회장 노릇
전두환 물러가라 외치고 돌아와
밥 지었다
밥 지어
밥상 차렸다 밤중에야 고픈 창자 메웠다

남편이 자 밥 먹세 하면
영진아
영진아
밥 먹어라 하고
문밖에 대고 헛소리한다

1년은 남편과 함께
거리에 나가
전경 방패 때리며
살인마 전두환 데려와라 이놈들아
외치더니
1년 뒤부터
걸핏하면
꽃 지는 날 풀썩 주저앉았다
엉덩방아 찧었다
그리고 머리가 빠졌다
버선발 속 발가락 발톱 빠졌다 어찌 그렇지 않겠는가

내 아들 전영진
총 맞아 죽은 뒤

기건

조선 5백년간
청백리 2백이라면
그중에는
억지 고과(考課)도 더러 있겠으나
조선 몇백년간 2백이라면
그 얼마나
썩은 관(官)인가
썩고 썩은 이(吏)이겠는가

그런 탐관오리 구더기 세월 속
지독한 청백리도 암암리 있었거니와
청백리 기건 나리도
있었거니와

연안부사 재임 6년
그곳 명품
붕어
참붕어 한마리도 먹지 않았어

바다 건너

제주목사 재임 3년
그곳 명품
복어

도미 한점
입에 대지 않았어

그런즉 제주목 아전들
그 아래
대정현감
정의현감
죽을 판이었어
이런 관리가 희한하게 있어주었어

가을바람 일어
대정 백성 땀투성이 앙가슴 식어 살 만하였어

전정호

그날 부처님 오신 날이었다 왔다 가신 날이었다

음력 4월 8일
양력 5월 21일

부처님 오신 날이
사람 오신 날
사람다운 사람 오신 날 가신 날
이었다 아니었다 새 잎새들 지저귀었다

4차선 거리마다
부처님 오신 날
등이 걸렸다
밤에는 등불 느런히 밝혀졌다 불빛 지저귀었다
그러다가
그 등불 일제히 꺼져버렸다 숨죽였다

처음 최루탄
그다음 총탄

부처님 오시는 날 가시는 날 아니었다

그날 어머니는
새벽에 길 나섰다

절에 가
아들 손자 복 빌러 갔다

택시회사 사고수습 담당 전정호도
이른 아침 선바람으로 출근

벌써 시민과 계엄군 대치
택시 사고가 잇달았다
그 사고차 수습반 편성
수습의 하루 보냈다

어서 가자
어서 가자
억실억실한
전정호

동료들과 소주 서너 병 마시고
오후 일곱시경
지원동 집으로 돌아오는 길이었다

주남마을로 철수하던
공수의 무차별 총격 피해
누구네 집 아는 집 철문 밑 기어들어
숨죽여 숨었다

총 맞았다 흉부 관통
아직 죽지 않았다

곧 죽었다 등짝 없다

전정호 마누라

길가 쇠똥 말랐다 개똥 말똥 말랐다
다음날에야
남편 소식
남편 총 맞은 소식

이 소식 차마 바로 알릴 수 없어 빙 돌아
회사에 알렸다
회사에서는
한동네에 사는 다른 직원에게 알렸다
그가 통장한테 알렸다
통장 대신
통장 부인이
내 친구 순천댁에게 알렸다
순천댁이
나에게 알렸다
남편 죽은
다음날이었다 달려갔다

아직 살아 있었다
가슴 뚫린 채
등짝 뭉턱 떨어져나간 채 살아 있었다
남편 목숨에 송진이라도 진흙이라도 붙여 목숨 잇고 싶었다
빌었다
빌었다

제발 목숨만 붙어 있어주시오
병신이라도 좋으니
살아만 있어주시오

소용없었다

따뜻한 물 한모금 입에 적시고 난 뒤
남편의 몸 살폈다
이미 숨졌다
피범벅
손발이 뻣뻣했다 이불 홑청 구해다 덮었다

울음 다 팔아버렸다
울고 싶어도
헉헉 빈 소리뿐
울음 없었다
산 사람 발톱 다 빠지는 날들이 오고 있었다
수의 만들어 입혔다
김치 담가
문상객 맞았다
택시 여덟 대 줄서서
조화 얹혀
망월동으로 갔다

세월을 견디며
아들 장학생 4년으로 대학 졸업했다
아들 앞세워
남편 무덤에 갔다
산 사람이야 빠진 발톱 다시 돋아났다 비가 그쳤다

박순

나주 들판 저녁 어스름
거기 사람의 마음
끝 간 데 모르겠구나
나주 월정서원에서도
다른 서원에서도 의젓하시구나

박순

향리 나주 나가
고을 원으로부터 벼슬 오르고 오르더니

대사간
대제학
이조판서
우의정
좌의정
영의정의 관운 길고 길더니

영의정 15년 길고 길더니

일찍이
서경덕에게 배우고
이황에게 익혀
향토의 기대승과 깊더니

과연
이이
성혼
박순
이 셋을 두고 세상에서는
얼굴은 다르나 마음은 하나라 하더니

문사철(文史哲) 깊숙하고
문장
서도
당률 회통의 높다란 시품이라

대제학 시절
이황이
대제학 그 아래
제학으로 제수되니

선조 어전에 나아가

이황이 제학이면
나이 높은 큰 선비가
도리어 직위가 낮고
후진 초학의 선비가
높은 직위에 있음은

거꾸로 된 것이오니이다
청컨대
신의 직위를 바꿔 내려주소서

선조 그 상소에
눈물짓고
대제학을 면(免)하여 마음 편해지더니

송치 나와
송아지
송아지 자라나
부룩소 되고
어미소 되니

뒷사람 조선 하대 이익께서 찬하기를

아름답도다
이런 아름다움이
어찌 지금 세상에는 없는가 하시더니 궂은날 활짝 개었다

전계량

아들 영진이의 주검 앞에서
아픔이 무엇인지
슬픔이 무엇인지
미움과 사랑이 무엇인지
아
모든 허위조작 구더기 속
진실이 무엇인지

그리하여 군대가 무엇인지
전두환이 무엇인지
계엄이 무엇인지를
한꺼번에 와르르 알아버렸다

독한 깨달음

전혀 다른 사람이었다
5월 21일 아들 영진이의 죽음
조국이 나를 부릅니다
하고 나가서
7공수 저격수의 총
관자놀이를 뚫어댄
아들의 주검 앞에서 알아버렸다
그 이후

아들의 죽음이
아버지의 남은 삶이었다
남은 싸움이었다

그토록 험악한 탄압 치사한 책략 마른 몸 하나로 다 맞섰다
광주 5월의 죽음을
그 죽음 뒤따른
삶의 죽음을 껴안고 앞에 나섰다

그리하여
아들 영진이로 하여금
저 5월 26일 27일 새벽
도청 사수 아들들의 넋
망월동의 넋들을 온통 용마루째 부여안았다

그의 피어린 말 '광주여 영원하라'

고시레

아직도 '고수레' 하는 고장 있다
냇가 둔덕에 앉아
들밥 먹기 전
들밥 한숟갈 떠 던지며
'고수레' 하는 사람 있다

아직도 '고시레' 하는 마을 있다
아니 봄나들이
뒷산 마루 올라가
진달래 꽃잎 화전놀이
언덕에 올라가
때 늦어
고픈 뱃속 다디단 밥 떠넣을 때도
떠넣기 전
한숟갈 고봉으로 떠 던지며
고시레 하는 곳
그 처갓집 있는 마을
그 외갓집 있는 마을 있다

거슬러가

생뚱맞게 전고(典故) 살피건대
단군 시절
황하 언저리 농신(農神) 신농씨와 나란히

동방 농신 고시(高矢)씨한테
단군 세계 백성들이
삼가 기려
고시씨한테 드리는 제사
가을걷이 해마다 거르지 않았다
그 제사 뒤
제수 음식 나눠먹으며
가난 메우고
주림 메워왔으니
농신 조상신께 바친 제수(祭羞)
그 선물(膳物)로 함께 먹었으니
제사 지낸 음식이
바로 선(膳)이라

그로부터 고시레 고시레로 남아
까막까치 한끼 밥 던져주는
살뜰한 풍속 남아 있는 시절 있다
얼마나 좋아
아이고
얼마나 좋아
나 먹기 전
누구한테
무엇한테 먼저 나눠 바치는 마음
나 먹기 전

먼 옛날 농사꾼 조상한테
계면쩍게 한숟갈 올리는 마음
그 오랜 시절들 가버린 뒤

아직도 척박한 자갈길 사력질
바람 텡텡 부는 길바닥 가다가
고개 넘어
저녁 냉갈 넉넉한 마을
그 마을 사랑방에 가면
찬밥 데워 내는 밥상 있는 정 있다
남이거니
손님이거니 다 이승의 동기간인
그 정 있다

오늘 서운산 밑
나무그늘 아래
구인회 회원 아홉 사람
점심 먹고 떠난 뒤
나무 그루터기 위
고시레 밥 남아 있다 아직 밤새 두견새 오지 않았다

친목계 구인회 회원 중
임진식과
유재숙은

오늘 서운산 5백 미터 꼭대기
약혼을 밝힐 것이다

쉬엄쉬엄 남긴 산길 가자거니
어서어서 꼭대기 올라
야호 소리 힘껏 지르자거니
그 아홉 사람 세상일 잊었네
그 아홉 중
두 사람이야 사랑해도 사랑해도 모자란 사랑밖에

제삿날 밤

5월 21일
석가탄일
부처님 오신 날
하필
피의 날
탄생의 날 아닌
죽음의 날
그 죽음에서
아직 아무것도 탄생하지
않은 날

그날은 광주가 죽었다 죽었다 죽어갔다
광주가 일어섰다
항쟁 4일째
광주역전 항쟁에서 쓰러진
시민의 주검
시민들의 손에 들려왔다
계엄군 트럭에
마구 실려가던 주검 속에서
그 주검
시민에게 왔다

태극기를 덮었다

전두환 찢어죽이자
전두환아
내 자식 내놔라 살려내라 외쳤다

그날은 광주 밖에서
송정리에서도
뭉쳤다
일어섰다
영광에서도
함평에서도
해제에서도
무안에서도
목포
우수영
멀리 완도
해남 우슬재
강진
영천
장흥
보성
벌교
영암
영산포
나주

화순탄광
화순
화순 북면에서도
일어났다
외쳤다
외쳤다

한밤중 총소리가 널렸다
쓰러졌다
일어섰다
쓰러졌다
쓰러졌다
엎어졌다
일어섰다 외쳤다

공수부대 조준사격
LMG 기관총 불을 뿜었다
고교생이 쓰러졌다 애육원 아이들도 쓰러졌다
아저씨
아낙이 쓰러졌다
대학생이 쓰러졌다

2년 뒤
광주 전남 일대

제삿날 밤
광주시내 모든 집에서
광주시외
전남 각 고을에서
처마 밑 장명등 밝힌
제사 지냈다

제사가 가장 많은 밤

고 유길수
고 진필순
고 계남수
고 성명불상 무명씨 신위
고 아무개
고 아무개
고 아무개

그 3백 신위들
제사 지낼 피붙이 일가붙이 없다
제사 가장 많은 밤
제사 지내줄 사람 없어
제사 못 지내는 밤

아 제사 못 지내는 무명씨의 외톨이 넋

그것이야말로

규정할 수 없는

분별할 수 없는

시원

혼돈의 근원

무극

무위

무시무종의

무명 그 언저리이기를

아기 하나

안성 공도 마정리 하마정 끝집
아침 문 열자
축사 쇠똥냄새 진하다
그 냄새 속
방금 아홉 달
산달 한 달이나 남았는데
급한 새벽 산통 뒤
씀벅 옥동자 나와버렸다
에구머니나
에구머니나
내 새끼 나왔네
놓은 정신 돌아와
비린내 나는 아기 안았다

급히 미역타래 사가지고 온
이장돈이 싱글벙글
아기 아빠 되었다

싱글
싱글
싱글벙글
밉던 들고양이도 이뻤다
독한 쇠똥냄새도 무던무던하였다

아기 이름 걱정이었다
전의 이씨
이장돈 아래 항렬로
상식이라 할까
상만이라 할까

30년 뒷날 이상식
한반도 통일시대
육군참모총장 대장 이상식
30년 뒷날
2039년 7월 2일
동방통일국 육군 대표 이상식 주빈석 기립
일본 시따무라 대장
중국 샤오친 원수
러시아 치도로프스끼
몽골 쿠빌라이
필리핀 아키노
베트남 응우옌잡
동아시아 육군수뇌회
환영만찬 연설 마쳤다

동아시아 전쟁 없는 동아시아 우방 영웅들이여
동아시아 평화를 위하여
건배

젖맛 이전

그 무슨 짓인고

어느 나라에서는
아이 태어나면
젖 물리기 전
젖맛 알리기 전
다른 맛부터 익힌다지

그 무슨 짓인고

맨 먼저
초 몇방울
입안에 적셔주면
갓난아기
아직 뜨나마나 한 눈 떠 찡그리고
입술 움츠린다지
온몸 움찔움찔한다지

그다음에는
소금 알갱이
여리디여린 혓바닥에 녹여준다지
그다음에는
쓰거운 약 황련을 핥으라고
넣어주면

짜증을 낸다지 찡그린다지
그다음에는
등나무 가시로
여린 혀끝을 따끔 찌른다지
울음 터뜨린다지

그 무슨 해괴한 짓인고

다섯번째로
다디단 꿀방울이나 설탕을 핥으라고
입에 들이민다지

이리하여
세상의 다섯 내음 다섯 맛 뒤
비로소 엄마 젖가슴 주어
첫 젖을 먹인다지
세상의 신맛 짠맛 쓴맛 아픈맛
그리고 단맛이면
그놈의 한평생 고진감래 그것이로고

나 김억생

조선 철종 연간
만년정승 김좌근의 씨로 태어나

정실은커녕
첩실도 아닌 몸
숫처녀의 몸에
덜컥 밴 씨로 태어나자

어미 없이
버려진 갓난이로
산촌 아낙이 안아다 길러
화전마을
그 아낙들 젖동냥으로 길러

열한살부터
검술
봉술 익혀

수원성 남문지기 무사 되었지

참으로 많은 젖 얻어먹었지
눈치코치 젖
쯔쯔 젖
다섯 모금 미만
네 모금 젖
소한대한 언 젖

젖 없으면
동네 할멈 마른 젖
들병장수 갈보젖 짠 젖
갖가지 젖맛 익혀
새벽 인경 치면
묵직한 성문 썩 여는 힘 생겼지

나 안동 김씨
김억생 아니고
누구네 종가에 붙여
김해 김씨인지
광산 김씨인지
청풍 김씨인지
선산 김씨인지
그냥 김씨네 자손이었지 어느 놈의 족보에도 없는 천하의 김씨이지

어느 산수화가

나 나기숙 수채화 30년

누구하고도
구순하다
누구하고도
처음부터 누긋누긋하다

오늘도 그냥 나간다
달포거리로
어제도
오늘도 나간다
스케치북 들고 나간다

산을 본다
물굽이 본다
산이 오고
물이 온다

열흘 있다
열닷새 있다가
가랑비에
비닐우산 쓰고 온다

오는 길

비 오는 산 그린다
그 너머
없는 산 그린다

오거나
가거나
구름 있는 날
구름 없는 날 저물어

구시렁구시렁
누구의 군말 온다

마누라 없이
자식 없이
사촌 없이
그냥 산이 온다 물이 온다

보름 만에 열엿새 만에 와
그림 속 산이 저문다 물 저문다

정찬용

남도
북도 오가며 건둥반둥 도로 가며
갈재 넘고
담양 순창 한숨고개 넘어 범고개 넘어

비 오더라
비 맞더라
칼바람이면
뜨거운 국 훌훌 불어 먹고 가더라

메리야스 러닝셔츠도 팔고
혼방 내의도 팔고
양말 몇죽 받아다
고창 장날
정읍 장날
남평 장날
멀리 해남 읍내 장날 오르내리며
양말 한 켤레 2천원이면
3백원 4백원 이문 남더라

달 뜨면
걸음 재고
달 지면 길 더듬느라
걸음 곱절 늦더라

광주 집에 초주검으로 돌아가면
아직 새댁 내음 그대로인
아내
결혼 1년 반 아내 있어
금세 힘 나더라
태어난 아기 있다 금세금세 힘 나더라

이 극락에 돌아오려고
세상 지옥
떠돌았구나
이 모자 보아
내 각시 보아
여기 오려고
세상의 아수라판
지나왔구나

덮개 씌운
소형 트럭 타고 다니며
노래란 노래는
다 맞춰 불렀더니라 돌아왔더니라 돌아왔더니라

5월 18일

양동시장 입구
도매상에서 물건 받아 싣고 나서는 길
시외 계엄군 포진으로
얼라
얼라
꽉 막혀버렸다

시내 변방 골목 돌다가
북동 안쪽
집으로 돌아오는 길
거리는
피비린내 가득
얼라
얼라
총 맞은 시신 실려가고
부상자들 쓰레기로 끌려갔다

다음날 공포 속 인사불성
덜덜 떨며
꼼짝 않고
아내와 아기하고 방 안에 있었다

그 다음날
광주시내 완전봉쇄로

광주시외의 어느 길도
두절되었다
올 데 없다
갈 데 없다
이 공포의 도시 어서어서 빠져나가려다
그냥 포기하고 말았다

5월 21일
학교 다니는 아우들 걱정
북동우체국 앞까지 나갔는데
가지 말라고 말리는 아내 두고
나갔는데

그길로 돌아오지 않았다

적십자병원 안치소에
가슴 펑 뚫린 주검 누워 있었다

종손이라는 구실로
망월동 두고
영암 종중 선산에 묻혔다
백골 백년 세월로
운이 묻혔다

김금숙

영암 청년 정찬용을 남편으로 맞아
신접살이 1년 반
부듯한 서방 각시
부듯한 밤낮
후닥닥
옥동자 낳으니
집안
금시발복
종손의 씨라 하였다
종손의 씨 낳았다 하여
시아버지
시어머니 입 모아

아이고 우리 며늘아기
며늘아기
신통방통
며늘아기

구구 칭찬이더니

광주 5월 21일
남편 죽어
남편 묻고 나니
칙살맞은 시누이 나타나서

이년아
이년아
네 팔자 세어서
내 동생 잡아먹었다
이년아
이년아
네 팔자가
네 서방 잡아먹었다
이년아 이 죽일 년아

이로부터 생과부 청상과부 김금숙
아들 하나 바라보며
먼 친척의 식당 주방 설거지
옷가게 점원
방직공장 공원으로 살아가다가
위장병
신경통
두통으로
불면증 도져
밤이 너무너무 길었다

추운 밤 소리 죽여 울다가
연탄불 꺼진
냉돌 위에 널브러졌다

스물다섯살 신부였다가
스물아홉에
서른에
벌써 해설피 샐그러진 쉰 아낙 꼬라지 가슴 물크러졌다

날 어두워도 형광등 켜지 않고
혼자 찬밥 먹었다

꿈

5월 과부 불면증 찌꺼기
새벽 쪽잠
그 낫갱기 쇠토막 빠져나온 꿈속
그 막힌 댓속 뚫고 나온 꿈속
남편 둥실 떠 있다

여보 금숙이
자네 신수 영 글렀네그려

어쩌냐
어쩐다냐

내 아들놈 꼭 나 타겼네그려

여보 금숙이

내 아들 많이 컸네그려

어이 금숙이

나
저승 못 간 넋으로
중천 돌다가 와
내 마누라

내 아들 잠든 것
내려다보네

어이 금숙이

극락강 둔덕 풀밭
건던 밤 생각나

여보 여보 금숙이

단칸방

서울 변두리
남행열차가 지나건 말건
하루 점도록
차들이 달리건 말건

가리봉동오거리
가산동 쪽

거기 다닥다닥한 삭은 슬레이트지붕들
고개 푹 숙여야
드나드는 집들
누추하구나
허름허름하구나

한 골목 꺾으니
쉰 집
예순 집 단칸방들 용쓸 수 없구나
월세 20만원 보증금 30만원
월세 30만원 보증금 60만원

한 골목 단칸방들에 변소는 딱 하나
아침마다 변소 행렬
콧등 터지고
귀때기 터진다

밤에는 막소주 먹고 싸우는 소리
두들겨맞고
바락바락 외치는 소리

김영희라는 사내
여자 이름인데
건장한 사내
긴 와병생활로 피골상접한 사내

어젯밤 마누라 도망간 뒤
아침 거르고
점심 거르고
저녁 거르고 나서
두 눈 안 뜨고 있다 아직 숨 있다

고향이 남녘 강진 앞바다
어느 섬이라지
어려서 고깃배 탔다지
서울로 와
봉제공장 다녔다지
봉제공장에서 눈 맞아 마누라 생겼다지
그뒤는 몰라

한 경지

보게나
월리오두(月裏烏豆)라 하네

저 달 속에 검은 팥 한 알이라네

거문고 여섯 줄 고요하네
첫 황종(黃鐘) 음으로부터
위로 피어오르는
밑으로 흘러내리는
그 현현한 애조 다하고 고요하네

옛 백아 없고
종자기 없네

그냥 그 마치고 난 고요 위
기운 달빛 와 있네

그 무슨 점 하나
괜히 더하느냐고
산조 휘모리 마친
신쾌동류(申快童流)
조위민
그의 농현(弄絃) 세세히 솟아난 뒤
지쳐 늘어져

누구 알아보지 못하네 달빛 모르네
달 속에 검은 점 모르네

정학근

7년 전 일매진 여자 이귀님을 일매진 아내로 맞아들였다
달 떴다
천하 으뜸의 칼날
터럭을 베듯
천하 무지렁이인 나
한 여자를 맞아들였다

이로부터
행로 가파로웠다

고향 떠나
경기도 부평에서 고등학교 나온 뒤
홀어머니 모시고 살았다
막일꾼이었다
그러다가 영산포 처녀 이귀님의 남편이 되었다
잔치는 그것이었다

어머니 돌아가신 뒤
아들 둘 덜컥덜컥 낳았다

낯선 곳에서
남새밭 푸성귀도 나물도 없다
오가는 정도 없다
추운 날

노고지리 소리도 없다

광주로 돌아왔다
1980년 3월
변두리 유덕동 셋집 방 한칸
한동안 아내는
영산포 친정고모집에 있었다

가난은 흩어짐이라
아 가난은 미움이라

5월 21일
시위 차량 다가와 동참 호소하기에
에라 하고 올라탔다

도청 앞
자동차들의 경적소리 가득 찼다
세상의 귀청 뚫렸다
그때 총소리가 이어졌다

흉부 관통
정학근 즉사

가난은 죽음 앞이다 죽음이다

이귀님

5월 광주

남편 시신
썩은 시신 놓고
실컷 주저앉았다

어린것 둘이 있었다
당장 먹어야 했다 이것들 먹여살려야 했다 일어났다

머릿수건 쓰고
손수레 끌었다
옥수수 받아다 팔았다
팔다 남으면
떨이로 팔았다
팔다 남으면
쪄서 팔고
쪄서 먹였다

병아리 받아다가
병아리 팔았다

셋방도 나름
두 아이 딸린 몸
셋방 내주지 않았다

받아온 병아리 몽땅 죽었다 빚졌다

셋방도 없었다
농성동 뒷산 풀 캐고
천막 치고 살았다

살았다
살았다
그러다가 더 살 수 없었다

두 아이
먹일 수 없어
목포 공생원으로 보냈다
3개월 뒤
두 아이
목포에서
서울 홀트재단으로 갔다
서울로 간 아이들
전주 어디로 갔다 했다
알고 보니
프랑스로 갔다

두 아이
프랑스 빠리 어딘가에서

딴 세상 놈으로 자랄 것이다

홀몸이다가
중장비 운전기사 만났다
시부모가
똥갈보년이라 욕했다
임신 4개월 몸으로 집을 나왔다
딸을 낳았다
서울로 갔다
회사 식당 주방일
설거지 손 놓을 때 없었다

내 스무살
서른살이 지나갔다

라디오 노래자랑 듣는다
「과거를 묻지 마세요」를
듣는다

아이고 잘도 부르네

희미하게
노래 소감 입 밖에 나와보네 노래 아니여 내 길이여

꽃신

당나라 양귀비 신발 한짝
난에 쫓겨가다
벗겨진 신발 한짝

뒷날
보기만 하는 값 10금
만져보는 값 50금
한번 신어보는 값 1백금
그 양귀비 신발 한짝으로
거부가 되었다 하거니와

조선 철종 연간
한양 제일의 기생 자동선(紫洞仙)
그 자동선의 꽃신 또한
아무나 볼 수도
만질 수도
신어볼 수도 없었거니와

기녀의 몸을 일러
말하는 꽃이라 하고
그 꽃을 차지함을
꽃 꺾었다 하거니와

그 꽃 꺾으려면

그 꽃신에 술 가득 따라

마실 합환주가 있어야 하거니와

일러

꽃신술 화혜주(花鞋酒)

이 화혜주 값이 곧 화혜대라

화대라

장안 안팎에 호가 난 삼절

절개

미색

풍류의 으뜸

자동선 그네이거니와

이 자동선의 화혜주 마신 사내

딱 하나

조선 팔도 제일의 부자

청나라 무역

저 흑룡강

아라사 피혁무역의 거상

임상옥일 뿐이었거니와

자동선

촛불 앞 얼굴 이 세상의 얼굴 아님

촛불 끈 어둠속
이 세상의 얼굴 아님

딴 세상 자동선

오늘밤 옷 하나하나 벗는다
밖에서는
함박눈 내린다

그 아이

망월동 공동묘지
망월동 5 · 18묘지 가는 길
온통 코스모스가 사운대는구나
아직 볕뉘 포근하구나

망월동 5 · 18묘지
아버지의 무덤에도
한다발 코스모스가 놓이는구나
벌써 돋은 땀 식어 서늘하구나

다음해부터
코스모스도 꺾어들지 않는구나
다음해부터
코스모스도
어떤 것도 놓지 않는구나

그냥 마음의 꽃 한다발을 놓는구나

아빠! 하고 부르면
오냐 둘째로구나
아빠 무덤이 펑 열리는구나
막 가을이 한창이구나

어느덧 고교 1학년

아빠와 함께
한 시간쯤
두 시간쯤 함께 노는구나

그해 5월
아빠의 영정을 들고 있는
다섯살 아이의 사진

그 어린아이가
그 어린 목소리가 벌써 바뀌어 데면데면 굵직하구나

소걸음

조상 대대 벼슬 핏줄이 으뜸이라면
조상 대대 농투성이 핏줄은 무엇이겠는가
그냥 꼬래비인가

농투성이 아버지
늘 쟁기 지고
소 앞세워 돌아오신다
아랫말
저녁 냉갈 자욱하여 실로 고개 숙인 세상이시다

소걸음 뒤
사람 걸음
뚜벅뚜벅 지친 하루 끝
돌아오신다
이 세상 이 소걸음이면 뒤따르는 걸음이면 된다

이쪽 길섶
바쁜 살모사 내빼누나
저 언덕배기
나귀인지
말인지
어스름 속으로 가누나

그러지들 마

이 소걸음으로 뒤처져보아

저 지리산 밑
남명 조식의 문하
날카롭고
빠르고
늘 다급한 문하생 정탁이
스승을 하직하는 날

남명 왈

뒤란에 소 한 마리 매어두었으니
끌고 가거라

정탁 뒤란에 가보니
소 한 마리 없다

무슨 장난이신가

마음의 소 한 마리라
마음속에
반드시 소 한 마리 두고
느릿느릿 소걸음으로 가고
느릿느릿 소걸음으로

세상을 보라는 것 아니신가

임진왜란
의주까지 왕을 호종하고
곽재우
김덕령을 천거하여
왜적을 물리치고
죽을 이순신을
극력으로 살려낸 그 사람

그 일흔두살 정탁이
우의정 내놓고
스스로 전장에 나서려 하였으나
왕의 만류로
좌의정으로 나섰다

잿더미 국토를 이제나저제나 소걸음으로 거닐었다
소울음으로 울었다

조남신

거두절미 중 거두

해남 출장중이었다
광주통신공사 영선과 조남신
술 한잔에
벌써 불콰하다
이제 몇해 지나면 은퇴할 것이다
해남 연호리 일대
시설 점검하고
읍내로 돌아왔을 때
광주에서 온 여학생으로부터
광주 소식을 들었다

헛말 아닌가
참말인가

지금 광주는 군인들이 들이닥쳐
시민을 마구 쏴요
학생을 마구 쏴죽여요
광주는 지옥이어요

참말인가

5월 20일

부랴부랴
광주로 돌아왔다
거리에는 시체가 널렸다 참말이었다
집에 갔다
자식들은 무사했다
한숨 놓았다

다음날
회사에 가
출장 복명을 해야 했다
아내가 말렸으나
직장이 궁금했다

건물 옥상마다
계엄군 저격수가 배치되었다
도청 일대
이 건물
저 건물
그 건물의 옥상에는
기관총좌 아니면
소총의 총구가
과녁을 찾아 노리고 있었다

건물 위 공중에는

기관총 내건
중무장 헬리콥터가 날아다니며 과녁을 노리고 있었다

무사히 출근
창밖을 내다보았다
그때
어디선가 연발 총탄이 날아왔다
귀
턱이 떨어져나갔다
함께 있던 직원
윤성호의 머리도 관통했다
동시에 쓰러졌다

다음날 시민군 학생들이
식은 주검 기독교병원에 안치시켰다
도청으로 옮겨갔다

아내와
3남 2녀 두고 갔다

거두절미 중 절미

장한수

무슨 형용이겠소
무슨 귀신 형용이겠소
봄 오는 것 모르고
가을단풍 모르오

나 조남신 안사람이오

영감 쉰셋에
나 쉰이오
아들녀석 셋
딸년 둘

이것들 공부시키느라
막걸리 사먹지 않고
영감 월급봉투 꼬박꼬박 가지고 왔소
그 영감이
직장에서 창밖을 내다보다가
총 맞아 죽었소
어이없소
어이없소

어이없게 불쌍한 영감 묻고 나니
아들딸
먹이는 일

학교 보내는 일
다 내 것이 되었소

다음해
보상금 4백만원 나온 것
부식가게 냈다가 털어먹고
큰놈과 함께
벽돌 나르는
일수노동자 되었소

둘째놈은
제대한 뒤
택시운전 하다가
사고 내고 빚까지 졌소

두번째 보상금 타
변두리에 다방을 내보았소
보상금 밑천 거덜났소
어렵사리 은행 대출
3백만원 찾아 나오다가
날치기당하고 말았소

나 파출부로 나섰소
하루 두 집 부엌일 맡았소

밤중에야 신경통 다리 질질 끌고
집에 왔소

내 과거

영감의 썩어문드러진 송장
그 악취 송장에 대한 기억뿐

내 현재

늑대 같은 살모사 같은
빚쟁이 독촉
그리고 흩어진 새끼들 생각정뿐

조대훈

광천동 진학문방구
얼마 전까지
건재상에 다니다가 작파하고
공책
색연필 연필 볼펜 크레용
컴퍼스
분도기를 팔았다

아내와 두 아이 앞
지르퉁하고
별로 입 열 줄 모른다
친구 만나도
친구의 말 무르춤히 들을 뿐
바깥에서 안으로 머리 돌렸다

그런 사람이 바깥 나가
5월 21일
광천동 친구들하고
시민군 버스 탔다

몽우릿돌 시민군 되었다
계엄 해제하라
전두환 물러가라 소리질렀다
안으로 들어간 소리가

밖으로 쏟아져나왔다

시장 아낙들이 만들어준
김밥 받아먹으며
삼립빵 우유 받아먹으며
누문동 거리에서 외치고
금남로 거리에서 외쳤다

이윽고 도청 향해 눈 딱 감고 달렸다
달리며 외쳤다
입 찢어져라 외쳤다
조준한 총에서 총탄이 날아왔다
흉부 관통

간밤
막냇동생의 꿈
형이 죽는 꿈이었다
꿈속의 아우
형의 시신 앞에서 울부짖었다

수습대책위
학생수습대책위
그리고 시민군 주최
도민장으로 희생자 장례 치르기로 했다

그러나
5월 27일 계엄군 충정작전으로
광주 장악
시민군 몰살 체포 완료
도민장이고
무슨 장이고
시신은 시청 쓰레기차에 실어
망월동에 갖다버렸다

뒷날 썩은 시신 파내어
턱밑 점으로
형 조승훈이
아우 조대훈 신원 확인했다 이상

조천호

아빠 영정사진틀에 턱 고인
그 어린이 천호

아빠 없이 자라나
중학생 되었구나

해마다 5월이면

그 영정 속 어린이로
신문에 시달리고
방송에 시달렸다

해마다 5월이면

유족회에서 부르고
경향각지
민주화운동단체에 끌려다녔다
그때마다 시달리고 시달리다가
도망쳐
숨어 있었다

7년 뒤
그 아빠 영정사진 보다가
할머니 기절해 사흘 만에 숨 거두었다

고교 졸업하자마자
엄마 두고
동생 두고
혼자 경기도 수원으로 떠나버렸다

입대했다
군복무중
기자들 찾아와
여단장에게 불려갔다
제대한 뒤
고향에 돌아와
망월동 묘역
일용직 청소부가 되었다

아 이 세상 살기 싫으면 아버지를 불렀다
아버지
아버지

심원지

전라감사 심원지

그대 경사(經史)에 어두워도 좋아
천문지리 상수(象數)
다 어두워도 좋아

그대 업적 치적 시시해도 좋아

전라감사

임지 전주에서
하루 멀다고
아니
이틀 멀다고
간절히
간절히
간절히 오롯한 심정 담아

한양 연동 안방마님
그대 어부인께
문안서찰을 이어 보내는데

다행히 전주 풍남문 밖
완산 밑

사습걸음의 속보 녀석이 있어
그를 불러
따로 척독방자(尺牘房子)로 삼아
전주 한양길
이틀마다
서찰 가지고 내달렸는데

벌써 망종 절기
7백리 밖
감히 부인의 음성 들리는 듯
이곳 사경(四更) 기린봉 위
조각달을 바라보고 있다오
도무지 잠이 오지 않는다오
부인의 음성
귓전에 쟁쟁하오
부인의 옥서
학수고대하오

심원지

그대 한 달에 14통
두 달에 32통
부인의 답서
한 달에 14통

두 달에 32통
그것으로 그대 평생 찬란하니

그래 좋아
그 사랑의 글월
그것으로 좋아

조사천

다섯살짜리 아들녀석
그 어린 녀석 천호가
아버지 영정사진틀에
어린 턱 괸 채
물끄러미 무엇을 보는 그 사진이 온 세상에 퍼져나갔다

그 영정 속의 조사천
건축업으로
아내 정동순
국민학교 1학년 딸
다섯살 아들
두살 아들
이 다섯 식구 암암한 행복
5월 21일
도청 앞에서 그 행복 끝났다

수천권의 책들 생을 모른다

정동순

조사천의 아내
28세
세 아이의 엄마
젊디젊었다
젊은 아내
젊은 엄마
썰레놓아
세 아이의 엄마 다부져

5월 21일
남편 죽은 뒤
그런 엄마
젖 나오다 말았다

두살짜리 아기
옥상에서 어르다
눈 돌린 사이
그 아기 옥상에서 떨어졌다

이 무슨 벌인고 액인고 재앙인고

그렇게도
고샅같이
고샅길같이

자상한 남편
그렇게도
등불같이
등불같이
다정한 남편이었는데

그렇게도
토깽이같이
토깽이같이
다람쥐같이
행복한 아이들이었는데

이로부터 세 아이 거품 삼켜 길러야 했다

어린이대공원 매표소 근무
무등도서관 청소부
시청 잡무반 막일꾼

그러다가
아들 입대한 뒤
뇌종양
자궁암으로
구새같이 누워버렸다

여보
제발 나 좀 데려가
이제 데려가

다시 조사천

전남대 후문 건설회사
사장 조사천은
작업이고 뭐고
우선 인부들 무사히 집으로 보내는 일이었다

5월 18일
대학도
역전도
금남로도 어디도 온통 시위뿐이었다

인부들 서둘러 돌려보내고
일찌감치 돌아왔다
처가에 가
농사나 거들다가
돌아오자고 처가로 갔다

두 놈
딸내미
아들녀석 두고
아내와 함께 젖먹이만 데리고
처가로 가 이틀 뒤 돌아왔다

돌아오는 길
광주교대 정문 앞

공수 몽둥이가
학생들 무참히 구타하는 것 말렸다
아내가
그런 남편 끌고 집에 왔다 이를 갈았다

다음날 시위에 나섰다
집에 온 인부들과 함께 점심을 먹고
각목 들고 나섰다
계림동
계림국민학교 뒤쪽 거리
트럭 타고 갔다
도청 앞에 이르렀다 총 맞았다

3대독자 조사천 34세

진정태

경희대 한방과 학생
장차
향토에 돌아와
한의원을 열어
청운의 뜻 이루는 꿈
구세제민의 뜻 실현하는 꿈

마침 서울의 대학마다
시위의 나날이라
그 시위 등지고
고향에 와 있었다

호남선 밤차로 왔다

집에 와
가족의 행복에 잠겼다
도청 한쪽이 보이는
상무관 맞은편 집이었다

도심이었다

5월 18일 광주항쟁의 시작
5월 19일
5월 20일

벌써 금남로는 계엄군의 거리였다

이제마를 읽었다
총소리 멈췄다 쓰러지고 쓰러졌다
그 거리에 나서지 않았다

다 지나간다
다 지나간다

이런 할아버지 같은 소리 중얼거렸다

5월 21일
어제의 학살 뒤
거리는 시민들의 것이었다
분노로 뭉쳤다
분노로 불어났다

집 옥상으로 올라갔다
그때 도청 앞
계엄군 퇴각하기 직전
정조준한 총에
진정태 맞아
쓰러졌다
시민군도 아니고

시위 학생도 아니고
고향에 돌아와
바깥 구경을 하던 학생이었다

스물여섯

그의 꿈 중단되었다 필연도 우연도 다 아니다

문재학

광주상고 1학년 문재학군
열여섯살 재학군

친구 창근이가 총 맞아 죽었다
친구 원수 갚으러
시위에 가담
학생수습위 참가
사망자 수습
부상자 수습
유족들 안내를 맡은 재학군

5월 26일
7공수
11공수
3여단
충정작전 재진입 앞두고
도청 시민군들
하나둘 빠져나갔다
뭉그리던 어중이 나가고
봉충다리 떠중이 나갔다
중학생 아이들
집에 가라 해도
가지 않았다
고교생 가지 않았다

5월 27일 새벽
총 한 자루 들고 재학군도 남아 있었다

생략!

6월 6일
망월동에 묻혔다는 말 듣고
어머니와
담임선생이
망월동에 가 신원 확인했다

이틀 뒤

거기 가매장된 재학군의 관을 열어보았다

재학이 어머니

광주상고 문재학의 어머니
김길자 여사

아들 살아 있을 때는
어머니일 뿐
아낙일 뿐 앉으면 간득이는 아낙일 뿐

호남선 열차 한번 탄 적 없는
재학이 아버지
마누라일 뿐 졸음 많은 마누라일 뿐

아들 죽은 이래
애통의 어머니
분노의 아낙

몇해 동안
추도식도 금지되어
묘지 제사도 지내지 못했다

5월 27일
그날밤이면
신새벽같이
산등성이 넘어
산골짝 건너

남몰래 무덤에 가
도둑제사를 지냈다 잠 없어졌다

플래카드를 펼쳤다
살인마 전두환 때려죽이자

싸우는 여인이 되어
시내로 나가 외쳤다 자더라도 눈뜨고 잤다

제주도로 실려가고
강원도로 실려가고
전북 남원 산골로 실려가 내팽개쳐졌다
유치장에 갇혔다 소리질렀다

다시 플래카드를 펼쳤다
전두환 찢어죽이자

민병대

진월동 마을
벌써 뻐꾸기 와서 종일 타령인데
여름 자세라
양계장
닭똥냄새 진동하는데 코 막히는데

병대
앓는 닭 발목 잡고 나와
파란 앞산 풀밭 바라보며
긴 숨 쉬었다
누나 병숙이 입은 옷
너덜거리는 것 보고
이번 닭차 타고 갔다 오는 길
새옷 한벌 사다주어야지 마음먹었다

5월 20일
서울 사는 큰형 만나려고
서울행 버스 타려 했는데
고속버스터미널도
광주역도
어디도
교통두절
서울에 올라가지 못하고
에라

시위에 휩쓸려갔다

누나더러
꼭꼭 숨어 있으라 이르고
다음날도
그 다음날도
그 다음다음날도
시위대 속에 있었다

5월 27일 도청 지하실
거기
시민군으로 있다가 총 맞았다

아우 민병생
누나 민병숙
망월동 무덤에서 하루를 보냈다
죽은 민병대 생일날
차려놓은 떡하고 사과하고
아우가 먹었다
누나가 먹다 말았다

박병규

티격태격이었어
오누이가 자주 트집 되트집으로 다투었어
연속극 보자고
누이 경순이가
TV 채널을 돌리면
오빠 병규가
뉴스 보자고
채널을 바꿨어
오누이가 자주 배짱 맞았어
무등산에 가자 진달래 보러 가자
누이가 말하면
그래 가자
내려오다가 짬뽕 사먹자

그런 오빠였어
그런 누이였어

오빠가 서울로 공부하러 갔어
누이가
일주일에 한 번
이주일에 한 번 편지 썼어
오빠가 이따금
책을 보냈어 윤동주 시집 사서 보냈어

5월
서울은 학생 시위의 거리였어
서울역
남대문
종로 광화문
온통 시위의 거리였어

광주 양동 집 어머니가
서울의 아들
어서 내려와 있거라
불러들였어
어머니는 비로소 안심했어
아버지도 안심했어
누이 경순이
돌아온 오빠와 함께
제과점 카스텔라 사먹으며 신났어

그 5월
병규는
모교 친구들과 시위에 가담했어
각목 들었어
아들 죽은 아버지와 함께
형 죽은 아우와 함께
머리띠 두르고

트럭을 타고
학생수습대책위에서 활동했어
끝까지 시민군으로 도청을 지켰어

5월 27일 사망

그뒤로
아버지는 골방에서 나오지 않았어
골방에서 눈감았어

어머니와
누이 경순이
유족회에 나갔어
전계량 어른
주을석 어른 들과 함께
유족을 뭉쳐놓았어

광주학살 오적의 말단
전두환의 말단과
날마다 싸웠어
잡혀갔어 풀려나 다시 싸웠어 입정에 목구멍에 끝이 없었어

이필구 영감

어리석음

이 얼마나 정든 고향이더냐

낫 놓고 기역자 니은자 몰라도 되는
어리석음
열까지 세고 더 못 세는 어리석음

이 얼마나 어머니의 진짜배기 신떨리는 품안이더냐

지구는 돌지 않는다 해가 돈다

마정리
이필구 영감땡감
세살부터 일흔아홉살까지
지긋지긋하게시리 어리석었다가
이 빠진 이로
이이이이이 웃는다
9년 전 떠난 마누라도 잊어먹고
담뱃불 붙이려다
불 잊어먹고
맨담배만 들고 있다

유일한 기운이던가

한평생 힘인 어리석음
그 어리석음마저 잊어버리고
밥상머리
밥과
수저 사이 남남이구나
수저와 입 사이 남남이구나 수저 들어 밥 뜰 줄 모르는구나

이혼하고 친정살이하는 딸이 보다못해
화난 수저로 밥 떠먹인다

입 놀릴 줄 아시네
아직 씹어삼킬 줄 아시네
어서 죽어
묻어줄 사람 있을 때 팔자 사나운 딸년 있을 때

이혼하고 돌아와 되모시 노릇 하는 딸이
아버지 대신
밥 떠먹는다
시퉁머리로 씹지도 않고 그냥 삼켜버린다

박성용

시민군의 노래가 있지

왜 쏘았지 왜 찔렀지
트럭에 싣고 어디 갔지
망월동에 부릅뜬 눈
수천의 핏발 서려 있네
오월 그날이 다시 오면
우리 가슴에 붉은 피 솟네

조대부고 3학년 졸업반
열일곱살
박성용

학동파출소 불타는 것 보았지
파출소가 불타야 하는 이유 알았지
분연히 시위에 뛰어들었지
두 주먹 불끈

기어이
5월 27일 도청
두 발의 총탄 맞았지

오늘도 아버지는
아들 대신 목숨 내놓고 묻혀버리고 싶었지

술로 나날을 보내다가 끝내 목숨 내놓고 눈감으셨지

어머니만 남아서 울지도 못하고 문 닫았다가
문 열고 나가
유족회 활동
서울종합청사 앞까지 가서
플래카드 두르고 드러누우셨지
걸핏하면
경찰서 유치장에 갇히셨지
저런 악질 여편네라 독한 년이라
자식 죽이고
서방 죽였지
이런 욕을 먹었지
오늘도 남동성당 앞거리 누워 있었지

박용준

광주의 한 오두막
광천동 천주교회의 한 방
밤마다
유신독재라는 것 박정희라는 것이 어둠을 채웠다
그 어둠의 한 방
들불야학

유신의 도시를
민중의 도시
혁명의 도시로 만드는
그 부질없는
아니
그 뜨거운 꿈의 야학

거기에 가면
그 비좁은 교실
그 비좁은 뒷방
거기에 가면
남주가 있었다
상원이가 있었다

상원이가 라면 열 개를 가져왔다
먹어라
용준이가

생라면을 먹었다
두 개 다 먹어라 해서
용준이가
또 생라면을 먹었다

그날밤 야학 수업 뒤
먼동 무렵까지
토론이 있었다
싸구려 담배연기가
옷에 살에 배어들었다
담배 피우지 않아도
그 눅진눅진한 담배냄새 실컷 먹었다

무장봉기 말고는 모두 헛소리여
무장봉기 운운 그만둬라
그것이야말로 헛소리여
어디선가 닭이 볼만장만 울었다

그런 1979년이 가고
1980년대가 왔다
박정희의 유신이 가고
다른 것이 왔다
들불야학은 들불사랑방이 되었다

5월이 왔다
전남대 탈춤반
농악반
연극반
문화운동패 '광대'
그들이 다
거리로 뛰쳐나왔다

무장봉기 이전
공수특전단이 왔다
총을 쏘았다
진압봉을 휘둘렀다

5월 광주가 왔다 피가 왔다

용준이는
제 고향도
제 부모도 없다
영신영아원에서 나와
구두닦이로
숭의실업고 졸업
YWCA 신협 간사로
들불야학 강학으로
공순이 공돌이를 가르쳤다

빈민가 찾아갔다

5월
수동식 등사기로
유인물 만들어 뿌렸다
대자보 써서 돌렸다
그리고
'투사회보' 제작

5월 21일부터 25일까지 8호 발행
용준이 직접 필경하였다

25일부터는 YWCA회관으로 옮겨
'민중시민회보'로 발행
수동식 등사기도 윤전기로 바꾸었다
26일 9호가 마지막

이로부터 회보 대신
벽보 대신
총 들고 나섰다

피를 원한다면
이 작은 몸 내놓겠습니다
기도하고 나갔다

5월 27일 YWCA회관
거기서 총 맞았다
24세
부모도 고향도 뭣도 없이 총 맞았다

한 친구가 찾아왔네

망월동 5·18묘지
묘지번호 2-38

큰 글씨
박용준이라는 이름 음각

작은 글씨
시대의 어둠을 온몸으로 맞서시다가
숭고히 떠나가신 스물셋의
의로운 님의 생애
살아남은 자의 가슴속에
영원히 기억되리라

영원히 기억되리라
참말일까
거짓말일까

들불야학 학생 나명관이
달밤에 찾아와서
흑흑 울었다

10년이 영원이다 20년이 영원의 영원이다

박진홍

목포 표구사 진홍이
표구 솜씨 자자한 진홍이
남농 허건 선생 말하시기를
내 그림값보다
자네 표구값이 더 비싸네그려

그가 광주 소식을 듣고 뱃속 뜨거운 불 일었다
표구대 연장통 닫고
북교동 시장 지나
목포역으로 갔다

광주는 시민군의 거리였다
경찰서도
지서도 비었다
은행도
동사무소도 비었다
금남로는
시민군의 차가 달렸다

광주시민군은
목포로
해남으로
순천으로
담양으로 갔다

그곳 청년들 학생들
광주로 몰려왔다
목포 나주 함평 지나
광주로 왔다
표구원 진홍이도 왔다

5월 21일
광주 도착
시민군에게 주먹밥 주던
일신방직 공순이 임호순을 알았다
전두환부대 떠나면
무등산에 올라가자고 약속했던
그 임호순을 알았다

5월 24일
해남으로 갔다
해남의 청년들과 돌아왔다

5월 27일 새벽
도청 1층 방어선
거기
건빵 한 봉지
나눠먹은 배고픔으로
어둠을 노려보았다

그날 새벽 총탄
두부 정수리 관통
아직 시신 굳지 않았다

박진홍 시신
치워지기 전
큰대자로 뻗어 있었다
굳었다

어떤 예언

백년 뒤 이 거리 이 동네에 그들 오리라

유동삼거리
용봉동
농성동
임동
화정동
꼭 오리라

학동
금남로
푸른 하늘로
구름으로
가랑비로
함박눈으로
미풍
폭풍으로
충장로
백운동
아 피 흘린 곳만이 거룩하구나

두암동
매곡동
월산동

상무대
광주천 좌로 우로
산수동
소나무 되어
버드나무 되어
대나무 되어
상수리나무 되어
양동
운암동
방림동
모든 생은 재생이리라

소태동
진월동
망월동
이백년 뒤 묻힌 그들 살아서 다시 오리라

만
인
보

30

萬
人
譜

바다 파도

그날밤은 아름다움이었다 길고 긴 무슨 아름다움이었다

친구에게 말했다
나 유치하단다
해파(海波)
바다 파도라는 호를 가지고 있단다

5월 26일 그날밤 무지무지하게 길었다

5월 그날을 위하여
광주 그날
민주 그날을 위하여
그가 왔다
5월 그날을 위하여
그가 갔다

그날밤 윤상원은 빈속이었다
가거라
가거라 했건만
가다가 끝내
돌아와버린 소년에게
남은 라면을 먹이고 빈속이었다

그날밤 자정

그날밤 자정 넘어
그 어둠속에서
전남도청
민원봉사실 2층
도청 회의실 거기

그날밤은 아름다움이었다

이양현
김영철과 함께 있었다
윤상원이 말했다
우리는 지금 패배할 수밖에 없지만
역사 속에서
우리가 영원히 승리하기 위해서
끝까지 이곳을 사수해야 한다
우리 저세상에 가서도
이렇게 동지로 믿음과 사랑을 나누자
낮게 깊게 말했다
영철이 끄덕였다
양현이 어둠속 눈물 그렁 고개 끄덕였다 아름다움이었다

그날밤이 갔다
신새벽 네시
도청 뒷담 넘어

명사수
특공대의 집중사격 개시

윤상원 복부 관통
양현이
영철이
커튼을 찢어 감쌌으나
다시 수류탄 작렬

그날밤은 무슨 아름다움이었다

놀라운 것은
윤상원의 총은
단 한발도 쏜 적 없이
총탄 장전 그대로
방아쇠 당긴 적 없이
오는 죽음을 그대로 맞아들였다

윤상원의 총은 총이 아니라
5월의 상징
5월 광주의 의미 그것
그것은 끝까지 쏴버리지 않은 아름다움이었다 바다 파도였다

그 소나무

울릉도 제암 소나무
오랜 소나무
너만치 흔들려본 것
어디 있느뇨
이 사고무친의 난바다 바람 속
너만치 오래오래
흔들려본 것
어디 있느뇨

본디 불바다였느니라
불바다에
불덩어리 남았느니라
불덩어리 식어
식어
식어
몇만년 흘렀느니라
불덩어리 섬이 되었느니라
식어
식어
몇만년 흘렀느니라
그 섬에 풀이 앉았느니라
나무가 섰느니라
소나무 한 그루가 섰느니라
바람

비바람 불었느니라
눈보라 쳤느니라 몰려왔느니라

울릉도 제암 소나무
너만치 울어본 것
어디 있느뇨

울릉도 도동항 곧추서는 비탈길
그 윗집 아이
구상준

너 바람 잘 내일 육지로 간다지 포항으로 간다지 가거라

2030년 5월

1980년 5월 어느날 애저녁
임신 태아
임신부 총 맞아 죽으니
조금 뒤
태아도 죽었다

그 태아가 살아 있다면
50년 뒤
2030년 5월 어느날 애저녁
고향 광주에 왔다 팡파르가 기다린다
전남대 정문 앞거리에서
그 거리
사뭇 달라진 그 거리에서
50년 전 엄마의 뱃속에서 죽었던 사실 통 모르고
그 거리에서
전남대생들의 환영 팡파르가 뜨겁다
모교 기념강연
한국 역대 대통령 중
최연소 대통령
50세 대통령으로 와서
왜 자유는 피를 먹어야 하나
왜 정의는 민중의 피를 먹어야 하나
특별강연 '성장과 복지' 첫머리부터
이런 난데없는 질문을

청중의 침묵 속에 던졌다

아무도 그가
50년 전
엄마의 뱃속에서 죽은
여덟 달짜리 태아인 줄 몰랐다
그 태아가
죽은 엄마의 몸 부검으로 나와서
기적으로 이적으로 살아 나와서
외할머니를 엄마로 삼고 자라 팔삭둥이로 자라
10년 학문 10년 정치로
벼락쳐 대통령이 된 지난날 아무도 몰랐다
두말할 나위 없이
세말할 나위 없이
아무도 몰랐다
모교 대학총장 주최
환영만찬 끝
한 동문회 간부가 말했다
각하!
각하의 자당 최미애의 산소를 저는 알고 있습니다 망월동 산소 말입니다

무슨 말씀입니까?

눈 내리는 날

1980년 6월 6일 유족회 위령제날

그 전두환 5공의 공포 속
폭도 진압 뒤
학살 뒤
체포 고문 투옥 뒤

희생자 유족들 하나둘 모여
안기부 분실
경찰 정보과
여러 밀고자들 몰래
쉬
쉬
쉬 모여
일인당 5천원씩 걷었다
한 달에 5천원씩
이윽고 50만원이 되었다
한숨 돌렸다

그 돈으로 제수 차려
망월동 위령제 지냈다
경찰 쫓아와 에워쌌다
안기부 달려와
도끼눈 부릅떴다

울음소리 위령제였다
울음소리 추모제였다

7월이 갔다
9월이 갔다
11월이 갔다
12월이 가고 있었다

남도 빛고을에 어쩌자고 펑펑 눈이 왔다

지난 반년
그 학살
그 항쟁 이래
두문불출이던 노소들 움츠렸던 남녀들
눈이 오는 거리로
하나둘 슬쩍슬쩍 나왔다
하나둘
마구 쏟아져나왔다

지난날의 구호시위가 아니었다

다 와
오로지 눈을 펑펑 맞았다

눈 웃음이었다
눈 울음이었다
서로 얼싸안고 울었다
서로 손잡고
어깨 겯고 웃었다 노래하였다

1980년 12월 20일
펑펑 눈이 왔다
펑펑 눈 맞으며 노래하였다
금남로
충장로
그 죽음의 도청 앞
펑펑 사랑이었다

아 무등산도 온통 눈 속이었다
보이지 않았다
펑펑 평화였다

전두환의 나라는 거기 없었다

최미애

어디에도
남은 생애 없구나
1957년 2월 6일 태어나다
1980년 5월 21일 쓰러지다

그날 저녁
전남대 학생들이
우우우
거리에 몰려가다 밀려
계엄군에 밀려
골목으로 흩어졌을 때
고교 교사 남편 퇴근길 마중 나갔다가
계엄군 공수부대 총 맞아
풀썩 쓰러졌다

이것이 임신 8개월의 주부 최미애의 생애이다

이승의 누구
그네의 마지막 그네 뱃속 아기의 마지막 대신하랴

오직 중천에 떠 있는 유언 하나

여보 문밖에서
당신 기다리다가

나 죽었어요

여보

채이병

형 채일병
아우 채이병 3교대 택시운전사
형 머리숱 성글고
아우 머리숱 짙다
의좋은 호락질 형제였다

아버님 제삿날
아버님 지방 현고학생부군신위가 흐뭇하였다
촛불 흥겨웠다
제사 지낸 다음날
그 다음날
둘이 만나 미꾸라지탕 먹고 헤어진 뒤
다음날
그 다음날
그 다음날
그 다음날이었다

아우 이병이 총 맞아 죽었다
불난 데 물난리인가
아우의 동거녀는 임신중
동거녀의 슬픔 아픔
동거녀 뱃속 아이의 슬픔 아픔이었다
아이가 죽어
히죽히죽 상한 뜨물로 흘러나왔다

채이병의 생
누가 쑥덕쑥덕이겠나
누가 지지배배 지절이겠나

그냥 지르퉁한 비구름 밑

채일병

아우 죽은 뒤
형사가 따라붙는다 낮길 그림자로 밤길 몽달귀신으로 따라붙는다
유족회 나가면
갖은 협박 다 받는다
반공법 빨갱이로
감옥에 보내겠다 한다
정권 비방으로
북괴에 이익을 주었기 때문이라 한다
어이없다

풍향동 근처 포도농장 할 때는
다방
복덕방
심지어 집 안에까지 들어와
유족회 나가지 말라
협박에 공갈

부득불 포도농장 접고
멀리 남쪽 변방 고흥 금산리까지 내려가
도로공사장 현장감독
거기까지도 형사들 따라붙어
결국 쫓겨나고 만다

형사들 등쌀에 무엇 하나 제대로 할 수 없었다

어디 여기까지 한번 따라와봐라
이 악물고 싸우디아라비아로 떠난다
1년 뒤 귀국
돌아온 해에 어머니 돌아가셨다
미행의 몽달귀신 다시 따라붙는다
게다가
아우의 묘를 이장하라 협박
연탄 대주겠다
쌀 대주겠다
평생직장 취직시켜주겠다 꼬드긴다
헛소리였다

공갈협박 대신 회유 아니 거짓 회유

그러다가
끝내
아우 채이병의 무덤을
망월동에서 선산으로 옮겼다
아우는 이제 5·18 희생자가 아니라
보통 사망자로 바뀌는 대신
형이 1천만원을 머뭇머뭇 받아버린다

어쩔 수 없었다 산 입이었다

하지만
산 형은
죽은 아우한테
날로 죄인이었다
날로 바라볼 하늘 없고 돌아볼 과거 없다

아우가 죽은 세월 흘러가도
전두환은
어제도 오늘도 밤 아홉시 뉴스 첫번째로 현신

누군가가
단군 이래의 미소라는
그 미소 하나 없는 민대머리 번쩍 빛난다 산 형은 죄인이었다

최미애

여보 나 죽었어요
여보
내 뱃속
여덟 달 둘째도 죽었어요
첫째 진홍이
우리 진홍이
아직 돌도 안 지난 진홍이만
당신이 시치름히 안고 있어요
여보 나 죽었어요

나주 영산포
아랫강
고방오리
검둥오리
쇠오리 바라보던 나
청둥오리떼 나는 하늘 바라보던 나 죽었어요

여보 나 죽었어요
생선가게
부서값
조기값 잘 깎던 나 죽었어요
내 머리 두개골
조각조각
여덟 조각 깨어진 채 죽었어요

여보
여보
내 남편 김충희 씨
여보
전남고 영어교사 김충희 씨
당신 두고
나 이렇게 죽었어요

전남대 앞
친정 앞집
신방 차려
당신의 장인장모 사랑 자부락대며 극성이었어요

친정 두 동생도
매형 매형
당신을 지분지분 따랐어요

5월 18일 전남대생 시위
마을 일대 삼엄했어요
5월 21일
고교생 시위날
제자들 걱정으로
휴교령 내린 학교로 나서본 길

당신 돌아오지 않아
마중 나갔어요
시민들
학생들
M16 총탄 맞았어요

여보 나
그 총탄 열 발이나 맞았어요
인공호흡 소용없이
나 죽어
뱃속 아이
반 시간의 발길질 뚝 그쳤어요

여보 나 죽었어요
두개골뿐 아니라
턱뼈도
두 조각으로 깨어졌어요
리어카에 실려
교도소 앞 가매장되었어요 뱃속 아이 함께였어요

여보
여보

김충희

1980년 5월 21일 아내를 잃었다
그 연보라 꿈의 날들
그 쌍무지개 생시의 날들
그 꽃구름 밑 수평선의 날들 못 견디게 달던 날들

다 끝났다

그 억장 무너진 밑바닥
혼자 남았다
입에 잔말 없어졌다
귀에 인기척 없어졌다

갓난쟁이 한놈 남았다

어디에도 아내 없다
잠들고 싶다
잠들고 싶다

1년 뒤
새 아내를 맞았다 그 징그러운 망월동에 가지 않았다

여전히 고등학교 영어교사였다
will
shall을 가르쳤다 삶이 죽음을 등져버렸다

상극

상생상극 없다 큰일이구나 상살상극 있다

압구정동 S그룹 고문 이동철 회장 81세
청담동 L그룹 전회장 우자순 79세
지난날의 회사 이해득실로
용호지간
견원지간
피나는 경쟁이다가
진작 현역 떠나
유유자적임에도
컨트리클럽 그린에서 만나
서로 매눈 독수리눈 떠
저 새끼 아직도 살아 있군
저 개새끼 아직 죽을 날 멀었나
한다

종로 1가 복덕방 최익선
무교동 삼익부동산 강도섭
둘이 띠동갑이건만
동아빌딩
홍아빌딩
제일빌딩
무교빌딩
프라임빌딩 부지 중개 충돌 이래

익선의 동생이
도섭의 아들 밀고하여
교도소 보내고
도섭이
익선의 부정거래 고발
기어이 복덕방 문 닫아버렸다
익선이
도섭의 청운동 자택에
죽은 개 사체 몰래 던졌다

여기도 저기도
물고 늘어지고
치고 빠지고
꼴 못 보고 꼴 안 본다

옛 책 『산해경』은 쓰고 있다

동방민족
기인(其人)이 호양(好讓)하여 부쟁(不爭)하더라

굴러다니던 말
젠틀맨십이라 봉쌍스라 똘레랑스라

어제 글판에도

내가 나를 지지하고 내가 나를 추어올리고
누가 누구를 저주하고
누가 누구를 규탄하더라

집집마다 예(家家禮)라 하나
집집마다 폭(家家暴)이더라
차라리 개싸움이 볼만하구나
한바탕 싸우고 나서
언제 그랬더냐
서로 코끝 핥아먹누나

김현녀 여사

비나리 치지 마라 그저 이대로 속살거려라

전남대 앞
하숙집 중
반찬 많은 하숙집
고봉밥 하숙집
하숙생 치며
열두 폭 병풍 구구 비둘기
박봉 공무원 야젓한 남편과의 금실도 좋아

하숙생들
어머님
어머님 부르는 하숙집

남녘 보성 강진 순천에서 온 학생
경남 진주에서 온 학생
어머니
어머니 부르는 하숙집

그 하숙집 김현녀 여사
딸 시집보내어
딸네 신방도
바로 문앞에 차려주었다

하숙생 등쌀에도 서근서근하구나
두 아들 밥상도
우르르 하숙생 밥상도 하나

5월
계엄군이
집집마다 뒤질 때
하숙생 열두 명
몽땅 다락방에 숨겼다
신발 옷가지
내 자식들마냥 꼭꼭 숨겨두었다
오줌똥 요강도 받아냈다

그러다가
남편 월급봉투 받아
그 월급으로
2만원씩
3만원씩 나누어
고향길 노자 주어보냈다

순천 가던 학생 붙잡혔다며
진주 학생 되돌아왔다
다른 열 명
탈 없이 잘 돌아갔다

이웃에 살림 낸
시집간 딸
어이없이 잃고 나서
'화려한 휴가'
그 잔인무도의 전두환 공수한테 잃은 뒤로
숫제 벙어리 되었다

그 넉넉하고
그 다사롭던
그 자상한 입담 지우고
뜬눈 멀겋다

영감이 날연히 말 걸어도
통 무슨 말 나오지 않았다

무등산도 보지 않았다
비 그친
하늘도 보지 않았다

하숙집 문 닫았다
늘 시끌덤벙하던 집
텅 비어
적막이었다 거미가 거미줄 쳤다

1년 뒤

2년 뒤

3년 뒤

밤중에 혼자 일어나

마당의 어둠속 왔다 갔다 한다

거기

딸 넋이 왔다 갔다 한다

김효범 영감

눈더미 밑
가만가만 둑새풀 난다
파르라하다 두어 주먹 뜯어먹을 만하다

3월 황새냉이 난다
개불알풀
쇠뜨기 난다
파르라하다 서너 주먹 무쳐먹을 만하다

얼마나 좋으냐 좋은 날이냐

4월 씀바귀 난다 씀바귀꽃 난다
벼룩나물 살갈퀴 난다
두세두세 광대나물 난다 배가 고프다

5월 엉겅퀴 난다 무뚝뚝한 엉겅퀴 자발스런 꽃 피어난다

이런 용머릿말 고래실논
찌락대기 황소가 암소 올라타던 곳
동네 꼬맹이들
보슬비 오는 날
보리피리 불던 곳
그곳
거기 삼복아파트단지 들어선다

아파트단지
아파트 16동 중
우선 원주민 무마용의 5동 입주 개시

용머리 김주식의 아버님
김효범 어른

삼복아파트 3동 13층
1309호실 입주 첫날밤
아들 내외
손자
손녀
곤히 잠든
새벽 세시

그 아파트 작은방 창 넘어
투신 자진
다음날 여덟시 지나서야 알았다

9월 떡갈나무 졸참나무 가막살나무 있다
잎들 물든다
잎들 진다
훨훨 진다

그 나무들 자리 그곳
삼복아파트단지가 왔다

새서방네

1917년 큰 흉년 들었다
물까치
곤줄박이도 먹을 버러지 없이 죽어
땅에 있다가
거꾸로 주린 버러지 먹을 것 되었다
이러니
사람 어찌 살겄드냐

사람 중에도 밑바닥 사람
두멧사람

저 강원도 양구 두메
그곳 첩첩골짝
화전꾼들
어찌 살겄냐

설상가설(雪上加雪)
그 대흉년에 폭설 들이부어
삼동 내내
오도 가도 못한 두절
어찌 살겄냐
어찌 살겄냐

이 막살이집

저 막살이집 식구들
다 굶어
다 굶어 누워버려
다 굶어 누워 죽어버려
누구네 집 송장 썩는 냄새도 알 턱 없다

그 화전마을 위쪽 오두막집
성이
박씨던가 방씨던가
하씨던가 허씨던가
그저
나는 새
팔매질로 잘 잡아
새서방이라는 사람
한나절 불질러
화전 2천평 남짓
옥수수 갈아 감자 심어
노모
마누라
딸 둘
아들 하나
오순도순 살림맛 들었는데
밤중
관솔불도 아껴 끄는 살림맛

단단히 들었는데

그 여섯 식구 겨울 눈구멍 속
어찌 살겼냐
어찌 살겼냐

노모 송장
마누라 송장
새서방 송장
달례 송장
별례 송장
해돌이 송장 오순도순 죽어버렸다

다음해 여름
총독부 실태조사반
그 두메 조사할 때
마지막으로
그 마을 위쪽 오두막
여섯 식구 송장 수습하고
오두막 안팎 살피다가
큰방 천장 모서리에
봉지 하나 매달린 것 보았다
내려보았다

흰쌀 두 되가량의 쌀봉지

굶을지언정
굶어죽을지언정
조부모 제삿날
아버지 제삿날
메 지을 쌀
굶어죽을지언정

그 쌀이야 끝까지 남겨두었다 모셔두었다

개좆머리 주자가례 따위 아니었다

송귀숙

폭도!
폭도!

남편 최열락이 폭도가 되었어요

폭도!
폭도!

폭도의 이름으로 죽었어요

지난해까지만 해도
올해 3월 4월까지만 해도
그냥 광주 바닥 착하디착한 무지렁이 시민이었어요
그냥 있으나마나한 시민이었어요
하루 세끼 두어 가지 반찬 밥상 차려내는
허술한 서민주택의 한 가장이었어요
3년 전
맞선 보아
부부가 되어
두 아들 낳아
기저귀 널린 마당
기저귀 너머
큰 하늘 잠깐씩 보는 가족이었어요
기억 같은

니은 같은
디귿 리을 같은 가족의 가장이었어요

5월 21일
남편 최열락이 계림동 친구 만나러 갔다가
공수 곤봉이 마구
두들겨대는 것 보고 돌아왔어요
죽일 놈들
죽일 놈들
공포와 분노에 몸 떨어댔어요
밤에 잘 때도
부엌 살강 식칼과
헛간 각목을 들여다놓고 잤어요

밤 농성동
시민군
계엄군 대치 지역
시민들이
계엄군 만행 맞서
돌멩이를
각목을
건설현장 쇠파이프를
그리고 무기고 총을 뭉쳐 들었어요

다음날 새벽
남편 최열락이 일어났어요
아침 여섯시 집을 나서서
시민군 합세
시민항쟁 5일째였어요
계엄 철폐!
전두환 처단!
혈서의 플래카드 내걸린 거리
시민군이 내달리며
광주시민 만세
민주주의 만세를 구메구메 외쳤어요

이미 계엄군
시내 진입로를 봉쇄했고
시민군도
불타버린 차량
교통철책
씨멘트 화분 등으로
겹겹 바리케이드 방벽을 쌓았어요

남편 최열락은 돌아오지 않았어요
남편 찾는 길
여기저기
묻고 다녔어요

묻고 또 묻고 다녔어요

5월 28일 실종신고

서부경찰서 조사실
살쾡이 같은 형사가
당신 시댁 쪽 사람이
이북에 간 사실 아느냐
당신 남편이
밤중에 이북방송 들은 적 있느냐
당신 남편
이북으로 간 것 아니냐
협박했어요

소리질렀어요
되는 소리
안되는 소리
마구 질렀어요

그해 여름 다 가서야
광주교도소 인근 야산
암매장 시체 세 구 중의 하나
남편 시신이 확인되었어요

망월동 구묘역 묘지번호 100번
신묘역 묘지번호 1-61

폭도!
폭도!

남편은 폭도였어요
나는 폭도 여편네였어요
두 어린것들
폭도 새끼들이었어요
더이상 광주에서 살 수 없어서
서울 친정집으로 이사했어요
가서
캄캄한 앞날
두 새끼 에미로
아등바등 살았어요

폭도!
폭도!

눈 까뒤집고 보아요

폭도는 죽고
여기 폭도의 여편네

폭도 새끼들
바퀴벌레와 함께 살아 있어요 보아요

내시 우씨 가문

나의 어머니는 최씨이외다
고씨의 아내가 되어
최씨는 간데없고
고씨 귀신이 되었습니다

사내 세상입니다 아비 세상입니다

옛날 옛적

어미 세상 어디로 갔습니까
옛 어미 성씨들
강(姜) 희(姬) 영(嬴) 길(姞) 권(婘)
그따위들이 남아
어느새 아비 세상 성씨로 위에서 아래로 바뀌었습니다

아비 세상
할아비 세상 판쳐
13대조께서는 6대조께서는 운운으로
아비 세상 영광으로 자랑으로
오늘도 해가 뜹니다

이런 세상이므로
역대 왕조 대궐 안 내시들마저
그 불알 발린 고자들마저

아비 세상 빼다박아
스스로 양세보(養世譜)를 만들어내거니와
할아버지
아버지
어머니
마누라
무릇 형제자매
자자손손 이어집니다

하기야
씨내림 끊기면
타성바지 양자받이도 있으므로
상감마마 모시는
상선 환관 나리도
줄줄이
양아들 두어 형제 두어
길이 내려가고 있습니다

한말 안국동 별궁에 버려진
지상궁
임상궁
강상궁
그네 세 자매도
짧으나 짧은 황제 순조 침전 맡았던

큰상궁 우씨 양녀로 들어가
모두 다 우씨 2대를 이어 살았습니다

우씨인즉
할머니 맹상궁 손녀라
맹씨인 것을
어느 밤 꿈에 그 맹상궁이 나와
너는 내 손녀 아니로다
한 뒤로
우씨 가문을 열었습니다

1926년 가을
공교롭게
지상궁 임상궁이 같은 날 꼴칵 숨 놓아
강상궁 혼자
적막한 빈소를 지켰습니다
죽은 우상궁 두 분
산 우상궁 한 분
남달리 우애 깊었습니다

허봉

70년대 말
광주 서구 광천동
종잇조각들 신문지들 바람자락에 날아가는 거리
낮은 그런 삭막한 거리이지만 시시껄렁한 거리이지만
밤은 긴요한 거리
눈빛 빛났다
거기 전남대 여대생 박기순이 와 있다
들불야학

공순이 공돌이들
지친 노동 끝
잔반(殘班) 노동 끝
새로 눈뜬 공부 빛났다

거기 허봉이 나와 공부했다
아우 허오제도 나와 공부했다
밤이 빛났다

저 담양 수북 두메 노래기 지붕 밑에서
5년 전 광주로 나와
이발 기술 익혀
낮에는 이발사
밤에는 들불 공부
열일곱살 아우 오제도

형과 함께 들불학생이었다

5월 광주에 나섰다
5월 15일
도청
남동성당
금남로 일대 시위마다
그가 있었다
그의 아우가 있었다

그리고
5월 18일
계엄령 전국 확대
5월 19일
황금동 콜박스 앞
계엄군과 대치

형 허봉은
이미 시민군
이어 아우도 시민군

5월 20일
아우는 아세아자동차 차량 확보
지프차 확보

거기에 무기 접수
계엄군과 대치

그때 형의 죽음을 알았다
싸우면서
형의 시신 찾아다녔다
쑥색 점퍼 입은 사람 못 보았소
쑥색 점퍼 시체 못 보았소

5월 24일
조선대 뒷산 암매장터
거기 형이 있었다

세월 흘러
형 허봉의 영혼결혼식이
망월동 묘역에서 베풀어졌다

신랑 무덤에
신부 무덤에
꽃다발이 놓였다
들불야학 부부의 첫날밤

관악 연주암

관악산은 혼자 앉은 산입지요

시흥 안양
과천
사당
신림
기나긴 봉천

두루 펼쳐
거기 달동네 두고
해동네 두어
이 세상의 수고 많은 삶들 곰비임비 질편한데

한밤중 혼자 앉은 산 일어나
어디 갈 곳 없이
기침 한번 내뱉으면
쿵
잠든 산짐승들 깨었다가
다시 잠드는 산입지요
이러구러 산자락 산골짝
백오십으로도 백팔십으로도 모자라게 주름진 산입지요
이 산에 한 녀석 있어
이름이
관악산 다람쥐입죠

이 언덕 저 언덕에 박힌 암자들
하나하나 찾아가
원주화상 기도 헌금 모아둔 것
탈탈 털어가는 다람쥐입죠
벌써 몇번 쇠고랑 찼으나
다시 나와 다람쥐 노릇 영영 못 버립지요

그 암자 가운데서
관악산 상상봉 밑 연주대
거기
아스라이 벼랑 끝
연주암
거기만은
칼 내밀고 터는 일 통 없습죠

왜냐
연주암은
하루 세끼 쌀밥
쌀 여섯 가마 지어
관악 등산객 남녀노소 그 누구나
어서 오셔
어서 오셔
하고 불러들여

밥하고 김치하고 나물하고 국하고 뭣하고
대접하는 보시암이라

그 보시암 연주암의
공양주보살
가마솥 셋에
거푸 밥 지어 올리는
눈코 뜰 사이 없는 보살
대덕화보살
그 노과부댁
손(孫) 대덕화보살
나이 67세
스물한살에
영감 묻은 이래
혼자 백팔염주 굴리다가
아예 암자 후원에
그 큼지막한 궁둥이
그 큼지막한 통가슴 부려놓고
아무 탈 없이
젊음 다해 늙어
주지스님
8대인가 9대째 맞는
그 연주암 공양주보살로
밥만 지어냅지요

밥만 퍼 올립죠

그 보살 덕에
어린 시절 굶지 않은 은덕으로
다람쥐께서
그뒤로
그뒤로
그 암자 연주암만은
터는 일 없었습지요
그 순 도둑다람쥐께서 말입죠

그 보살 뒤늦은 열반 소식을
감옥 갔다 와 듣고
하룻밤 푸짐하게 울었습지요 모기 물리며 울었습지요

충장로 효자

광주 충장로 1가 음악감상실
'오솔길'
거기 대학생들
젊은이들
모여드는 곳
비발디 「사계」
멘델스존 들리는 곳
쇼팽 피아노곡 죽고 싶도록 들리는 곳
아니 경음악도 들리는 곳
어쩌다 애끓는 포르투갈 파두도
들리는 곳
그 '오솔길' 주인
홍성규

아버지 어머니 조석문안 지극한 효자건만
장남 노릇 제대로 하는 효자건만
노래도 천생으로 잘 부르는 사람
젊은이들 희망곡 골라주는
좋지
좋지
서슴없이
멋진 사람

모교 조선대 후배들 YMCA 독서회도

뒤에서 이끄는 사람

그가 음악 속에서 음악 밖으로
거리에 나섰다

집과 음악실밖에 모르던 사람
부모 공경
아내 사랑밖에 모르던 사람

5월 18일
처음으로 성난 거리 피의 거리에 나섰다
다음다음날 오후에도
거리에 나섰다

결국
전남대병원 뒤뜰에 싸늘히 누워 있었다

후두부 강타

진압봉에 맞아
두개골 뒷부분 파손
소뇌가 다 쏟아졌다 아직 빼끔 살아 있었다
이틀간 수술 기다리다
끝내 숨졌다

아버지가
생전 효자
사후 불효자를 묻었다

선산 구석 묻었다가 다시 망월동으로 옮겼다

아버지가
그 아들 무덤에 대고 읊조렸다

성규야
여기 이 사람들이 네 형제간 아니냐
너는 네 형제들과
여기 있거라 잘 있거라

어느 할아버지

흰 터럭 서럽고 서럽다

아들 앞세운 아비
생목숨 핏줄
아들 앞세워 보낸 아비
그 아들 묻고 나니
어린 손자
아비 없이 남았으니

그로부터 10년 동안
자전거 태워
유치원 보내고
자전거 태워
국민학교 보내고
자전거 태워
중학교 3년 마친 뒤

아들 무덤에 그 손자 데리고 갔다

야
이제 니 아들
나 아니라도
저 혼자 고등학교 오고 갈 것이다
대학교 오고 갈 것이다

무덤 속 아들에게 알리고 나니

망월동 그 무덤 뒤로
산벚꽃들 환하였다

인제 돌아가자

할아버지 홍기표 옹
손자 홍윤호

둘이 버스정류장까지 어련무던 걸어갔다

홍인표

전라도 땅
북도는 글씨의 고장인가
남도는 그림의 고장인가

남도땅 광주
썰렁하디썰렁한
골목 여인숙 방에도 솟타임 방에도
어이쿠
신남화 한 점 덜썩 걸려 있구나
그 골목 어귀
다방에도
어이쿠
의재 후예
남농 아류의
수묵 몇점
벽마다 마주 겨루는구나
아니
어느 가게에도
어울리지 않도록
문인화가 덩달아 걸려
시렁 밑 졸고 있구나 파리똥 앉았구나

홍경표가 연 화랑
장동 화랑에는

전시 작품
소장 작품
새로 드는 작품
나는 작품
하루 일손 밤중까지이다가
불경기면
선하품 나고
경기 일어나면
하품 나올 겨를 모른다 하는구나
오죽하면
화랑 주인 경표는
서울 간 아우 인표를
그놈의 싸가지없는 서울 바닥 그만두고
고향에 와
나하고 살자꾸나 불렀구나

그런 날이었구나
그런 날의 어느날
그림 실어오다가
시위행렬 보았구나
옳구나
옳구나
광주의기가 살아 있구나
민족정기가 살아 있구나

아우 인표
그 시위에 나섰구나
형 경표가 눈 부릅뜨고
붙들어와도 다시 나섰구나

5월 21일
그림 배달하러
남동거리 지나가다
아우 인표 총소리 한 마당 총 맞았구나

도청 앞 상무관 언저리
군대가
쏴죽인 시체 트럭에 싣고 갈 때
그 시체 속
아우 인표 시체 있었구나
내 동생이오
내 동생이오
돌려줘
내 동생 돌려줘

가까스로 품에 안고 보니
차마 눈도 감지 못한 눈뜬 송장 내 동생이구나

홍경표

아우 인표가
총 맞아 죽은 뒤
피투성이 시체로 실려가는 것
용케도 찾아내어
망월동 묘지에 묻은 뒤
내가 죽였어
내가 죽였어
내가 전두환이여 내가 공수부대여
화랑 가게문 닫아버리고
술만 마시는구나

밤중에도
망월동 무덤에 가
아우 무덤
무슨 무덤 언저리 하냥 떠도는구나
정신이상이구나
간호사가 주사 놓으려면
나한테 총 쏘려고 대든다고
멱살 잡아채는구나

마누라 패대는구나
경상도 출신이라고
애꿎은 마누라 마구 패대는구나
두 아이

여덟살 다섯살짜리도
마구 때리는구나
끝내 3년 뒤 숨 거두었구나
마누라 손영희 몸 마음 억장 다 무너졌구나
아이들도 자라나
정신이상
술만 마시는구나

그 5월 광주가
홍경표
홍인표 일가를 다 망쳐버렸구나
화랑 그림들 다 흩어졌구나
의재 허백련
열두 폭 병풍 어디로 가버렸구나

망월동에는 아우의 무덤
장성에는 형의 무덤
무덤이 무덤을 부르는구나
소쩍새가
두견새 부르는구나

강경장 열두손이

강경장에 가셔요
강경장 못 가면
돌뱅이병 나 머리 싸매시지요
끙 앓으시지요
강경장에 가셔요
거기 가셔야
돌뱅이병 썩 나으시지요

모여든 물화 보셔요
눈 휘둥그레지다가
가슴 일렁일렁이셔
강경 갯벌 갈대숲 흔들리지요

장
강경장 너른 장마당
구성진 약장수 양반 배 터지게 웃기지요
사내 오줌줄기
두 갈래
세 갈래면
마누라 수심 깊사오니
이 약
이 만병통치약
3일 복용이면
네 갈래

다섯 갈래 오줌줄기가
한 갈래 폭포로 돌아오지요
황해도 박연폭포로
밤새 멈출 줄 모르시지요

저 주막거리
납작집 색주가
허연 허벅지 내보이니
선머슴아이 시근벌떡
오금 저리고
하초 야단나지요
저쪽 내다보니
차력사 납시어
입으로 불을 뿜어대니
새악시 눈썹 타지요 귀밑머리 타지요

갖은 소문
갖은 양념 쳐 퍼져가지요
연산 개태사 밑
어느 과수
아랫배 불렀다지요
밤마다 북두칠성 내려와
그 과수 몸 엎치락뒤치락이셨다지요

술동이 내다놓고
서서
막걸리 한 사발 비게 한 점에
겉보리 반 되 값이라
국밥 한 그릇 더하니
겉보리 한 되라

강경장 가셔요

사는 일
파는 일이
이토록 오색 칠색 눈부신 날
거기 가셔요
거기 가면
갖은 물화 오고 가고
마음과 마음
오고 가지요
이 소식
저 소식 부풀어
딴 소식 되지요

오십리 밖 사부인 만나면
옷매무새 고치고
4년 전 만났던 체장수 만나면

국수 한 그릇 나눠
새참 때우지요 배 두들기지요

조선팔도
삼십리마다
오십리마다
큰 장 작은 장
오일장
칠일장 서
무릇 1천 60개인데
그 가운데
오일장 가장 많지요

만명장
천명장 중
강경장은 만명장
거기 가셔요
강경 갯나루 거기
우람한 두 팔뚝 끝
왼손
오른손에 각각
손가락 하나씩 더 달려
두 육손으로
열두 손가락 가진 사내

동완섭이한테

열두 계집
시앗 모르고 번갈아 맞으니
거기 가셔요
열두 손가락 만나러 가셔요
열두 손가락 열두 계집
그 이쁜 댕기머리 쪽찐 머리들
보러 가셔요

강경장 가셔요

황호정

저승 와보니
부자 거의 없고
식자도 거의 없더군

그해 5월

저승 와보니
모두 다 가난뱅이 거렁뱅이더군
모두 다 순 무식쟁이들이더군

이제 내 저승은 이승이지
내가 살았던 이승이
저승이지
나 사바세계 저승살이
괜찮았지
전라남도 광주
금남로 광산동 5층 빌딩
거기 썩 잘살았지

슬슬
내려가
몇걸음 가면
내 가게가 의젓하였지
스펀지란 스펀지는

내 도매
내 직매로 한 차씩 팔려나갔지

나는 대학생들 꾸짖었지
이놈들아
하라는 공부 안하고
만날 데모질이냐

그런데
그 학생들 죽는 것 보고
그 학생들 끌려가는 것 보고
군인들 욕했지
이놈들아
네놈들이 어디 국군이냐

5월 21일

광주시내 도심은
온통 그놈들 계엄군 차지였지
전일빌딩도
YMCA 건물도
한일은행도
어디도
어디도

그 건물 옥상
계엄군 기관총이 다 차지했지

도청 분수대 이쪽
계엄군
도청 쪽 시민군 대치

드디어 발포명령이 떨어졌지
탕탕탕탕
탕탕탕탕
캉캉캉캉
창창창창

빌딩 5층 호화자택
사장 황호정
실 나이 예순세살인데도
볼 나이 마흔살 황호정
마누라 임낙균
아들딸
나어린 외사촌 조카
응접실에 스펀지 갖다 깔고
엎드려
총탄을 피했지
벽에 총알들 박혔지

총알들 벽 뚫고 갔지
마누라가
창밖으로 고개 내밀고
헬기 날아가는 것 보았지

어서 와 무슨 짓이여
마누라를 꾸짖고
어린 조카가
창 쪽으로 가는 것
끌어오고
창문 닫다가
탕 탕 탕
기관총 총탄 날아들어
나를 뚫었지

흉부 관통

막내딸년이 아빠 아빠 이것 씹어봐
넣어준 껌
두어 번 씹어보다 그만두었지
그만두고 눈감았지

말 한마디 남기지 못했지
내 큰 입 끝끝내 열리지 못했지

내 저승
형제 우애
이웃 우애
일흔살 되면
내 재산 일부
세상에 내놓으려 하였지

나 죽은 뒤
막내딸 정신이상으로 홍얼홍얼 노래하다 웃고 웃었지

내 마누라
벙어리 되어버렸지
스펀지 도매 작파하였지

김동진

나를 호탕하다 하지
아닌게아니라
내 웃음 늘
으허하하하
으하하하
떠나가게 호탕한 웃음이지

나를 온후하다 하지
아닌게아니라
내 말 한마디
내 눈길 한마디
수양버들 파릇파릇 따스이 드리우지
볕 받은
개울물 두런두런 미지근하지

내 나이 쉰여덟이면
내 또래들
다 할아버지이건만
나를 아저씨라 부르지

이런 내가
5월 광주의 주검이 되었지

5월 22일

시위대열 휩쓸린
사위와 동생 찾으러 나선 길
월산동 4가 외곽도로
군 트럭이
내 몸 위를 지나가버렸지
하반신이 잘려나갔지
내장이 다 터져나갔지

나 죽어
묻힌 뒤에야
서울의 아들 돌아왔지

새 마누라는 짐 싸 떠나버렸지

나를 지하에서도
박박이 호탕하다 하지
나를 천당에서도
피 돌아 온후하다 하지
으허하하하
으하하하

내 자식 수완이
신문배달에
고층빌딩 유리창 닦기

식당 음식배달
심부름하며 살아간다지

그 5월이 가고 또 온다지

방출문 일대기

『징비록』 읽다가
허리 곧추섰다

왜적 토요또미 히데요시가 이 땅을 점령해서
학정을 폈다는 것은
우리 조정을 위해 천만다행한 일이었다

이것 봐라

이 이실직고의 발언은
임진란
정유란이
임금이라는 것이
양반이라는 것들이
저희들끼리 도망치는 난리였다는 것
백성 버려두고
저희들끼리 도망쳐
명나라 달려가
목숨 구걸한 난리였다는 것

써
왜적이 와
백성을
죽이지 않고

강간하지 않고
끌고 가지 않고
빼앗지 않고
착한 척했더라면
차라리
왜적 밑 그런대로 살았을 난리였다는 것

써
부산에서 한양까지
도보 육십리 칠십리의 하룻길
19일밖에 안 걸렸다는 것
밀양성
대구성
조령
달래강
추풍령
남한강 섬강 그 험한 곳
다 놔두어버린 난리였다는 것
도망간 임금이나
쳐들어온 왜적이나
그놈이 그놈이라는 백성의 생각
그대로 드러나버린 난리였다는 것

써

한양 대궐도 왜적이 불태우기 전
한양 백성이
도망간 임금 탄핵으로
불질러버린 난리였다는 것

써
임진 정유
그 난리
전라도 백성 없이는 못 막았거니와
민병
의병으로 막고 나자
역적으로 없애버린 난리였다는 것

천만다행
왜적은 왜적이라
학정 폭정으로 도로아미타불이 되니
얼마나 천만다행이냐는
그 아슬아슬한 깨달음
그것이
『징비록』의 복안 아니리오

이 『징비록』 읽던
강원도 원주 샌님 하나이
한밤중 사서삼경 불태워버리고

그길로
치악산 단발봉 밑 들어가
칼을 익히고
봉을 익혀
의의 산채를 세워
자신의 자(字) 원각(圓角)으로
의적 원각당을 이루니
궁민
천민
역적 자손들
달밤 칼춤 빗발쳤다

첫 공격
원주목사 임철헌의 목 베고
원주목 찰방
소유방의 목 베고
곡식 풀어
원근 백성 배불렸다

지난날의 『징비록』
한 구절 펄펄 살아났구나

두번째 공격
세번째 공격

일곱번째 공격 거기서
경군 중군 합동토벌로
원각당 괴수
본명 방출문 일당 잡혀
한양 압송
효수되었다

때는 영조 42년 겨울
언 효수 모가지
눈보라 속 단단히 걸려 있었다

김병연

1980년 5월 20일 광주 금남로
그 거리는 하나의 내부
민중의 내부
미지의 내부였다
재수생 병연이 그 내부에 있었다
대학생
고교생 시위 속
병연이도 그 응결의 내부에 있었다
그 거리는
7공수
11공수의 거리였다
재수학원에 있다가
그 공수에게 잡혔다
맞았다 채었다
이틀 만에
가까스로 풀려났다

다시는 시위대열에 끼이고 싶지 않았다
무서웠다
5월 22일 고향길 나섰다
담양 쪽
3공수 병력이 도로를 막았다
보리밭으로 숨어들었다
매복병이

보리밭에 총탄 퍼부었다

5월 24일 아버지가 광주에 왔다
아들 자취방
텅 비어 있었다

병연이의 죽음은 몇번이나 사실이었다 현실이었다

아버지 김봉구
도청 앞 상무관 시체 안치소에 달려갔다
5월 27일 계엄군이
상무관 장악
그곳 시체들을 다 실어냈다
실어내다
망월동에 무더기로 파묻었다

아버지 김봉구 주저앉았다
어머니 주저앉았다
울음도 없이
눈뜨고 주저앉았다 입만 달싹였다
병연아
병연아
아들 이름만
부르고 주저앉았다

김영두

어머니
어머니
어머니

아파트 창틀 새시 시공 노릇
일당 5천원을 받았습니다
영암 삼육건설 작업반이
막 짓기 시작하는
연립주택 시공에 들무새로 나섰습니다
벌써 작업반 동료가
현장에서 쓰러지는 쇠파이프에 맞아
중상으로 실려갔습니다
그 동료 대신
다른 대기자가 투입되었습니다

영암읍내
군청 앞거리에서도 시위가 있었습니다
나는 작업장 대신
시위현장으로 갔습니다
그 시위중
광주에서 온 시민군을 만났습니다

광주에 갑시다
광주에 가

지지리 못난 우리 백성들 뭉쳐
새 세상을 만듭시다
광주사람들이 죽어갑니다
우리가 뭉쳐
전두환 군대를 물리칩시다
광주에 갑시다

나는 새시 시공 그만두고
그들의 차에 첨병 올라탔습니다
작업장 가지 않고
옥은 가슴 펴고
광주로 달려갔습니다

시민군 차 타고
해남으로 가서
그곳 경찰서 무기고 털어
총과 쇠파이프를 싣고
다시 영암으로 왔다가
5월 22일 광주로 향하는 길
남평 야산
거기 매복한 계엄군의 집중사격을 받았습니다

광산군 동곡면 하산다리가
내가 죽은 곳

내가 영산포 출신인 줄 잘못 알고
영산포터미널로 실려가 거기 내던져졌습니다

어머니
어머니
어머니

면장 안태섭

그 시절

오줌장군
오줌 한 독
오줌 한 동이 있으면
농사 절반이었네그려

남의 집 윷놀이 놀러 갔다가도
오줌 마려우면
얼른 윷 놓고 돌아와
우리집 오줌동이에 오줌 누고
다시 가 앉았네그려

그래야 우리집 밭농사 걸었네그려
그래야 참새도 쥐도 먹을 것 있었네그려

우리집에
오줌동이 둘 있었네그려
하나는 할아버지 아버지 삼촌의 것
하나는 할머니 어머니 고모 누나의 것

사내 오줌은
삼밭에 주고
애솔밭에 주고

계집 오줌은
수수밭 조밭 귀리밭 콩밭 등
열매 곡식 심은 밭에 주었네그려

양은 힘차게 자라고
음은 많이 낳았네그려

그 시절
방촌 객줏집 주모
비 오는 밤
나그네 밤에 오줌 누는 소리 듣고
요강에 오줌 싸는 세찬 소리 듣고
잠 못 이루었네그려

다음날 그 요강 들고 나가며
흥
오줌 싸고
내 방에 들지 않고
진저리나 치고
그냥 코 골아버리다니
지지리 못난 위인이로고
투덜거렸네그려

방촌 객줏집 주모

기어이
아비 모르는 새끼 낳아
길렀네그려
하나도 아니고
셋이나 되었네그려
그 셋 중에 막내둥이가
장차 해방 직후 면장 될 줄이야

면장 되어
모친상당하자
명당 잡아 비를 세우니
실은
모친 성도 빌린 성이고
상제인 면장 성도
지난날 아무나한테 빌린 성씨였네그려

안태섭
순흥 안씨라
무슨 안씨라
그 안태섭 면장
청렴결백이었네그려
이승만 대통령의 표창장도 내려왔네그려

김영선

그럴 것입니다
스물여섯살
몸뚱이 하나로
세상의 앞날 다 살아갈 것입니다
아버지 김기호
어머니 최양순밖에 모릅니다
형 아우 둘밖에
누이 둘밖에 모릅니다
이웃집 영식이밖에 모릅니다
공업사 반장 이길수밖에 모릅니다
도지사 이름도
시장 이름도 모릅니다
그럴 것입니다
그따위 이름
알 까닭 없이
긴 여름날 살아갈 것입니다

어디 나라고 짝이 없겠습니까
강진의 한 처녀를
가슴 쿵쾅 사랑하게 되었습니다
마음속 매양 는적거렸습니다
세상이 다 내 세상이 되었습니다
두고 온 백련사 동백숲에도
날마다 보는 무등산 꼭대기에도

번번이 무지개가 걸렸습니다
놀러 간 증심사 뒷산
푸른 듯 꺼뭇꺼뭇한 듯
서기가 서려 있었습니다

5월 그 죽음과 싸움 속에서도
저는 다만 작업중단으로
그리움 가득한 노동자였습니다

5월 22일
어머니 약 지으러 나갔습니다

계엄군이
국군통합병원 확보하려고
장갑차 밀고 와 도로를 점령했습니다
일부는 인근 야산에 매복
일부는 아파트 옥상에 올라가
아래로 아래로
기관총
소총을 갈겨댔습니다

저녁 어스름 속
그 서민주택가 골목에서
저는 총 맞았습니다

제 이름 김영선입니다
이제 막 시작한 새 세상
사랑하는 사람의 새 세상
바로 끝났습니다

아버지가
어머니한테
제 죽음을 숨겼습니다

형과 아우가
두 누이가
어머니의 약을 지어올 것입니다

사랑하는 처녀 다른 세월 속으로 떠날 것입니다
1년
1년 반 뒤
누구의 각시가 될 것입니다
그래야지
그래야지 정숙씨

병원 접수부

그 아낙 왔어
성명 최양순
그 아낙 또 왔어
아침 마수걸이
재수없게 또 왔어
병원마다
그 아낙 푸대접 무대접
아침부터 공짜 약 타러 오면
마수걸이
재수없어

기다리라고
기다리라고
다른 환자 약 다 타간 뒤
그때에야
옜소 하고 약봉지 던져주었다

5·18 희생자 직계가족
무료 의료보험
병원마다 푸대접 무대접

병든 어머니 약 지으러 나갔다가
총 맞은 아들
그 아들

죽은 줄도 모르고
기다리다가
기다리다가

어디 찾으러 가볼 줄도 모르고
기다리다가
기다리다가
해 뜨고
기다리다가

어찌어찌
아들 죽은 줄 알아
물 한모금
밥 한술 넘기지 못하고

공짜 약 타려면
아침에 가서
한나절 내 기다리고 기다려서
다점심때 아니면
다저녁때
다저녁때 아니면
내일 오라
그런 병원 푸대접 무대접
약봉지

5일치 들고 축 늘어져 팍 기울어져 돌아오는 길

어디 쳐다보아야
유리창에 가년스런 꼬락서니나 남우세로 비치고
어디 쳐다보아야
밀렸던 자동차들만 냅다 달리고 있다

아이고 영선아
나 어서 데려가거라

사진 한 장

바랜 사진 한 장으로 남아 있다 살아 있었다
1953년 1월쯤인가 2월쯤인가
휴전 직전 백마고지
응원부대 미군이 찍었다는
중사 원일청의 사진
깊숙한 철모 밑
눈썹 언저리 아예 보이지 않았다

철모 밑 가까스로
두 눈이 보였다
굳게 다문 입
마른 따귀

꼭 40년 뒤
이 사진 한 장이
미망인 하숙자 여사의 핸드백에서 나왔다
비닐 겹겹으로 싸둔 사진 속
흐린 철모 얼굴이 나왔다

대한항공기
김포발
하와이 호놀룰루행 비행기
이코노미석
다행히도 창가 좌석

내려다보니
마침
하와이 와이키키가
파도에 에워싸인 것 보인다
얼른 꺼낸 사진을 창가에 대고
저 아래
와이키키 쪽을 내려다보게 한다

여보
신혼여행 가고 싶었던
하와이여요
그뒤로도
지상낙원
하와이 하와이 하와이를
입에 달고 계셨지요

여보
하와이여요
당신과 함께
하와이에 왔어요

미망인 하여사
지난 40년

싱거미싱 하나로
큰놈 원순길
작은놈 원용길 길러냈다
친정 오라비들
재혼하라
재혼하라 윽박질러도
끄떡없었다
이곳저곳 남정네
찝쩍여도
끄떡없었다

실로 오랜만이다
그동안
따로 한푼 두푼 모아
하와이관광단 25명 중의 한 명으로
하와이
와이키키 해변에 내리고 있다

늙은 부부 효도관광단 속
독거 노파 하나 끼여 내리고 있다

아냐
하나가 아니라
둘이야

마음의 신혼여행
둘이야 둘이고말고

그 사진 속 남편 살아 있었다

어린 어부

60년대
70년대
고기잡이배는 목선 통통배밖에 없었다
낡은 통통배로
동중국해까지 가서
갈치를 잡았다
조기를 미리 가서 잡았다

목선 20마력

한번 포구를 떠나면
난바다 위
열하루
열이틀 물너울 일렁거렸다 목숨을 내놓았다

열일곱살 인철이
목돈 벌려고
갈칫배 탔다

목선 칠성호
배 밑창에서 밥하고
반찬 만들었다
나머지 시간은
하루 내내

배 밑창 구멍에서
차오르는 물 퍼내야 했다
퍼내고
퍼내어
밑창에 물이 알맞게 차 있어야 한다
그래야 배 중력 아슬아슬
배가 바다 위에서 요동치지 않는다
밤에도 낮에도
물이 차오르면
그 물을 알맞게 퍼내는 일
쉬지 않고 이어져야 한다

그렇게 번 돈을
이물 갑판장의 통장에 넣어두었다
그 갑판장이 뭍에 올라
사라졌다

동중국해 고기잡이 다섯 번
목돈은커녕
빈털터리에 늑막염을 얻었다

아 국민학교 담임선생님의 딸
풍금 치는 그네
짝사랑이던

그네 모습 접은 채
빈털터리 어른이 되어버렸다

배 두 척이나
눈앞에서 가라앉는 것 보았다
배 위의 고기잡이들
마지막 절규를 들었다
그 절규 사라진 뒤
하느님도 없이
하느님도 없이
파도소리를 들었다

더이상 바다에 나가지 않고
뭍의 거리를 떠돌았다 빈털터리였다

김오순

나는 아무것도 아니여 비름도 쇠비름도 아니여
그냥 여편네여 걸어다니는 몸뻬여
아무개 마누라여
시민군도 폭도도 아니여
그냥 산수동 무지렁이
폭삭 늙은 가난뱅이 여편네여

쉰일곱이니
이놈의 세상 별볼일 없는 것이여
있으나마나한 것이여
그렇고말고
나는 저 아래
으리으리한 충장로라는 데
한번도 발디뎌본 적 없는 아무 쓸모 없는 것이여

무등산 자락 산수동 산동네
40여 가구
음딱음딱 빈민굴
여그가 우리 동네여
개뿔도 없는
만경사라는 암자도 하나 있어
산동네라 달동네라
저 아래 시내 총소리 쩌렁쩌렁 다 들려왔어
오메오메

광주 바닥 피바다 되었어
시민군 젊은이들이
화순
나주 무기고 총 화약 실어오고
시체 실어나르고
부상자 병원에 실어나르고
담양
목포까지 가
광주 참상
군대 만행 알리고 있는 판이여
계엄군은
광주 바깥 둘러싸고
총 쏘아 죽이고
죽여 파묻고
길 막고 있는 판이여
시내 나간
내 새끼들 걱정이 태산이여
그런 걱정 나누러
이웃집 여편네 만나고
집에 오는 길
그 잣고개 거기
하필 시민군 차가 내려오는데
그 차에 내가 치여버렸어

두개골 파열

산동네 밑 논에 묻혔어
그러다가
망월동에 덩달아 묻혔어

나는 투사도 무엇도 아니여
그냥 숭겁디숭겁게
차에 치인 여편네란 말이여

김재수

5월 18일
5월 19일
마흔여섯살 김재한
금남로에도
광주역전에도 있었다

해 아래 정의
별 아래 자유

아세아자동차 군용차량 타고
머리띠 매고
태극기 휘날리며 달렸다
이런 아버지 따라
고교생 아들 녀석도
얼씨구 시위대열에 나섰다

말릴 수 없는 정의
꾸짖을 수 없는 자유

아우 재수도 나섰다
미장공 쇠손 놓고
빈팔
빈주먹 올리며
시위대 앞에 나섰다

말리는 아내 두고
돌 지난 어린것 두고 내 새끼 용화란 놈 두고
도청 앞으로 갔다

오늘만 나갈 거여
내일부터 나가지 않을 거여
안심혀
내일부터 쭈욱 집에 있을 거여

5월 20일 밤
아우 재수 돌아오지 않았다
광주역전
계엄군과 대치
끝내 돌아오지 않았다

다음날 형 재한이 찾아나섰다
전남대병원 거기
동생의 발가락
굉이 박인 발가락 보았다

심장 관통

5월 22일
심장 구멍 뚫린 채

헐떡이다가
헐떡이다가
눈뜬 채 죽었다

김재수 아들

이제 막 돌 지날 무렵
아버지 총 맞아 죽고
이듬해
눈 펑펑 내리는 날
어머니마저 어디론가 떠나버렸지요

한 해 사이
부모 없는 아이가 되고 말았지요

국민학교 5학년 때까지
큰집에서
큰아버지를 아버지라 부르고
큰어머니를 엄마라 부르며 자라났지요

그냥저냥 행복하였지요

그런 세월이다가
고모들과 틀려
집 나왔지요
아버지 보상금으로
큰아버지가 오치에 집 지어주어
그 집에서 할머니와 둘이 살았지요
사업 실패한
작은아버지도 함께 살았지요

눈 펑펑 내리는 날
아버지의 고향
담양에 한번 가보았지요
나의 고향은 아니었지요

이 세상 어디서도
나는 울어본 적이 없어요 입술 물어뜯었지요

나 김재수 열사의 아들 김용화

아홉 끗짜리

노름꾼 60년

이곳저곳 떠돌며
큰 노름판
작은 노름판
심지어 장마당
벼랑 노름판 떠돌며
그 거란문자 투전 끗발에
숨 걸고
밥 걸고
평생을 건 인재민이
어제는
숫제 다섯 끗으로
판돈 다 먹고
오늘은 아홉 끗 가지고도
다 털렸다

그동안 얼마나 땄더냐 얼마나 잃었더냐
몽땅 털리고
증조부 다음
양조부 유산 날리고
마누라 잡혀
마누라 빼앗기고
노름 빚쟁이 되어

남의 마누라 데려오기도 하였다
그 마누라 일본 오오사까로 달아나버렸다
그뒤
홀아비 투전꾼으로
주막 갈보면 심심파적 되고 남았다

어언 투전판 60년
아홉 끗에 목숨 걸고 세월 걸었다

사람의 몸 아홉 구멍
사람의 밥 쌀 보리 밀 콩 팥 조 수수 옥수수 깨 등
아홉 곡식
하이고
사람의 덕 아홉 가지 덕이라
사람의 근심 아홉 가지
사람이 주고받는 정
그것도 아홉 가지라
하늘의 신도 아홉 신이라
하늘의 아들
하늘의 뜻 섬기는
아홉 여인 구빈(九嬪)이라
심지어 수라상에도
구절판 아홉 가지 색깔 낸 음식이라

저 정구품부터
벼슬도 아홉 품계
삼정승 육판서도 아홉 벼슬 아니던가

그믐달 새벽
통야 투전판
투전 두 장 끗발 조이며
문 탁 열고
나가
참았던 오줌 내보내며
그믐달에 대고
끗발 조여본즉
아흐
여덟 끗 아닌
아홉 끗

더도 말고
아홉 끗

김재평

어이 재평이
자네도 새끼 하나 낳아보아
나 요새
집에 가면
고사리주먹 꼬무락거리는 것 보는 재미로 산다 이 말이여

전남 완도 수협 주사 홍복근이가
동료 김재평한테
참다 참다 나오는 자랑 듣고
주판알 올리고 내리다가
사무실 창밖 썰물 갯벌을 자그시 내다보았다

그래 나도 한번 용써보자
마누라 척추수술 두 달 뒤
마누라 석녀 아닌지라
경도 멎었다

결혼 2년 만에 드디어 아이 가졌다

섬마을에는
산부인과 내과 겸한 병원 없으니
마누라 먼저 광주로 올라와
쌍촌동 작은집에 머물고
재평이 혼자 완도에 남아 있었다

1980년 5월 18일
아내 만삭 산기가 닥쳤다
통증으로 요동쳤다
금남로 가톨릭센터 언저리
조중동산부인과
아기 나왔다 딸이었다

그날부터 아빠 재평은 일기를 쓰기 시작하였다

오늘 아기가 이 세상에 태어났다
마누라 수고했다
이제 나는 아빠가 되었다
친구들에게 술 한잔 사야겠다

아내는 아기 낳자마자 두 시간 지나자마자
쌍촌동으로 돌아왔다
시내 곳곳에 계엄군 포진
최루탄 쏘아대는 바람에
아기도 산모도 병원을 떠나야 했다

그날부터
광주 금남로는 민주주의의 거리였다
전두환 물러가라

민주주의여 어서 오라
외치는 시민의 거리였다

5월 20일
재평이 광주로 올라왔다
아빠 된 기쁨 잠시 접어두고
금남로 시위에 나서보았다
한밤중 쌍촌동 작은집에 돌아오니
응애응애
아기의 행복이었다

최루탄의 거리였다
총알 날아오는 거리였다
5월 21일
고향 가는 길 막혀버렸다
광주 외곽
남평 나주길
계엄군이 에워쌌다

5월 22일
총소리 요란하였다
총탄이 거기까지
쌍촌동 일대까지 날아들었다
바깥쪽 문간방에서

뒤쪽 안방으로 숨었다
아내는 아기 꼭 껴안고 있다
그 옆에서
아빠 재평도 움츠리고 있다
그 안방까지 총알이 날아왔다
갑자기
재평이 귀밑이 뜨거웠다
푹 고꾸라졌다
의식불명

무작정 큰길로 나섰다
도로 한가운데 장갑차 늘어서 있었다
통합병원으로 데려가려 했으나
군인들이 막아섰다
위생병이 얼굴에 붕대를 감아주고는
트럭에 실어 상무대로 데려갔다
이미 숨 거둔 뒤였다

101사격장 철조망 부근에 파묻혔다

고선희

그토록이나
그토록이나
아끼던 나 두고 가버린 사람

그토록이나
그토록이나
바라던 아기 보고
몇번 어르고 가버린 사람

가더라도
앓다가 간 것도 아니고
약 한 봉지
먹어보지 못하고
내 두 눈 앞에서
날아든 총알 맞고 쓰러져 가버린 사람
엇!
하고 가버린 사람

그토록이나
그토록이나
바라고 바라던 아기 태어나자마자 옹알이하자마자
어찌하라고
어찌하라고
어찌하라고

그 갓난것 두고
밤마다
울음 복받치던
사랑하던 나 버려두고 가버린 사람 김재평

101사격장 흙구덩이에 묻혔다가
완도 선산에 묻혔다가
망월동에 묻힌 뒤
당신 없는 이 세상
어린것 하나 안고 개똥밭 주저앉은 나

보상금 문제로
시가와 인연 끊고
당신 딸내미 고것 하나 기르며 살아간다오

무정한 사람

김현규

그동안 장성 갈재 넘어가
고창읍내
오토바이 수리공
밥값 술값 생기니 친구 생겼다
그러다가 고향 선배 소개로
갈재 넘어 광주로 왔다

부푼 꿈
부푼 가슴이었다

1980년 3월
광주 불로동 오토바이 수리점
아우는 통신회사 근무
누나는
농성동 분식점을 열었다

오토바이 수리하면
시운전으로
으레 시내 거리 달려보았다
이틀 전 고향 영암 부모님한테 다녀왔다 월출산을 보았다

부푼 꿈
부푼 가슴이었다

5월 20일
공수부대 나타나
쏴죽이고
때려죽이고
개처럼 끌고 가는 것 보고
이를 갈았다

형 현규도
아우 상규도
금남로 갔다
형제가 시위대열에 섰다

부푼 꿈
부푼 거리였다

5월 21일

스무살 현규가 학동거리에서 총 맞았다
광주의 지상생활 2개월
생을 마치고
망월동 지하생활 다음 생의 해골이 시작되었다

김상규

내 이름 김상규
형은 김현규
함께 시위대에 들어 있었어
형 총 맞아 죽고 나서
도청 안으로 들어갔어 나 형 따라 죽을 것이여
시민군 기동타격대
총 받아들고
나는 쓰라리고 자랑스러웠어

일주일간 나는 사나웠어 죽어도 좋았어

5월 27일
총 가진 채 생포되었어
폭도였어
영창 안에서
전염성 피부질환에 걸려
국군통합병원 격리병동 수용 뒤

교도소 복역
1년 반 뒤 석방되었어
교도소에서 상무대 이송
거기서
각서 쓰고 풀려났어

형은 죽고
나는 살아서
세상에 나왔어 나는

어머니와 누나 울며불며 생두부 먹여주었어

거리의 사람들이 미웠어
고향의 월출산
무등산 보기 싫었어

내 마음속 깊은 곳
씨팔 형 따라 죽을걸 죽어버릴걸 밤마다 형의 얼굴 나타났어

김호중

나 전신주 가설공 김호중이오
나주벌 국도
16킬로미터 구간
전신주 1백 80개 설 때
체신부 국장
체신청장 내려와
현장 격려할 때
체신청 과장
격려금 만원 받았어
그 돈으로 동료들과
코 떨어지게 술 먹었어

어쩌다 보수작업에 나설 때
내가 세운 전신주가
아득히 이어져가는 그 풍경
내가 세운 전신주와 전신주 사이
전선줄에
제비들 쪼르르 앉아 있는 그 풍경
차 타고 가다 내려
오줌 쌀 때
그 전신주 사이의 전선들
바람에 윙윙윙 울고 있는
그 풍경
어느새 그 뿌듯한 풍경 속에 내가 있었어

내 고향 화순 가는 길
그 너릿재 길
전신주 가설에도 내가 있었어

나 광주 전자회사 공장장으로 승격되었어
틈나면
박종화 역사소설
『금삼의 피』 읽었어
비 오는 날이면
정비석 역사소설 읽었어

학동 버스터미널 건물
그 지하에 공장 있었어 숙소 있었어
거기에서 살았어

5월 21일
총탄이 퍼부어댔어
1층 터미널 아수라장이었어
퇴각군
마구 갈겨댔어 쏘아댔어
지원동 주남마을로 가는 길
학동거리 총알 퍼부어댔어

나는 1층 가게 안에 앉아 있었어

까닭없이 셔터 문틈 날아든 총알 맞고
그냥 쓰러지고 말았어

형 김광중이
나 때문에
그냥 앉아서 총 맞은
아우 때문에
폭도의 형
빨갱이의 형이 되었어
메뚜기였어
여치였어

보길도 풍류

『가장유사(家藏遺事)』에 잘도 그려놓았구나

고산 윤선도 어르신 거분거분 소세하신 뒤
아침 밥상 느런히 오른
갖가지 찬들
저예요 저예요 하고
제비 입 벌리며 마님의 저 수저 기다리는구나

밥맛 없으면
국물만 조금 떠보시누나

그런 아침 밥상 물리고 나면
또 하루 종일
어찌 지낼까보냐

사륜수레 오르시면
이쁘디이쁜 것
어질고 어진 것
생글생글한 기녀들 따르게 하여
저쪽 세연정에 가시누나
노비들 줄레줄레
술과 안주 이고 지고
뒤따르는 짐수레에 싣고 따르누나

요사이 마음에 드는 제자 누가 있더냐

민소윤
기세중
양병호 있구나

해남 대흥사 밑
동남동녀 채복 입혀
그 옷 빛깔
물 위에 비칠 때
절로 흥겨우시어
써

수일 전 써둔 「어부사시사」
새뜻이 읊어내시니
어른거리던
물 위
채복 그림자들
한층 더 흥 받아들어
잔물결 일어
어른어른거려라

자 채운아 잔 채워라
하이고

고년
너 보면 술 없이도 벌써
반절 취하는구나 흐흐흐

그날 보길도 건너
천길도
만길도에서
흉어철에
도사(都事)의 갈취로
굶주리는 갯놈 갯년들 상여도 없이 죽어나갔다

천길도 아사 11명
만길도 아사 9명
뒷산 흙 파고 묻어버리니
11인총
9인총이라

「오우가」 대신
십일인가(十一人歌)
구인가(九人歌) 풍류 언제 오느뇨

노경운

나는 일할 때가
나는 뼁끼칠할 때가
나는 뼁끼칠에 빠졌을 때가
콧물 매달린 것 모르고 푹 빠졌을 때가
형이 불러도
그 부르는 소리 못 듣고
월출산 도갑사 가는 길
새로 들어서는
주유소 담벼락
청색 뼁끼칠에
정신없이
넓적한 뼁끼붓 놀릴 때가 그때가
제일 신났어

형 조이조가
페인트가게를 내어
내가
페인트 배달하는 일
페인트 파는 일을 맡았어
그러다가
뼁끼칠하는 일도 하게 되었어 신났어

밤 가게문 닫고
집으로 돌아가다가

집 근처
용두네 포장마차
어묵 국물
소주 한잔이면
카아 소리 절로 나왔어 신나고 신났어

형 조이조는
나에게 형이지만
아버지뻘이었어
스물여섯 살 차이
성바지 다른 동복형제라
나 스무살에
형 마흔여섯살이었어
어머니 개가로
조씨 마누라가
노씨 마누라 되었어

형이
광주에 가서 접착제 사오라고
심부름 보낸 날
나는 신났어
잎새들 파란 야산 뒤늦은 철쭉들
아직 모내기하지 않은
휑한 논을 지나는 버스 안에서

운전사가 틀어놓은
카쎄트 노랫소리가 신났어
당신과 나 사이에
저 바다가 없었다면
그 노래에 신났어

5월 20일

광주에 갔어
접착제 사가지고 가면
하루 휴가가 기다리고 있었어
신났어
문득 나 낳고 나서
어디로 떠나버린
내 아버지란 자가 미웠어
광주 바닥
어디에 살고 있다는 자
낯짝 한번 못 본
내 아버지란 자가 밉다가 그리웠어
석가탄신일이라고
거리마다 등이 걸렸어
그런 거리
시위대 차 있었어
군대가 나타나

시위대를 마구 두들겨패고 있었어

그 다음날

영암으로 돌아가는 길
송암동거리
퇴각군의 난사에
내 복부
내 흉부 관통 즉사하고 말았어

영암 공동묘지에 묻혔어

어머니 이점례
10년을 하루같이 막둥이 아들 생각이더니
끝내 심장 멈춰 죽었어
형 조이조만 무릎 절뚝이며 살아남았어

송대모 영감

창씨개명 마쯔까와(松川大模)
용산 헌병대 밀정
기차를 자주 탔다
북간도
만주 봉천
북경
상해
대동아전쟁 전시에는 국내
1930년
신간회사건 뒤
모처럼 한가했다
낮잠 자는 것이 짜증났다
밤에는 술집에 가
술집 여급을 팼다
옳거니 잘 걸렸다
경성제국대학
반제동맹사건 검거에 성큼 나섰다
모처럼 신났다
주동자 조규찬 신현중의 가족을 다그쳤다
일본인 학생 이찌까와(市川朝彦)의 아버지도
숙부도 다그쳤다

이찌까와 놈이
조선독립운동에 나선 것하고

내가 일본 천황에 충성을 다하는 것하고
누가 더 옳으냐고
종로 2가 뒷골목
헌병대 밀정 감시소 다리 꼬고 앉아
고등계 이만술에게 힐끗 물어보았다

천황폐하의 적자가 될
자네가 옳다
푹신 치켜세우자
끼고 있던 금반지를 대번에 뽑아주었다
고마우이 이것 가지시게

해방되었다

오대산 속으로 숨어버렸다
친일파 지주와 관료
친일파 경찰
마구 붙잡힐 때
오대산 중대 암자
나무꾼으로 살았다

다시 서울에 나타났다
미 군정청 수도청
사찰과 형사가 되어

신났다
빨갱이 조졌다
빨갱이 만들어 조져댔다
4월혁명이 왔다
인천 연안부두
어묵공장으로 숨어버렸다
비린내가 오장육부를 채웠다
박정희 군사혁명이 왔다
김종필의 중앙정보부에 들어왔다
송대모라는 본명 없앴다
호적도 파내었다

여병구라는 이름
홍노숙이라는 이름
안병철이라는 이름

주일대사관 파견 근무
일본 오오사까 일대 근무

일본 이름
지난날의 창씨개명
마쯔까와 히데오로
이름만 바꿨다

민단도 조총련도
그의 정체 몰랐다
숫제 일본인

1980년 연말 급히 귀국
전두환 정보부장 휘하
6국 지하실 근무

자못
고문기술 일인자이시다
탐문수사 일인자이시다

지하 2층
내란음모사건 조사실의 한 방
사건조작 마무리되자
퇴직 통고받았다
담담한 심경으로 새로 구두 한 켤레 사 신었다

아 내 투철한 공직생활 이것으로 끝이로군이라고
자화자찬

남산 밑
아스토리아 옆 목욕탕에 가니
벌거숭이 아가씨가

때를 밀었다
때를 밀다가
눈을 지그시 감았다 떴다

민병렬

5월 18일 도청 앞 민주성회
광주성회
한갓 시위 넘어
한갓 정치행위 넘어
진리와 민주주의가 하나인 대회
그토록 성스러운 진리의 대회일 줄이야

이 성회에 놀랐다가
이 성회 빌미 삼아
이미 만반준비 완료
야간이동작전 두더지작전 완료
성회 다음날
계엄군 첫 작전
전남대 이공학부 건물 점령
시민 불고
학생 불고
마구잡이 쏴죽이고
마구잡이 두들겨패다가
발가벗겨
무릎 꿇려
15도 각도로 시선 고정시켜
부동자세로
네
네

네
네 대답하다가
시선 움직이면
대검 진압봉 날아와 피 튀었다
개머리판 휘둘러
군홧발 조져 죽어났다
오줌똥 싸려면
몇놈 몇년씩 엮어 끌고 갔다
주소 번지수 하나 잘못 대어도
간첩이라고 개머리판 찍었다
진압봉 날아왔다
그렇게 맞아죽은 놈
찔려죽은 놈
회 뿌려
질질 끌어다 내다버렸다

택시운전사 민병렬
그렇게 끌려와
두개골 깨져 죽었다
5월 20일
회사에 갔다가
그냥 집으로 돌아왔다
그날 오후
거리가 궁금해서 슬리퍼 바람으로 나왔다가

공수에게 붙잡혀와 맞아죽은 것
다음날 퇴각군 트럭에 실려
교도소 언덕에 암매장된 것

죽음 직전
떠오른 얼굴
아내와 두 딸내미

나 살고 싶다
나 서른한살
아내 이영희를 사랑한다
다섯살
세살 딸내미
어린것들 사랑한다
나 살고 싶다
나 시장보다 도지사보다 행복하다
나 살고 싶다 살고 싶다

숨 끝내 놓았다

이영희

5월 20일
부스스한 얼굴로 돌아와
밥 줘
밥보다 먼저 물 좀 줘
물 한 그릇 꿀꺽꿀꺽 마시고 나서
나 세상에 태어난 보람 있어 여보
하고 남편이 울먹였어요

도청 앞 몇십만 시위대열에 있었다면서
세상에 태어난 보람 있었다면서
이런 남편
밥 지어 밥상 차려도
물만 마시고
울먹이다가
함박웃음이었어요
한숨 자고 나서야
여느날 여느때의 남편이었어요

조심스레 말하였어요
도청 가지 말고
회사로 곧장 가세요
이런 내 말 들은 척 못 들은 척
그날 남편은
출근하다 말고 그냥 돌아왔다가 다시 나갔어요

그리고 돌아오지 않았어요

집 말고 골목 가게 말고
어쩌다 시장 말고는
바깥나들이 한번 없던 내가
어디가 어딘 줄 모르는 거리로 세상으로
남편 찾으러 나섰어요
세살 어린것 들쳐업고
도청 앞
상무관
기독교병원
전남대병원
공용터미널까지 찾아다녔어요

한 남자가 쓰러져 있었어요
남편인가 달려가보았어요 아니었어요
그 남자 시체
냅다 실려갔어요
또 한 남자 시체를 보았어요
남편이 아니었어요

다음날도
그 다음날도 찾아다녔어요
물어물어

전남대학으로 갔어요
최루탄 껍데기 산더미로 쌓여 있고
벗겨진 신발짝들
남방셔츠 바지들
옷가지들 산더미였어요
대학 본관 뒤 건물 밑
여자 속옷과 바지 안경 뒹굴고 있었어요
피비린내 진동하였어요
구역질 못 참았어요

행방불명 신고한 뒤
보름 만에야
망월동 가매장된 시체 구덩이 가보라 했어요
지문 감식
남편 시신 확인되었어요
뼈가 멍들어 시퍼런 빛이었어요

나 이제 스물여섯살
다섯살 세살 어린것들
어찌 살라고
어찌 살라고
어찌 나 데리고 가지 않고
혼자 먼저 가버렸어요
먼저 가 쓰레기차에 실려가 묻혔어요

이로부터 살아남은 세 식구
해마다
당신 제삿날
5월 20일
당신 찾아가
잔디하고 빗돌하고 이야기하다
돌아왔어요

뒷날 광주민주화운동 희생자 보상금
당신 몸값 1억 2천만원
그 돈으로
딸들 공부시켰어요
둘째딸 혜영이
당신 죽어간 그곳 전남대 졸업했어요

화순 시댁은
망월동 시신값 받고
화순으로 이장했지만
내가 다시 망월동으로 옮겨왔어요
죽어서
당신의 저승 기구했어요

낙엽

때마침 바람이 와
잎새 진다 가을꽃 진다

진다
진다
진다
진다

세상 등져
머리 깎고 출가 비구니 되려고
산길 가는 이숙희

잎새 진다 꽃 진다
진다
진다
진다

오늘 이숙희가 내일 묘진이 된다 금생이 내생 된다
오늘 바람 잔다
내일 무엇이 그 무엇이 된다

박재영

스물다섯살의 나
서른다섯
마흔다섯살의 나일지 몰라

땅끝 해남땅의 유복자로 태어나
아버지 몰라
곧 나가버린
어머니 몰라
할머니 헌 젖 빨며
할머니 숫밥 대궁밥 먹고 크는 동안
할머니를
엄마 엄마 하다가
머쓱머쓱 나중에야
할머니 할머니로 돌아갔어

해남 황산중학교 나온 뒤
어찌어찌
서울 가
고등학교 마치고
다시 해남으로 돌아왔어

대구에서 군복무 마치고
충남 논산에 가 기술 배우다
목포로 갔어

목포 조선내화에 취직
해남 할머니 모셔와 함께 살았어

유달산
「목포의 눈물」 노래비에 올라갔다가
수산청 풍향기 밑
거기서 만난 처녀와 눈 맞았어
18금 반지로 약혼했어

그런데 광주학살 소식이 들려왔어
전남대 의대생인
약혼녀 동생이
계엄군 몽둥이 맞고
숨어 있다는 소식 들려왔어

약혼녀와
장인장모짜리와 함께
그 처남 될 사람 찾으러 길 나섰어

승용차로 광주 도착
옥천여상 근처에 차를 세우고
약혼녀 부모님만 걸어서 시내로 들어가
숨어 있는 처남짜리
찾아 데려왔어

효덕동 덕산마을에서 하룻밤 묵고
5월 22일 새벽
송암동 지나
남평다리 지나는데
계엄군 얼루기가
정지! 하고 외쳤어
차 세웠어
총 갈겨댔어

살고 싶으면 나와 손들고 나와
운전석에서 내리려는 순간
탕!
내 뒤통수에 총탄이 꽂혔어
그렇게 죽었어

할머니! 영옥씨!

이것이 내 임종이었어

신영옥

약혼자 박재영

총 맞아
죽은 날
그 옆에 있었지
총 맞아
죽으며
부른 이름 영옥씨!
그 마지막 목소리
그 앞에 있었지

그는 죽어
101사격장 가매장되었다가
망월동 묘지에 옮겨 묻혔지

국화 한다발 들고 갔지
또
국화 한다발 들고 갔지
또 갔지
또 갔지

아픔
슬픔 조금씩 멀어져갔지
부모님 성화로

결혼 앞두고
망월동 갔지
그것이 마지막이었지

재영씨!
나 시집가
이제 여기 못 와 잘 있어

신혼여행 첫날밤
꿈에 나타난 재영씨
다시 못 나타나게
잠 깨어
마구
마구
신랑하고 나뒹굴었지
밤도 낮도 없이
호텔방 안에만 처박혔지

내 친구 인자의 충고대로
옛정 떼어라
옛생각 죽여라
그 첫날밤
옛 재영씨 마지막 밤이었지

서만오

운암동 중림마을 뒷산
젖소 스무 마리
놓아먹여요
풀 우거질 겨를 없이
모지락 스무 마리가
핥아먹듯 뜯어먹어
늘 맨송맨송거리는 뒷산이어요

젖소 입김 내뿜으며
어린 풀 뜯는 동안
젖소 눈
한눈판 적 없어요
주둥이 삼매경 부지런해요
그놈들 먹는 것이 사는 것이어요
사는 것이 먹는 것이어요
연신 꼬리 내둘러
내려앉는 파리 쫓아내어요

나 만오는
이 녀석들 몇놈에게
이름 지어
암컷 짝귀란 놈은
순하디순해서
순자라 하고

수컷 긴 뿔따구는
총리라 불러요
워낭 단 놈은
염불이라 불러요

둘째 만복은 31사단 방위 복무중
막내아우 만재와
젖 짜고 나면
어머니와
감자 쪄먹고
고구마 쪄먹어요
오순도순 봄날이 다 가요

5월 첫여름
하필이면
동네 뒷산에 있는 화약고 화약 접수하러
시민군 차량이 나타났어요
그 속에 동창생 있는 것 보고
만재가 구경이나 한다고 차에 올라탔어요
다음날 아침까지 돌아오지 않았어요

사람들 죽어나가는 판국
귀도 잘 들리지 않는 동생이라
마냥 앉아서 기다릴 수 없었어요

친구와 함께 나섰어요
빵 싣고 광주교도소 가는
시민군 트럭 얻어탔어요

전남대 진주의 공수 퇴각
교도소 일대에 매복중
그 사실 까맣게 모른 채
돌아가라는 주민들 손짓도 알아채지 못한 채
내처 달려가다

집중사격

총 맞은 몸으로 보리밭 기어가다
계엄군 손에 채어
리어카에 실려갔어요
아직 남은 숨 그대로
어딘가에 파묻혔어요

내 동생 만재는 아무 일 없었던 듯 돌아왔어요 불행중 다행이어요

서종덕

화순 이서 떠났지요
중학교 마치고
고향 떠났지요
무슨 커다란 꿈 따위 필요없었지요
먹고살기 위해 떠났지요
순천으로
여수로 갔지요
광주로 갔지요

광주로 와서
여관 뽀이가 되었지요

동생들 보고 싶으나
아예 눈 딱 감아버렸지요
몇해 동안
할아버지 할머니 제사도 잊었지요
아버지 어머니 생신도 눈 딱 감고 그냥 보냈지요
그러다가
2년 전
설날 추석날
고향에 갔지요
아버지 생신에
담배 한 보루
모시 옷감 한 감 떠가지고 갔지요

올해 3월에도
어머니 생신
쇠고기 두 근 끊고
태평양 크림 한 통 들고 갔지요

서울로 갔다가
다시 광주 바닥에 눌러앉아버렸지요
다시 여관 뽀이 되었지요
경찰놈들
시청놈들
세무서놈들
동사무소놈들
사장님 시키는 대로 잘 봐달라고 깔치 대주었지요

올해 봄이 다 갔지요
정승화가 감옥 가고
전두환이 보안사 정보부
다 먹었지요
광주 바닥 뜨겁게 달구어졌지요

5월
나 서종덕
그 지긋지긋한 여관 뽀이 때려치우고 나섰지요

5월
나 서종덕
카빈총 든 시민군 되었지요
꼬박 일주일 동안
금남로 달리며
중앙로 가로지르며
시외 나주 화순 국도 달리며
태극기 휘날리며
자유
민주 외쳤지요
계엄군 물러가라 외쳤지요

지난 일주일 동안
나 서종덕
무척이나 가슴 차 행복했지요

5월 22일
교도소 앞
계엄군 총탄 날아왔지요
기관총탄 따다다다 날아왔지요
담양 가는 길
나 피투성이로 죽었지요
이것이 내 일생이지요
며칠 동안 살맛나는 내 일생의 마지막이었지요

종덕이 아버지

폭도 서종덕의 아비라고
경찰서 형사가 쏘아붙였다

마을 이장으로
주머닛돈 털어가며 마을일 앞장섰던 사람
살림살이 줄어드는 줄 모르고
집안일보다는 바깥일에 더 열심이던 사람

1980년 5월 이후
정신 놓아버렸다
물에 빠져 죽어버릴 것이여
벽을 치며 울부짖다가
저수지로 달려갔다 붙잡혀왔다
너는 누구냐 당신 누구여
가족도 지인들도 알아보지 못했다

끝내 병원에 입원시켰으나
나아질 기미 보이지 않았다
치료비도 마땅치 않았다
헐수할수없이 다시 집으로 데려다가
어두운 방 안에 가두었다

바람벽에 머리 찧고
밥그릇 집어던졌다

그 암실에서 긴 15년을 버티다 숨졌다
집안 식구들 생지옥 끝나
초상집 울음소리 그쳤다 다시 들렸다
그쳤다 다시 들렸다

양회남

이승의 아버님 보소서
아니
제가 살았던 그 이승 떠나
이곳 저승으로 와버렸으니
저에게는
아버님의 이승이
어느새 저승이 되고 말았나이다

아버님 어머님 무릎 아래
우리 형제자매
6남 3녀
한마당 가득하였나이다 5월 난초 가지런하였나이다
저는 이런 마당의 첫째였나이다
아래로
연년생 아우 누이들을 보면
이 녀석들의 형이기보다
오라버니이기보다
감히
아버님을 대신한 아비 노릇도 선바람으로 겸하였나이다

저 하나 제 몸 하나 바쳐
다섯 아우들
세 누이들 다 공부시키고 싶었나이다
석유가게 배달 고달픈 줄 몰랐나이다

이런 저의 혈육에게도
5월은 모진 날이었나이다
계엄군이
송정리 방면 도로 차단 위해
통합병원 확보 위해
화정동 일대 주택가에 대고
무차별 발포를 자행하였나이다

이런 세상 무서워
석유배달 그만두고
아우들 데리고 집에 꼭꼭 잠겨 있었나이다
그때
집 근처까지 총소리가 들렸고
이어서
살려주세요 살려주세요
통합병원 근무 방위병
총 맞고 내지르는 소리에
문밖으로 나가
그 사람 끌고 오려다가
저도 총 맞았나이다

막내아우가 병원 개구멍으로 밀어넣어
겨우 수술을 받아보았으나 받으나마나

복부 관통 사망자가 되고 말았나이다

101사격장 흙 속에 암매장되었나이다
1980년 10월에야 파내어
무덤 하나 얻었나이다

이로써
제 뜻 다 중단되고
서른 해 일생 마쳤나이다

아버님 어머님 앞서 묻혔나이다
죄송하나이다

양희영 양희태

고향 영광 밭고랑
늦가을 보리 묻고
첫여름 모심는 아버지야
세상 모른다
농사밖에
더는 모른다

5남 3녀
몇은 타지로 내보내고
몇은 품안에 두고
알콩달콩 사는 것 말고 아무것도 모른다

자식들 교육 위해 사두었던 집
광주 월산동 집에서 자취하며
셋째 희영 고입 검정고시 준비중이고
넷째 희태 송원중 2학년 복학생이었다

광주에서 난리 났다는 소식 듣고
5월 22일
영광 부모가 걸어서 광주에 왔다
아이들 없었다

셋방 아주머니 말로는
전날밤

희영이 친구들이 찾아와
맥주를 마시고 놀다가 나갔다 했다
희태도 나갔다 했다

아버지가 아이들 찾으러 나섰다

백운동 로터리에서
효천역 쪽 철길
희영이 주검 나왔다
목 뒤쪽에 총 맞았다

다음날
주월동 대동고 근처
매장 시체 속에서
희태가 나왔다
맞아죽은 주검이었다

캄캄하다
희다
캄캄하다
희디희다
주저앉았다 못 일어났다

양찬모

두 아들 죽인
5공정권 그 말단이
두 아들 잃은 아버지를
시시때때로 협박하였다

두 아들 죽은 것
광주에서
5월 광주에서
계엄군한테 죽었다 하지 말 것
안 그러면
남은 자식들
장래 망친다는 것
당신네 일가도
언제
어떻게
쥐도 새도 모르게 없어질지 모른다는 것

순박한
농사꾼 양찬모
두 아들 없는 세상에 대고
아무런 말도 못하자

뒷날 경찰 안기부 가로되
양희영

양희태는
광주항쟁 사망자가 아니라고 발표

먼 뒷날에야
다 지나간 뒤에야
5월 영령으로 복권
그러기까지는
한밤중 아버지 양찬모 혼자 울부짖었다 외쳤다

다음날 낮
입 다물고
모심을 논 물꼬 열었다
따오기
물 찬 논에
내려앉았다

가을보리 묻었다
겨울 눈 덮인
보리밭 눈 녹아 푸르렀다

희영이 희태 어머니

1981년에도
1985년에도
1992년에도 그랬다

아침
월산동거리

학교 가는 중학생들 보면 미친다
고교생들 보면 미친다 설친다
흰 눈자위 까뒤집혀
소리쳐
죽은 두 아들 이름 부른다

희영아
희태야
희영아
희태야 희태야

흑발 아낙이
확 백발 할멈일 줄이야
가슴속 두 무덤 풀 우거질 줄이야

왕태경

태경아
태경아
큰놈 태경아
이 애비하고
남도 삼백리
꼭두새벽부터 오밤중까지
길 내달리는 운수업 가문을 이루었더니라
큰놈 태경아
이 애비의 광운운수
시외버스 두 대에다
한 대 더 들여와
남부럽지 않았더니라

광주에서 강진 미량까지
광주에서 완도까지
애비 왕금석
아들 왕태경의 차가 지악스레 오고 갔더니라 더러 고장났더니라
한식날
추석날
네 할아버님 구례 산비알 산소에 가면
그 산소가 열려
네 할아버님이 일어나셔서
오냐오냐
너희들 왔구나

하고 반기시던 헛모습이
어찌 생시 아니었더냐

이런 복받은 왕씨 일문 앞에
5월이 오고 말았더니라
태경아
너 버스 배차 막혀버린 걱정 태산이다가
승용차 타고
송암동 연탄공장 앞 지나가며
널린 시체 보고 놀라는데
야산 매복 군대의 총탄 그냥 맞지 않고
네 머리
네 어깻죽지 뚫었더니라
5월 21일
네 주검
상무대 연병장 둔덕에 묻혔더니라
열흘 뒤에야
다 썩어문드러진 네 주검
손가락 하나 잘린 것으로 판명되었더니라

항쟁 10일 동안
광운운수 왕가 소유 버스
두 대 다 박살나고
남은 한 대 있는 것도 팔아버렸더니라

자식 잃고
재산 잃었더니라

네 앞으로 나온 보상금
개가한 네 아내 몫 되었고
살던 집도 다 가져갔느니라
네 에미애비
오늘내일하고
네 동생 둘
사관학교 시험에 통과했으나
5·18 폭도가족이라는 이유로 불합격
아예
대학 포기하고 말았느니라

구례 선산
네 할아버님 다시 일어나시지 않느니라 해 기울었느니라

할머니

예순여덟살 이매실 할머님은 정정하셔요
아들 며느리 사는
나주 떠나
손자손녀 학교 다니는
광주에 와
중학생 손자
국민학생 손녀 밥해주고 집 보아주셔요 정정하셔요

둘째아들이 사들인 화정동 이층집
1층은 세 주고
2층도 방 하나는
신혼부부 세 주고
2층 남은 방 둘 차지하여
손자손녀 데리고 살고 계셔요 정정하셔요

그날 5월 22일
이 화정동 이층집에서
비명소리 들렸어요
할머니는
손자손녀 나가지 못하게
단단히 들어앉혀 눌러두고
세든 사람들 모두
할머니 방에 벌벌 떨며 모여 있었어요

그때 픽 소리가 나는 듯하더니
글쎄글쎄 문지방을 뚫고 들어온 총알이
할머니 머리를 뚫었어요
손녀 울부짖었어요
손자 울부짖었어요

우측 두부 다발성 맹관 총상

채소차에 할머니 관 싣고 가서
나주 선산에 모셨어요

뒷날
손자는 외무고시 합격
독일영사관 근무
손녀는 간호대학 박사과정

큰아들 김옥수 부부는
5월 22일이면
어머님 제삿날 제사 음식 마을에 나눠주어요
3년 탈상 미루고
3년 더 이어서
6년 탈상하고 성긴 베옷 벗어 태웠어요

예와 지금

옛 중국땅 연나라 문서
그 문서의 한구석
고구려 천리인 열 명을 들여왔다 하였다
하루에 천릿길 달리는
걸음꾼 열 명이었다

고구려
백제
신라 젊은 사내들
해돋이 쪽
움직이는 기운 왕성하다던가
해돋이 땅 천리인들
산마다 고개라
수레나 말보다
사람의 걸음 터 아니던가

고려 무신란 주동자 정중부도
천리인이었다던가

조선말 고종의 심부름으로
한양 전주 오백리
열두 시간 만에 달린 사내
한나절 오백리
하루 천리

군산 회현
만경강 기슭
두만식의 막내
두희경이
1965년
노망으로 집 나간 아버지 찾으려고
뜬소문 올 때마다
천리인으로
속초길
삼척길 천리
마산길 파주 금촌 천리
달리며
아버님 아버님 아버님
찾아헤맸다
끝내 아버지 두만식 못 찾았다
천리인 희경 다릿병 나 다리 못 쓰고 앉은뱅이 되어버렸다

이명진

나는 아버지 이안식의 아들일 따름입니다 나는 나만으로 나일 따름입니다
나는 세상도 세상의 자유민주주의도 자유라는 것도 모르고
오직 내가 사는 일에만 목매달고 있을 따름입니다
경기도 부평공단
고만고만한 완구수출업에 가을 마가을 모르고 묻혀 있을 따름입니다
머리가 잘 자라지 않아
서너 달에 한 번 이발소에 갑니다
그래서 일주일마다 이발소 가는 친구가
너는 이발비 저축해서 부자 될 놈이라고 빈정댔습니다
담배도 하루에 두 대 피웠습니다

마누라는 광주에 살고 있습니다 별거중입니다
아들 녀석은
제 에미하고 살고 있습니다
이런 아들 녀석 보고 싶어서
아버지가 뵙고 싶어서 벼르고 별러
모처럼 광주에 왔습니다 5월 15일이었습니다
오던 머리로
31사단 본부 앞동네
아버지 어머니한테 찾아갔습니다
그런 다음 마누라가 잠깐 피해준 뒤
아들 녀석을 멋쩍게 껴안아보았습니다
농성동 사는 형도 보았습니다 반가웠습니다

그뒤로 나의 종적 묘연하였습니다

아버지는 집에 들어오지 않는 아들이 걱정이었습니다
5월 16일
5월 17일
5월 18일
5월 19일
5월 20일
이런 날들이 광주 삶의 날들이었고
이런 날들이 광주 죽음의 날들이었습니다

다음날 아버지가 찾아나섰습니다
어머니가 찾아나섰습니다
전남대병원에도
조선대병원에도
도청 앞 상무관에도 없었습니다
담양 암매장터에도 없었습니다
아들은 고사하고
아들 시체도 없었습니다

사실인즉
나는 광주교도소 앞에서
공수의 총알에 콧값도 못하고 뚫렸습니다

망월동 118호 묘지에 가매장되었습니다
아버지 등산복 차림
아버지 등산화 차림 그대로 묻혀
실컷 썩어버렸습니다

아버지는
별거중인 아내에게
내 죽음 알리지 않았습니다
나중에야 알려주면서
아직 젊으니 재가해서
부디 잘 살라고 권유하였습니다
생활보조금 문제로 딱 한번 만났을 뿐 아예 인연 끊었습니다

김성수

흔한 갑을병정이라우
흔하디흔한
가나다라이고
김가 이가 박가 중의 하나
김가라우
김해 김씨들
경주 김씨들
안동 김씨들
청풍 김씨들
선산 김씨들
무슨무슨 김씨들
그 김씨 중의 한 김씨 핏줄 참견한
김가라우

아 대한제국 대한민국
지나가는 사람 열 명 중 다섯
이런 김가라우
흔한 김가라우
흔하디흔하므로
있으나마나 없으나마나 평범한 사람이라우

6·25사변 나니
중학교 5학년 학도병으로 나갔다우
겨우 하루이틀

총 격발장치 짐작하고 나니
바로 후퇴를 거듭하는 총알받이 신세에 들어
다부동전투
포항전투
3년간 복무
3년간 전투에서 용케 살아남아
만기제대하였다우 뒤뿔쳐 질긴 목숨이라우

흔한 김가의 하나로
4.5톤 타이탄트럭을 몰아
광주-서울
서울-광주 왕복의 채소장사를 하였다우
서울 용산시장
새벽에 도착하려면
밤새 호남국도
1번국도를 달려야 한다우
그러다가 경부고속도로
호남고속도로 개통되어
삼라만상 잠든 시간
졸음 쫓으며
소리지르며
서울길 밤길을 달려야 한다우

5월 22일

이런 채소운송 막히는지라
광주 지옥 피하려고
고향 진도로 가는 길 찾았으나
화순길
나주길 다 막히는지라
담양길로 갔으나
거기도 막혀 시내로 돌아왔다우
시내로 돌아오는 길
거기서
웬놈의 폭도냐 빨갱이냐 하고
쏘아대는 총탄에
세 식구 다 맞아버렸다우
늦장가 아내 춘하 마흔여섯살 두부 견부 요부 손상
늦둥이 딸년 내향이 척추 손상
중상이고
나는 옆구리 관통으로 사망 직전 숨 건들건들 남았다우
내 타이탄트럭 총 맞아 아예 완파 폐차되고 말았다우

그 이후
아내는 정신이상이다가 숨졌다우
딸년은 휠체어 타고 다니며
엉덩이 썩어가는 병으로
걸핏하면 응급실 실려간다우

이것이
흔하디흔한 김가 중의 한 김가
김성수 일가의 흥망성쇠 일대기라우

나는 투사도 열사도 아니고 무엇도 아닌
흔한 목숨이었다우 목숨이었다 말았다우
유족회에다 부상자회 매양 나가야 한다우

박바오로

순조 연간
대궐 대비마마 엄한 분부로
사학(邪學) 철퇴를 맞는 중

대구 감영

상놈 종년 종놈 아닌
양반 출신
나이배기 박바오로 빼빼 마른 몸 다 거덜나

곤장
주리질
삼모창으로
온몸이 찢기고 할퀴어
팔꿈치 무릎
뼈가 다 나와
갈비 여섯 대도 나와
허벅지뼈 나와

그러나 그 몸에
망한 몸에
말이 남아 있다니
몇마디
남길 말이 남아 있다니

천당이라는 말
천주님이시여라는 말 아멘이라는 말
이 극단 고통 속의 말

천주님이시여

휠체어 딸

내항아
내항아
네 앞에서 봄날 웃는다
네 뒤에서
내 가슴 동지섣달 쥐어뜯는다

학교도 못 가누나
치료도 못하누나
누가 갖다주는 헌책으로 공부하누나
국어가 좋아
그러나
약국 약사가 꿈

5월 광주가 만든 2급 신체장애 내항아
네 앞에서 항아 항아 하고 여름날 웃는다
봉사 김갑주 어른이
네 사정 알고
너희 집
사글셋방 얻어주었다
특수학교 은혜학교 입학도 시켜주었다

2남 7녀가
한방에 가득하였다
낮에는 다 나가 텅 빈다

내항아
네가 빈방에 남아 지키누나

벽에 사진틀도 없다
대못 박혀
거기 마른 옷 겹으로 그제 어제 오늘 그대로 걸리누나

아무도 모른다

오늘도 지원동 마을
벌써 저문다 석양빛 거든거리다 떠나버린다

이튿날 해가 길다
그 아이
웃통 벗고
잠방이 벗고
알몸 고추 달고
풍덩 개울물 들어간다
흙탕물이 꾸물꾸물 피어오른다
지나가는 퇴각군 11공수 총탄이 날아온다

그 아이
물속에서 나와 뛴다
신발 벗겨져
신발 찾아 신으려고
돌아섰다가
기어이 총탄 뚫려버린다
열 몇살 아이
벌거숭이 주검 피투성이라
누군지
누구 아들인지
아무도 모른다
그냥 열 몇살짜리 핏덩어리다

배근수

그해 5월
대학생 시위는 평화시위였다
돌멩이도 필요없었다
그러므로 최루탄도 필요없었다 맨몸이었다
거리는
유리창 하나 쨍그랑 소리 나지 않았다
여느때 인도의 행인
여느때 행인의 인도를 여느때로 걸어갔다
경찰이 앞에 있었다 뒤에 있었다
사복경찰이
이따금 인도의 행인 속에 스며 있었을 뿐이다

전두환 물러가라
계엄령 철폐하라
자유여
민주여 어서 오라

이런 소리가 지나갔다
이런 소리의 젊음이 지나갔다
거기에 공수 나타나
총 쏘고
곤봉 치며
갑자기 수라장 불러들였다
죽임이

죽음을 낳았다
분노가 태어났다

주택가 집 안방에도
무시로
무시로
군홧발이 들이닥쳤다
무시로
젊은이들 끌려갔다

저놈들이 군인이냐 국군이란 말이냐

이런 만행에 족대기에
시민들 일어섰다
파출소 쳐들어갔다 총 들었다
그뒤
총 돌려주었다

배근수

내 핏줄도 예외가 아니었다
주검 앞에서
이를 갈았다 치 떨었다
이제까지 데모도 학생들도 미웠다

공부하지 않고
거리로 나온다고
학생들을 꾸짖었다
그러다가
5월의 계엄군 앞에서
배근수
시위대열 드던져 나섰다

죽은 사위 살려내라
내 사위 살려내라
이 살인마 전두환아
내 사위 살려내라 외쳤다

5·18광주의거유족회를 가까스로 만들었다
유가족 아낙들이
남정네들이 추대하였다
첫 유족회 대표로
경찰서 찾아가고
시청 가고
서울 중앙정부 벼슬이 오면
그 벼슬 앞에 가
당당히 삿대질로 항의하고 요구하였다

배근수

그가 각근각근 길을 만들어냈다
밤에 혼자
소주 한 병 놓고
후드득후드득 울었다

이찌까와 아사히꼬

관훈동 청요릿집 중화원 2층
경성제대
마르크스 보이
엥겔스 걸들
경성제대 Y 3인
신현중
조규찬
이찌까와가 만났다

신간회 뒤
텅 빈
경성의 밤
새로운 눈빛들 하나둘 빛났다

여운형은
고비사막 넘어
모스끄바에 가 레닌을 만났다
10만불을 받아왔다
장덕수가 챙겨
태평양 건너 떠나버렸다

만주사변 뒤
텅 빈
경성의 밤

새로운 심장들이 고동쳤다

신현중 법문학부
조규찬 의학부
신현중의 동기
일본인 학생 이찌까와 아사히꼬(市川朝彦)

이종림이 나타났다
그가 데려온 강진
강진이 나타났다
일명 나뿌렌치 강
또는 바씰리 김으로 불리는
씨베리아 동포 2세 강진

그가 이찌까와한테 다그쳤다

너는 조선독립 위해 목숨 바치겠느냐

그렇다

왜 일본사람이 조선을 위해 목숨 바치느냐

내가 식민지에 와 살고 있기 때문이다

이찌까와와 강이 얼싸안았다 빼갈 술잔을 비웠다

성대(城大) Y
신현중
조규찬
이찌까와

한강 뱃놀이에서
반제투쟁선언을 도모했다
바람 일었다
물결 일었다
그 경성제대 반제선언
배포 직전 발각

강진은 1913년에 예비검속이 이어져
1945년 8월에야 나왔다
신현중 징역 3년
이찌까와 징역 2년 집행유예 3년
조규찬 징역 2년 집행유예 3년
일본인 학생 사꾸라이 징역 2년 집행유예 3년
일본인 학생 히라노 징역 1년 집행유예 1년 6개월

그밖의 13명
경성치과의전 학생 1명

제2고보 학생 3명
총독부 급사 2명
조선일보 사원 1명
동일은행 직원 1명
천일의원 직원 1명
기독교청년학관 생도 2명
한성도서 직공 1명
농부 1명도 콩밥 먹었다 식민지의 풍경 하나

이용충

무 배추 갓 팔았습니다
대파
실파
시금치 아욱 상추 근대 팔았습니다

군대 가서
전두환 소장 표창 네 번이나 받았습니다
제대 뒤
양동시장
청과물가게 내어
나주배
곡성참외 팔았습니다

5월 21일
유동삼거리 지나가다
시체 실어가는 군대 차를 보았습니다
전두환이 정권 잡으려고
광주시민 다 죽인다는 소리를 들었습니다
시민들
공포 속에서
공포보다
분노가 더 뜨거웠습니다
아세아자동차로 가는
시위대 버스에 올라탔습니다

차량 몰고 나와 시위에 가담하였습니다

5월 22일
전남대 주둔 공수가 총탄 퍼부었습니다
나 이용충
시민군 차 타고 외쳤습니다

목숨 아까운 사람 내리고
죽을 각오가 된 사람은
여기 타시오

아우 장충이 타려는 것을
너는
내가 돌아오지 않으면
부모님 모셔야 한다 밀쳐냈습니다

전남대 공수부대 향해서
시민군 차 돌진했습니다
1차 방어선 뚫어
2차 방어선
굴다리에서 연막탄 터졌습니다
총탄 난무했습니다

그뒤 행방불명

아버지가 배낭 지고
전남대 일대
용봉동 일대 찾아나섰습니다

나는 이미 교도소 부근에서 죽어
망월동에 묻혔습니다

내 뒤를 따라
아우 하나가 비관자살
아우 장충이도 사고사

아 어머님 아버님만
세상에 남겨놓고
저희 삼형제
흙 속에 있습니다

추석 전날 이발 깨끗한 얼굴 보고
기뻐하시던 어머니
어릴 적 삼형제하고 사진 찍은 날
팔보채 사주시던 아버지
그 두 분 두고
흙 속의 해골 자식들이 되었습니다

거꾸로 부모가
불효자식 삼형제 제사 지내게 되었습니다 이듬해 첫여름밤이었습니다

임동규

광주 목포 사이
시외버스
화순 가는 고개 넘으면
거기서부터
남평
나주 질펀한 들녘

아늑자늑한 언덕배기
지나면
또 질펀하고 아늑한 들녘

나주 거리 지나
나주 공산
선하품 나올 만한
심심서운한 거리
거기 오랜 포목상 가게
포목상 주인장
나주고 다니는 아들 걱정으로
아들 자취방 찾아나섰다

아무 일 없었다

하룻밤 자고 간다고 공중전화 걸러
군청 앞

동화약국 앞으로 나오는데
거기
전두환 물러가라
계엄군 물러가라
시위대 행렬 밀려왔다
그 시민군 차에 치이고 말았다

시민군들
광주시내 사정 알리려고
광주 턱밑
나주에 와서
경찰서 파출소 접수하였다
계엄군과 대치
격렬한 시위였다

이미 광주 외곽 봉쇄
화순 너릿재 차단
담양 순천 교도소 앞 차단
송정리 상무대 차단

그런 봉쇄 뚫고 시민군 오고 또 왔다
하필이면 그 시민군 차에 치여
포목상 주인 임동규 죽었다

나주고 임재희
아버지 없는 세상
대학 진학 단념하고
고향 떠나
인천 중국집 배달이 되었다

70년 뒤
인천 임재희 아들
임옥남
임옥남의 아들
임철국
임철국의 아들
임상옥
인천 송도 비치빌
꼭대기층 거주
서해해운
1만 톤 배
다섯 척
6천 톤 배
일곱 척 소유

임정식

골목길 접어들었어
어머니하고 길 가면
싫었어
지나가는 여고생이나
하이힐 신은 여자들이 보면
초라한 어머니가
영 싫었어

그런데 오늘은
어머니하고 길 가며
싫지 않았어
내 걸음을 늦춰서
어머니 걸음에 알맞췄어

고등학교 졸업한 뒤
신학대학 입시준비라
사도행전 달달 외웠어
벽돌공장 운영하는
아버지
어머니 잔심부름 거들었어
큰형은 대학생이고
작은형은
상무대 방위였어

도청 금남로 충장로 거리에 나섰어
가슴 뜨거웠어
작은형이 꾸짖었어
너 총이 얼마나 무서운 줄 아냐
큰형도 집에 없는데
너라도 식구들 보살펴야지
내일부터는 나가지 말고 집에만 있어라

큰형은
금남로 횃불시위 나갔다가
친척집에 피해 있었어

5월 22일
화정동
통합병원 부근 주택가

총소리 요란하였어
가슴 철렁했어 더럭 겁이 났어
시위대열에 섞여 있다가
얼른 골목으로 숨어들었어

그런데
저쪽 건너편 골목에서
어머니가 나오고 있었어

엄마 위험해요! 오지 마세요!

나도 모르게
뛰어나가다가
총 맞았어 고꾸라졌어

엄마 괜찮아?
이 말이 내 마지막이었어

이만도

저쪽 자리 사람들 셋
이쪽 자리 사람들 둘

저쪽 사람들이
이쪽 사람들의 얘기 듣고
그 얘기를
자신들의 얘기로 옮겨
이어가다가
웃을 때
이쪽 사람들도 따라 웃는다

삼겹살집
석쇠 위
삼겹살 찌직찌직 뒤틀려 익어
입속의 침 꿀컥 넘어간다

저쪽 사람들의 얘기가
이쪽 사람들의 얘기로 건너온다
이쪽 사람들 둘 중의 하나
절뚝발이 이만도의 한마디

술만 권커니 잣거니가 아니라
얘기도
권커니 잣거니

왔다 갔다 하는군

어머니 계신 저승 얘기 와서
이승의 내 술자리
얘야
오늘은 그만 먹어라
벌써 삼차 아니냐

이만도 한쪽 다리 곧추세워 일어나
어이 상국이
그만 일어나세 엔간히 밤늦었네그려

임종인

나주 청년 임종인 행상입지요
스물한살 눈썹 검지요
3남 3녀 중
작은형 임종수하고
담양장
보성장
강진장
곡성장 등
오일장 돌며 과자 몇무더기 팔았습지요
작은형이 장가들자
부산에 있는
큰형 임실웅한테 갔습지요
큰형은
광주보다
큰 부산에 있다가
부산보다
큰 서울로 갔습지요
큰물에 노는 큰 고기 되고 싶었습지요

나 종인
부산 갔다
부마항쟁 보았습지요
박정희가 죽은 뒤
부산시민들 환호하는 것 보았습지요

고향 나주로 돌아오니
1980년 3월이었습지요
그리고 5월이었습지요
5월 21일
나주에 온 시민군 트럭
나 임종인도 타버렸습지요
행상 그만두고
시민군 되었습지요
광주로 가는 길
매복 부대 총 맞아 죽었습지요

부질없다
헛되다
덧없다 마십시오

상무대 헬기장에 시체 방치되었다가
통합병원 이송
베니어판 관에 넣어
전투교육사령부 101사격장 언덕에
묻어버렸습지요

포클레인으로 파내니
묵은 구덩이

시체 십여구 나왔습지요
망월동으로 이장했습지요

어머니 눈물 마를 날 없다가
시름시름 앓다가 눈감으셨습지요

헛되다 마십시오
이런 것입지요
그런 것입지요
아 징헌 시절이었습지요

미친 여자

저 미친년 또 왔네
저 미친년 또 와서
지랄하네

비녀 꽂아 쪽찐 머리
어느새
단발머리로 삭발한 년
또 와서 지랄하네

어제도
그제도
그끄제도 왔네
와서는
바락 소리지르네
바락 소리지르다
주절주절 늘어놓는 하소연이다
엉엉 울다가
또 소리지르네 목쉬어터진 소리 지르네

이제는 목쉬어터져
목소리
여기저기 걸려
갈래 쳐
무슨 소린지 알아들을 수 없네

내가 잘못이지라우
내가 못된 년이지라우
내가 죽을 년이지라우
암 그렇고말고
내가 다 뒤집어써야 할 일이지라우

그러다가
때려죽여라
저 불한당놈
저 살인마
저놈 잡아라
갠 하늘에 대고 소리지르네
엉엉 우네

북부경찰서 정보과 형사 둘이
나와서
일신방직 직원인 척
에잇 미친년 또 왔네
에잇 미친년 때문에
우리 공장 재수없어
퉤
하고 차에 실어다
보성 득량만 개펄 기슭

내려놓고 돌아와버리네

일신방직 공장 정문 앞
며칠 동안 조용하더니
며칠 뒤
그 미친년 다시 와
또 지랄하네
또 멱따는 소리 지르고
중얼대고
염불하고
아멘하고
엉엉 우네

쉿

누구냐 하면
그 미친년이 누구냐 하면
바로
일신방직 전기기사
정석진 마누라
일신방직 신임기사
정석진 아들
정민구의 어머니라

광주 5월 시민군 정민구의 어머니라

아들 죽고 나
정신 잃었다가 깨어나
정신이상의 나날
남편 일터
아들 일터에 나와
몸속의 원한 분노
몸속의 회한 자학 사죄
자꾸 솟아나와
날마다 날마다 나오는데
경찰이 단속하다가
가족이 단속하다가
지쳐
그냥 미친 여자로 내버려졌네

때려죽여라
잘못했소
잘못했소
저놈 잡아라
내가 죽을 년이라오
나 잡아가란 말이여
내가 찢어죽일 년이라오

죽은 아들 이름
민구야라는
그 이름도 어디다 두었는지
잊어버린 뒤

저놈 잡아라
잘못했소
잘못했소
종잡지 못한 허튼소리 뒤

엉엉 우네

정민구

아버님 다니시는
일신방직 전기기사로 첫출근하는 날
허허
내 전기기사 대 이었으니
내 아들이
전남기계공고 나와
전기기사 되었으니
이제 부자가 아니라
동료가 되었구나 하시며 기뻐하셨습니다

허허
허허
그 웃음소리 따라 나도 삼가 웃었습니다

아버님 고향은 충남 천안이온데
아버님 아들인 나는
어느덧 무등산 수박 익어 광주사람이 되었습니다
아버님이 공장생활하는 동안
어머님은
저희들 3남 2녀 낳아 기르시며
이제야 막내 기저귀 빨래 다 마치셨습니다

내 아우 전남대 의대 다니고
그 밑 아우

전남기계공고 다닙니다

계엄령 포고로 휴교령 내리자
아버님은
두 아우 천안으로 보내고
장남인 나만 집에 남아 있었습니다

계엄군 들이닥쳐
사람 죽이는 것 보고
처음으로 아버님 분부 저버리고
거리로 내달려갔습니다
처음으로 어머님 만류 뿌리치고
거리로 나가
광주역전 시위에 합류하였습니다
총 메고
외곽 순찰 시민군 되었습니다

철야 순찰중
5월 22일 새벽
계엄군 총에 맞아
소곳이 이승 하직하였습니다

전남대병원 시체안치소
광목천 뒤집어쓴 주검

입안에 피 고였고
콧속에도 피 고였습니다

아버님 달려오셔서 오열하셨습니다
네가 민구냐 네가 정말로 민구 너냐

1977년 나 입대할 때
어머님 고개 돌려 우셨습니다
1979년 나 제대하고 돌아왔을 때
아버님 실컷 웃으셨습니다
1980년 1월
아버님 다니시던 공장
나도 다니게 되었을 때
어머님 하루 내내 웃으셨습니다

그 웃음 끝
어머님의 웃음 영 사라지고 말았습니다 하늘뿐이었습니다

두 사람

토요일마다
대전에 갔다
대전에 약혼녀 이혜순이 있다
대전 서부시외버스터미널
그 북적대는 사람들 속
광주에서 온 약혼자 정민구가 보였다
둘이 숨차며 만나
눈이 웃어 눈이 감기고
하얀 이 눈부시게 드러났다
어쩔 줄 몰라
어쩔 줄 몰라
북적대는 사람들 속
다방 갈까
아니 식당 가
그래 나도 배고파
그렇게 식당에 들어가서야
비로소 둘은
마음 가라앉혀 잡은 손 놓았다

토요일마다
광주에 왔다
대전 이혜순이
광주의 약혼자 정민구를 만나러 왔다

광주 시외버스터미널
그 북적대는 사람들 속
둘이 만났다
아무 말도 없다
아무 말도 필요없다
바로 여관에 들어갔다
이 세상은 오직 둘뿐
친정도
처가도 필요없다
시댁도
아버지의 집도 필요없다 오직 둘뿐

새로 살 아파트 입주 당첨되었다
떠나갈 듯이 기뻤다
토요일 밤이
일요일 밤이 되어갔다
약혼녀 이혜순이
야간열차를 타고 떠났다

이런 주말의 만남
5·18 이후 영영 끊겼다

정민구는 무덤에 있고
3년 뒤

이혜순은
다른 남자의 아내가 되었다

단 한번 꽃 들고 망월동 묘지에 왔다 거기가 무서웠다
그렇겠다
안 그렇겠나
안 그렇겠나

술값 9만 5천원

빈 주머니 친구
빈털터리 친구 왔다
하나는 강원도 공사판에서 왔고
하나는 며칠 전 홍성교도소에서 만기출소로 왔다
나도 빈 몸이었다
비었으나
염병 앓도록 반가웠다

나 김철호
어찌 속수무책이겠느냐

가자

네거리 모퉁이
셋이서
최대포집으로 갔다
너 공사판에서 발등 찍힌 것 다 나았냐
응 나아버렸다
너 2년 반 고생 어땠냐
응 국립호텔 실컷 잠자다 왔다 괜찮다

이렇게 회포 나눈 술자리
싱거워진 소주
열 병

스무 병 지났다
꽉차게 취해버렸다
한자리에서 다섯 시간

주인 불렀다
아저씨 망치 좀 주시오
망치는 무슨 망치
투덜대다가
망치를 꺼내왔다

그 망치로 김철호
앞니
어금니 쳐서
그 금이빨 빼주었다
피범벅 입으로
옜수 오늘 술값 9만 5천원은
이 금으로 받으시우

조규영

세상에는 슬픈 일들
억울한 일들 나뭇잎새로 많구나
아 이 세상은 원한의 세상
저세상 있다면
거기도 원한의 세상 아닐까보냐

서른여덟살 일꾼
조규영
이제껏 일만 했다
이제껏 사람 대접 한번 없이
십장의 반말지거리
욕지거리
어이 조씨 워째 먼산 보고 자빠졌어 먼산이 에미여 죽은 애비여
어서 삽질 서둘러 쎄멘 굳어

이제껏 헐벗었다
허름한 겹옷 하나
봄
여름
가을
겨울 나니
빨아 헹궈도
천년 땟국 지지 않는 옷이었다

사촌처남 벽돌공장
벽돌 찍어내었다
그 공장 헛간방에서 살았다
마누라 이점례 꿈
단둘이 살 단칸방이었다

저녁일 끝내고
마누라하고 나란히 앉아
두런두런 이야기 나누었다
광주 송정리 간 도로변
하필이면 거기
공수부대 매복지대였던가
헬기가 날고
방송소리가 들렸다
집으로 돌아가시오
집으로 돌아가시오
뒤이어
총소리

총알 빗발치는 아수라장 속
조규영도 기어코 공수의 총 맞았다

옆구리에서 창자가 흘러나왔다
배안으로 밀어넣고 기저귀로 동여매었다

가래 끓는 소리 꺼져갔다
다 잊어불고 편히 가시게
처남이 눈 감겨주었다

화정동 잿등 한성아파트 뒷담
누구네 집 마당

101사격장 가매장 시체 파내어
승주 송악면 선산에 묻었다
장례비 30만원 나와
15만원으로 장례 치르고
남은 15만원으로
마누라 월 3만원 셋방 얻었다
아이 셋과
비로소 단칸방이었다

이로부터
마누라 이점례
식당 설거지
청소
막노동
몸 성할 날 없이

조달봉이

1979년
중동 가서
이란 가서
그 뜨거운 사막에 가서
아스팔트길 공사판
숨막히며
번 돈
어머니한테 꼬박꼬박 보냈다

생선장수 어머니
다달이
아들이 번 돈 받더니
생선장수 그만두고
에라 만수 돈놀이로 나섰다
일수놀이로 나섰다
작은 물로
쏠쏠했다
아니
큰물로 불어났다
어느날 다 날려
알거지 되었다

3년 뒤 아들 돌아와보니
어머니 거지였다

다시 그 뜨거운 사막으로 가야 했다
그 등짝 타는 사막으로 가는
제7차 중동 파견 노무자로
공항에 갔다
비행기 뜨기 전
공항에서 하늘 보고
엉엉 울부짖었다
왼손이 오른손 틀어쥐고 울부짖었다

비행기 떴다

최승희

아버지한테 버림받은
어머니하고
아들 승희
딸 정화
이렇게 세 식구
유달산 바위 비탈
북교동 셋방살이 그럭저럭 살았다

어느새
딸년 열여덟살
그 위로
아들 스무살

아들 승희가 의사 되는 것이
어미 꿈
재수하여
우선 송원전문대 입학해놓고
광주에서 하숙하며
다시 대입준비중

그해 5월 16일
목포에 내려와
어머니와 누이동생 보고
다음날

목포 영산포 나주 송정리
완행 타고
광주에 돌아왔다

그날밤 자정
비상계엄령 전국 확대
계엄군이 광주에 들어왔다

목포 어머니
광주에 와
아들 보고 돌아간 뒤

21일
승희 나가서 돌아오지 않았다
도청 앞에서 총 맞았다
병원으로 실려가 수술받다가
숨 거두었다

남은 어머니
남은 누이동생

고향 해남땅에 묻은
'고 최승희의 묘' 앞에 가
반나절을 울고 나서야

목포행 막차 탈 수 있었다 밤이 왔다

막차 뒤 빈 길 위의 별빛

함광수

가족의 밥상 거룩타
가족의 늦은 밥상 거룩타
두레소반 기우뚱
아버지
첫째
둘째
셋째
넷째
그리고 부엌에서 들어온 어머니

여섯 가족의 큰 냄비
김치찌개 냄새 거룩타
혹여 돼지비계 몇점
거기 곁들이면
벌써 빈 뱃속 꼬르륵꼬르륵 거룩타

그런 밤 두레소반 물린 뒤
설거지 뒤
최규하라는 사람이
엉겁결에 대통령 흉내를 내어
개통식 테이프 자르는 TV 보고 나면
어느새
광천동 연립주택 셋방
여섯 가족의 깊은 잠 거룩타

미장공 아버지 이어
열일곱살 둘째도 미장공

농성동 개활지
내 집 짓는 중이었다
며칠 뒤면 내 집에서
큰대자로 누워 잠잘 수 있다

그런 행복 앞두고
5월 22일
그 농성동 사거리에
시민군이 바리케이드 세우고
신학대 쪽
계엄군과 맞서고 있었다 그런 행복 앞두고

그날 아침
아버지한테 꾸중 듣고 나가버린
셋째 찾으러
둘째가 나갔다
오토바이 타고 나갔다 돌아왔다
탱크 행렬 구경한다고
옥상에 올라갔다
계엄군의 표적으로

즉사하고 말았다
시체 내려다놓으니
계엄군이 끌고 갔다 어디론가 실어갔다

보름쯤 지나서야 여기도 저기도 없다가
상무대 사격장
가매장 시체 찾아다가
고향 나주 뒷산에 묻었다 묵정이 무덤 되어갔다

둘째 이름 함광수
새집 집들이 못하고 떠나버렸다

이런 생애 한편으로
70수
80수
90수 장수가 끄떡없다

노래식당

농성동 오복상회 옆
밤 별미식당
아예 니나노판이었다
낮의 가정식백반
찌개백반
생선국밥 때려치우고
밤은 진로판
백화판이다
해물전
해물찌개 하나에
진로소주 열 병이면
서너 사람
코빼기 휘어져
주고받는 말 시지부지 나자빠지고
노래가 제일

마흔살 쉰살 사내들이
「열아홉 순정」을 노래하고
「섬마을 선생님」을
목 빠지게 노래하였다
통금 임박하면
으레 「목포의 눈물」이었다
그런 술꾼들의 노래 사이
이따금

마흔 밑
식당 주인아낙의 노래 나온다
박수 터진다
아이고
박여사 박여사
우리 박남례 여사
이름까지 알아가지고 환호한다
그 식당 주인아낙 박남례 여사

미장공 함광수의 어머니
새로 짓는 집 옥상에 올라가 있다가
공수의 총 맞아 죽은
'폭도' 함광수의 어머니

아들 그 지경으로 앞세운 뒤
장차 남편마저 암으로 저승 보내는 그날까지
낮의 밥장사가
밤의 술장사 되어
젓가락 장단에 노래로 맺힌 속을 목놓아 풀었다
그렇게라도 속 터져서야
원한에 빠진 세상
비탄에 빠진 세상살이
나뭇가지 끝 나뭇잎새로 견디어냈다

처음에는 정신이상이다가
차츰 제정신 반절
히힝히힝 웃기도 하더니
제정신 반절마저 돌아와
식당일하며
남은 자식 세 놈도 길렀다

오늘도 걷는다마는 정처 없는 이 발길

언제 배웠던가
이런 노래 부르고 나면
하루 끝 지친 사내들
진정으로 동감
박수치고
소리치고
벌떡 일어서서
남은 술병 벌컥벌컥 비워냈다

밤 이슥하다
골목들 인적 끊겨
곧 통금 안마쟁이 피리소리 뱅니 되어 다가오리라

인태

인태란 놈
지독한 놈
지독하게 악 받치는 놈

여덟살 적
한번 울면
아침 열시부터 저녁 일곱시 지나서까지
거기까지
울던 놈

열여섯살 적
열일곱살 적부터
싸움꾼이더니
서른세살인 오늘도
타관 읍내
예산 장터
예산 두목 유종렬이와
한판 붙었는데

보나마나
얻어터지고
가슴팍 살점 찢기고
아구창 부서지고
아랫니

윗니 다 떨어져나가도록
져도
다시 일어나고
져도
다시 일어나서

그 지독한 오기로
마침내
예산 두목 유종렬 다리 하나 물어뜯어
주저앉혔다
주저앉히고 나서 피범벅 웃음
씩 웃었다

인태란 놈

김윤수

오늘도
덤프트럭에
벽돌 잔뜩 실어날랐습니다
스물일곱
아직 미혼입니다
술도 담배도 입에 댈 줄 모릅니다

용봉동 자그마한 집
아버님 안 계시고
어머님 계시는 집
4대독자입니다
위로 누나 셋
어린 시절
누나들 치마폭으로 자랐습니다
시집간 뒤
그 누나들
친정나들이 올 때가 가장 좋았습니다
큰매형 둘째매형 작은매형도 좋았습니다
큰매형하고 장기 두면
서로 져주는 장기였습니다

5월 23일
휴업령으로 운전할 일 없어서
화순 막내누나 집에 가는 길이었습니다

이틀 전 퇴각한 군대
다시 온다는 소문 나돌았습니다

화순 가는 버스가 없어서
내가 소형버스를 운전하였습니다
17인승인데
11명 탔습니다
시민군 학생 여공 들이었습니다

지원동 녹동마을 입구
매복 공수의 사격
소형버스 벌집 되고 말았습니다

전원 사망

다음날 24일
공수들은
20사단과 임무 교대
송정리 비행장으로 떠났습니다
치고 빠졌습니다
죽이고 떠나버렸습니다

나 스물일곱에 죽고
죽은 내가 스물아홉이 되는 해

함께 화순 가다가 죽은
여공 영자의 영혼 신랑이 되었습니다

묘지 영혼결혼식

양가 유족이 이승의 사돈이 되었습니다
망월동 묘역
묘지번호 1-95 김윤수
묘지번호 1-96 고영자

황성술

성술이
옥술이 동생
영진교통 버스차장이지
다리 못 쓰는 어머니 걱정이
늘 몸속에 담겨 있지

성술이 자랑 있지

바지도
남방도 지어 입는
재봉틀 솜씨 여간 아니지

형 옥술이는
31사단 11경비대대
방위병으로 비상근무중이고
아우 성술이는
시민군이 되었지

군납용 레커차 운전하고
고향 해남까지 달려갔지
가서
총기 실어나르고
나주로 향하는 길
송정리 빠져나가다

집중사격 받아
화산교 밑 개울로
차가 굴러버렸지
한 명은 튕겨나와 살아남고
다섯 명은 익사

주민들이 시신을 건져내었지
발목에 끈을 매달아
나무기둥에 묶고
가마니로 덮어두었지

해남 아버지가 썩은 송장 찾으러 광주에 왔지 사람들 돌이었지 바위였지

고영자

죽은 고영자 신부
죽은 김윤수 신랑
저승 처녀총각이
이승 영혼결혼으로 부부가 되었어

어머니 꿈속
죽은 딸 영자가 자꾸 나타나
이사 가고
또 이사 갔어
몇번 이사 가도
딸 귀신 들러붙었어
끝내 그 딸 귀신 처녀귀신이
어머니를 데려갔어

일신방직 공순이 고영자
공장 기숙사 생활
주말에는 꼭 고향 화순에 갔어

5월 18일
학교 휴교령
공장 휴업령
차가 끊겨 고향에 갈 수도 없었어
회사 동료 김춘례 자취방에서
하릴없이 5일을 묵새기고 있었어

주남이 저승이었어
광주를 들고 나는 '불순분자'들
눈에 띄는 대로
곤봉 난무
대검 난무
총소리 그치지 않았어 그 주남이 내 이승 끝이었나

5월 23일
할아버지 제삿날이라고
춘례가 함께 가자며 졸랐어
영자 따라나섰어

걸어서 지원동 지나는 길
화순 가는 시민군 버스 얻어탔어

주남이 저승이었어
매복 공수의 집중사격
영자의 어깨 한쪽 타버렸어
영자의 양쪽 가슴 벌집

화순탄광 기계수리공인 아버지
고재련은
탄광 직장 그만두었어

남은 딸
아들
다섯으로
잃은 딸을 메웠어

가난할수록 핏줄밖에 없었어
무식할수록 핏줄밖에
아무런 힘도 없었어

영자야! 자다 일어나 불러보았어

이어도

저승인가
이승인가
제주도 동남쪽 숨찬 바다 그 어디
이어도 있다 한다
저승인가
이승인가
아무도 그 이어도 가본 적 없다

하지만 이어도 있다 한다
동남쪽 바다 그 어디
이어도 있다 한다

거기가
제주도 사내들의 저승

못 죽어 사는 이승의 삶
모진 삶
죽어 거기 가면
비로소 제 숨 내쉬는
저승의 삶 있다 한다

이어도 있다 한다
거기가
제주도 여자들에게

이승의 지아비
고기잡이 가
영영 돌아오지 않는
내 가슴속
지아비 무덤

저승인가
이승인가

행여나 거기가 이승의 끝 극락 아닌가

제주도 동남쪽 바다 그 어디
지아비 돌아오지 않은 지
오래
내 자식 오생이가
갈치잡이배 타고 가
돌아오지 않은 지
오래

이어도여
이어도여
밤마다 이어도 부르는
마누라 순녀
어머니 순녀

바다 밑 으뜸으로 살진 전복 따다가
저녁 바다 밑 자맥질로 내려가
저 살진 소라 따다가
제사상 차려
지아비 제사
자식 제사
한상에 지내는
제주도 아낙 순녀

숫제 제삿날 몰라
지아비 떠난 날을
제삿날로 삼아
자식 떠난 날을
제삿날로 삼아
처마 밑 등불 달고
제사상 가득
돼지고기 산적도 차려놓는
이어도 순녀
지아비도
자식도 다 잃은 순녀
눈물도 다해버린 순녀

저승이

이승인가
이승이
저승인가

재회

3천년 내내 걸어가는 날들이었다
나귀 타는 분 아니면
가마 타시는 분 아니면
뭇 백성들에게는
두 다리로 걸어오는 날들이었다
초승달 숨어
어두운 길 두런두런
돌아오는 밤들이었다

그런 시절
하루 내내 걸었다
걸어
닷새를 가면
묘향산에 이르고
거기서
강계까지
험한 길 사흘을 갔다

걸어
북으로 천리
남으로 천리
이렇게 가노라면
홀아비 등짐장수
한 생애가 다한다

더러 쉬어가는 곳
거기서
낯모르는 동무와 만나
인사를 나눈다
이튿날 인사 나누며
헤어지면
하나는 남으로 천리
하나는 북으로 천리

이렇게 가노라면
세월도 가는 듯 오고
오는 듯 간다
8년 뒤
8년 전 헤어진 동무 만난다
처음에는 알아보지 못하다가
알아본다
막걸리 두 되 넘지 않았건만
하룻밤 자욱하다

우리 아무 해 아무 달 아무 날 아무 시에
여기서 다시 만나세
하고 새벽길 떠나며
서로 윗저고리 바꿔입는다

둘은 헤어져 등짐 지고
하나는 동으로
하나는 서로 간다

수레는 높으신 분
달구지는 늙으신 분
뭇 백성들이나
떠돌이 봇짐장수 등짐장수에게는
오르막길
내리막길
터벅터벅 걸어가는 메투리의 날들이었다

해는 벌써 중천에 계시누나
길은 아득하시누나

살인

먹밤에는 여우가 울었다
누구의 누이 서러운 넋이라 했다
달밤에는 개가 짖었다
또 누구의 자식 세상 떠나
돌아오는 넋이라 했다
정작 여우는 무엇인가 개는 또 무엇인가

강을 건너면
거기 사잇섬
조선과 만주 사이 사잇섬 땅

그 푸새 푸나무 우거진 벌판
텅 비었다

만주 여진족이 중국 복판으로 들어가
청나라를 세운 뒤
텅 비었다
청나라 조상의 땅이라
아무도 들어가지 못하는 땅
텅 비었다

1860년
조선 북방에 큰 가뭄 들었다
풍년이 들어도

모진 착취로 굶어죽어가는 판인데
모진 가뭄이 들어버렸다
숯같이
말없이 죽어가던 백성 하나둘
더 못 참고
그 사잇섬으로 건너가
낮에는 농사짓고
밤에는 강 건너 돌아왔다
죽음 무릅쓰고
건너갔다
건너왔다

그러다가 한철은 농사짓고
한철은 돌아왔다
그러다가 아예
그 땅에 움막 짓고 살기 시작하였다

북방의 탐관오리
거기까지 건너가
악귀같이
6 대 4
7 대 3으로
혈세를 걷어갔다

사잇섬 범바위 밑 농사꾼
최천득 영감
옥수수술 한잔 먹고
세곡 걷으러 온
경원부 아전 잠든 방에 스며들어가
아전의 배에
낫을 꽂았다

다음날 두 아들 데리고
더 북쪽으로 떠났다
목단강 쪽인가
밀산 쪽인가
다른 나라 말소리
그 너머 흑룡강 어디인가

김귀환

해남 가는 길 먼길
화순
영암 지나
까마득
해남 우슬재 넘어
질펀한 해남 들녘 내려다보면
이제 다 왔다고
사람들 입 연다
그때에야
옆사람과 말 한마디씩 나눈다

해남 으디 사셔
나 장성 사는디 여그는 초행이랑께

이런 입 열리는 우슬재에도 5월의 죽음 왜 없을라고

스무살 난 김귀환이
가족은 모두
고향 나주에 살고
영산강
영산포에서
할머니 모시고 살았다
곧 군대 가려고
학교 쉬고

택시기사도 그만두어야 했다

5월 21일
광주에서 사람 죽인다는 소문
사람 죽어간다는 소문 듣고
친구들과 집 나섰다
야 광주 가자
그러자
의기투합
버젓한 금남로 시민군이 되었다

광주 며칠
시민군 김귀환
시외로 나가
송정리
화순
영암
담양까지 다니며
파출소 무기고 접수
총기를 실었다

5월 22일
장흥 거쳐
땅끝 해남으로 향했다

해남 우슬재
거기서 공수 총에 맞았다 그뿐이었다

흉부 관통 즉사

하늘 푸르러

곡성 옥과에서
김만두 정귀순
가시버시 되었어 주린 배로 한몸이 되었어
가진 것은 몸뚱이뿐
먹고살 길 찾아
광주로 들어왔어

푸른 하늘 밑에서 있다 없는 구름 밑
무슨 일을 못하랴

경운기 끌고
공사판
흙 실어날랐어
모래 자갈 실어날랐어

5월 18일
그 무서운 날에도
금남로
송월탕 수리 공사장
마누라와 함께 나와
흙 실어날랐어
쉴 참에 담배 한대 피우다
시위 학생
몽둥이 맞는 것 보고

몸 떨었어
다음날도
피투성이 곤죽 되어
학생들 시민들
끌려가는 것 보았어

5월 20일
더는 공사판 나갈 수 없었어

밤 열시 시민대열에 끼어들었어
광주역전 총소리
까딱없다가
새벽 시외버스터미널
거기서 총 맞았어
병원에 실려갔어

내 핏줄 도영이
대숙이
대진이
미라
네 놈이 힘이었어
마누라 정귀순이 힘이었어
그 마지막 힘 다하여
눈감았어

집의 경운기는 푹 쉬고 있었어
푹 쉬어
녹슬었어

궂은날 개어
하늘 푸르러
내 마누라
내 핏줄들 누구의 위로도 마다했어

김만두

1980년 5월 20일
전남도청 앞
그 광장 인파 장관이었어
한국 민주주의 다 완성되어버렸어
공수부대 저지선 펑 뚫려
도청에서
시청 쪽으로 나아갔어
시청 접수한 시민들
만세
만세
만세 외쳤어

도대체 민주주의가 뭣이관대
한국 민주주의가 뭣이관대

만세
만세
만세 마구 외쳤어
광주역 앞으로 나아갔어
쩌렁
가두방송 울려퍼졌어
공수부대 밀려났어
탕 탕 탕
M16 총알 날아왔어

그래도 물러서지 않았어
밤 지새웠어
새벽 네시
광주역전
공수 퇴각
시민 해방의 아침이 왔어
만세
만세
민주주의 만세
태극기 날려
한국 민주주의 만세 울려퍼졌어

아침 무등산이 일어섰어
일어서 바라보고 있었어 해 빠작빠작 떠올랐어
만세
만세
만세 부르던 노동자 김만두
마흔네살 살맛이었어

그 살맛 거리
나섰다가
우렁한 함성이었다가
공수의 총에 맞고 말았어

기독교병원 응급실
사흘 낮밤 버티다가
도영이 엄마
도영이 엄마
부르다가 숨졌어

도영아
대숙아
대진아
미라야
네 남매 눈에 넣고 재갈 물린 듯 숨졌어

송정리 쪽 해가 졌어

정귀순

내 이름 정귀순이여
정가이건
오가이건
귀순이건
옥순이건
무슨 상관이여

나 김만두 마누라여
낫 놓고 기역자 모르는
김만두 마누라여
그 김만두 총 맞아 죽은 뒤
양동시장 갈치장수여
갈치 서른 마리 한 다라이 내다팔다가 팔다가
목병 생겨 그만두고
한 달 8만원 파출부질이여
남의 집 부엌살이로
몇년 지내고
일당 천원 받고
광고지 붙이러 다녔어
그러다가
식당 설거지 허드렛일
몇년 보냈어

아들 하나 장가보냈어

딸 하나 시집보냈어

원통한 날들 억울한 날들 뒤
오랜만에 곡성 태안사
솔밭에 갔어

이제
망월동이 싫어
망월동이
남편 산소가 아니라
망월동조차
공수부대였어
전두환부대였어 안기부였어 경찰이었어 민정당이었어

김상태

운암동 잿빛 슬레이트 지붕
아침이면 새 몇마리 앉는다
달밤이면
달밤 난바다
달빛 널린 파도 넘친다
그런 달밤
나 서른살짜리 김상태
한잔 술 끝
흥얼거리는 노래로 돌아와
슬레이트 지붕 밑
구공탄 온돌에 벌렁 누워버리니
이 얼마나 지상낙원이러뇨
혼자 낄낄낄 웃다가
잠들어
잠꼬대로 낄낄낄 웃다가
잠 깨어
두 살 아래 마누라
잠 깨워
정 뜨겁다가
다음날 이른 새벽
구멍가게 문 열어놓으면
파 한 단
두부 한 모 사러 오는
운암동 빈털터리네 아낙들

춥지도 않은데
아이고 추워 하고
헛소리 인사하고 스치는데
그 4월 가고
으슬으슬
꽃 피며 꽃 지며
5월 왔는데
지난해
박정희는 총 맞아 죽고
이제
박정희 부하 전두환이 나왔다는데
서울역전
광주역전
날마다 전두환 물러가라 외치는데
나 김상태는
팔 것 떨어지면
떼어오는 일
오늘도 라면 떨어져
마누라한테 가게 맡기고
라면 받으러 나섰다
라면 세 상자
자전거에 싣고
돌아오는데
운암동 금호다리

금호고 정문 앞거리
탕 탕 총 맞으니
지상낙원 끝나고 만다

이런 남편 궂긴 소식
넋 잃은 마누라 발 헛디디며
남편 시신 찾으러 나선다
오늘도
오늘도
오늘도 허탕
9일 만에야
31사단 골짝에 매장되었다가
조선대병원으로 옮겨진
남편 시신 찾아내
망월동에 묻고 향 사른다

세월이 간다

제주도 친정집 얹혀살다가
거기도 살 수 없어
친정동생 사는 수원에 가
월세 3만원 단칸방 얻어
식당일하며 변소 들어가 운다

10년 뒤 보상금 놓고
시아버지와
며느리가 서로 다툰다
나 김상태
지하에서
누구의 편도 못 드는
백골이다 무능이다

숭례문

겨울 숭례문 묵묵부답이구나

숭례문 밖
장대 끝
역적의 효수 꽁꽁 얼어버렸구나

그 아래 종종걸음들

경종 4년
영조 1년
숭례문 닫힐 시각 아직 남았구나

장차 역적일지 충신일지
아무도 모르는
아기 옥파일 태어났구나
응애 응애 응애
4대 섬긴 노론 홍대감댁 노비 오동 노인 눈감았구나

양반 박도랑

타고난 종놈이라
2대조 증조 이래
그 윗대 조상 이래
내리받이 종놈의 씨라

어찌어찌하다가 양반 불어나니
양반 거지 생겨나니
그런 판에
제천 청풍 삼성산 남쪽 기슭 다랑논 사들여
냅다 공명첩 하나 손에 넣으니
성은 밀양 박씨요
이름은 종놈 시절
도랑물 가에서 태어나
도랑물아
도랑물아 하다가
도랑아 도랑아 부르던 이름 그대로
양반 박도랑(朴道浪)이 되었구나

곧 제천 떠나
원주로 나아가
치악산 등성이 밭 열 몇뙈기 사들여
거기
기와집 다섯 칸 겹집으로
에헴

에헴
에헴
정자관 맞춰 쓰고 나니

명절날 저녁
아들 삼형제랑 둘러서서
고명딸 한 년
널뛰는 것 노는 것 보며
문득
눈감으니 숨 놓으니

양반 박도랑의 죽음 또한 이만하면 부귀다남으로 마감이여

김춘례

못 먹고
못 입고
못 배운 처녀

돈 벌어
어머니 호강시켜드리는 꿈
그 꿈 하나 매롱매롱하던 처녀

광주 일신방직
한방에 여섯 명 묵는 공장 숙소
잠들기 전
여섯 처녀 합창 한번
어젯밤은
섬마을 선생님
오늘밤은
노란 샤쓰 입은 사나이
유난히 높은 목소리 나는 처녀
김춘례

오메 할아버지 제삿날이 모레네
오늘이 음력 4월 8일
석가탄일
다음다음날
음력 4월 10일

이틀 밤 뒤
화순 큰오빠네 집 제사 지내러 길 나섰다
공장 친구 고영자도
고향길 함께 나섰다

버스 끊겼다
걸어가다가 시민군 차에 올라탔다

음력 4월 10일
양력 5월 23일
주남마을 일대 공수부대 매복조
차에 대고 총알 갈겼다

김춘례의 꿈 깨졌다
등짝 뚫렸다
창자 터졌다
두 허벅지 갈기갈기 찢겼다

주남마을
보리밭 구덩이
거기 나동그라진 시체들
금세 구더기 들끓었다

딸 잃은 어머니
넋 나갔다
매일매일 못 먹던 술 졸딱졸딱 마셨다
넋 놓고 노래 불렀다

오늘도 걷는다마는
오늘도 우는다마는

김홍기

입술 붉으셨어
항상
빙긋 웃는 얼굴이셨어
감기약
세 봉지 달여 드시면
언제 오신 감기더냐 썩 나갔어

대인동 한약방 김홍기 어른

십년 묵은 위장병도
그 어른 약 한 제 알맞춤히
열흘 뒤부터
밥 잘 먹고 떡 잘 먹었어

큰며느리 유독 사랑하셨어
동네 어른들 입방아로
저 집 며느리는
신랑 보고 시집온 게 아니여
시아버지 보고 시집왔어
그런 시아버지시라
맏손자 끔찍이도 귀여워
엎드려 등말 태워주고
자전거 앞에 태워
찌르릉찌르릉

거리 달리셨어

그런 김홍기 어른
예순두살이 끝나이던가
5월 23일
시민군 차에 치여 눈감으셨어
남녘 장흥 선산에 묻히셨어 잔디 뿌리내렸어

저승 가신 뒤
며느리 정성으로
제삿날 밤 참신(參神) 길었어
새벽까지
먼동 틀 무렵까지
사신(辭神)하지 않았어

아버님 더 계세요 더 계세요

호족 김갑순

누덕누덕 기운 바짓가랑이에
진창길 흙범벅 묻어
마를 줄 몰랐다
괜찮았다
기운 버선 신어
신발 밑 울퉁불퉁하였다
삼십릿길 심부름 가고 갔다 숨차 돌아왔다
괜찮았다

밤늦게 와
쪽소반 밥상이래야
이 대궁
저 대궁 담은 찬밥덩어리
짠지 한 가닥이었다
그래도 괜찮았다

본디 조선 말년
공주 감영 방자놈이었다
잔뼈로
목민관 눈치 알고
이속들 눈치 먹고
세상 물정 빤히 익혔다

그러다가

구한말 홀로 서서
저자 모퉁이 오두막 하나 자리잡아
긁어온 솔잎 땔감 동나면
쇠똥 말똥 주워다 말려
그것으로 방 한칸 식지 않았다
꽁보리밥 한 사발
묵은 된장국 한 사발
이것이면 온 세상이 다 내 것

임금이 죽고
또 새 임금이 죽더니
일본 세상이 되자
공주 장터 국밥집
국밥 부지런히 날랐다
그러다가
감영 끝물 인줄이 닿아
일제 군수로 껑충 뛰어오르니
어렵쇼
도깨비들 방아 찧나
상놈 5대조 음덕인가
어렵쇼
1천 5백 정보 논밭 지주가 되었구나
어렵쇼
3만 4천석 호족이 되었구나

어렵쇼
공주 저쪽 논산벌에도
한양 우의정네 마름이던
김철수가
아흔아홉 칸 저택을 지은 뒤
가마 타고 공주에 납시어
공주 갑부한테
사윗감 줄 터이니
딸 달라고 청혼하자
예끼 이놈
네 쌍놈의 들판에
어찌 내 귀한 딸을 보내겄느냐
썩 꺼지시겨 꺼지시겨
퇴짜를 놓았다

허허 누가 누구여
침 탁 뱉고 얼른 하이야 대령하여
유성온천
일본여관으로 납신 김갑순께서
소실 유심이를 불러들였다
겉으로 언짢은 듯 시쁜 듯
입안에 침 고인다
네년

박병현

5월 23일
고향 친구 김영길이 찾아왔다

야 병현아
고향 가자
지금 모내기 한창이다
고향 가서
모내기 거들자
오랜만에
논물 속 거머리한테
근질근질 피도 빨리자
모내기하고 막걸리 한말 먹자

야 영길아
너 오랜만이다
그러자 그러자
나도
아버님 어머님 뵙고 싶다
할머님 산소 찾아뵙고 싶다
가자

박병현
제대 후
광주로 나와 시계 외판원

하루 손목시계 여섯 개 팔면
재수 좋았다
김영길 남광주역전 주물가게 점원
이틀 동안 휴가 냈다

가는 날
가는 버스 없다
계엄군 교통 차단
광주시내 고립
광주 외곽 계엄군이 에워싸고 있다

화순까지만 걸어가
거기 가서
보성행 버스 타자

효덕동 지름길로 빠졌다
논두렁길 건넜다
푸성귀 걷은
밭두렁 지났다
언덕 넘을 때
기어코
피 주린 공수 총구멍이 나타났다
영길이 도망쳤다
병현이 우물쭈물

사색이 된 채로
두 손 바짝 들었다
그런데도
그런데도
가차없이 총알 갈겼다
쓰러진 몸 위로
개머리판
군홧발이 마구 날뛰었다
아무데나 파묻고 사라졌다

보성농고 동창
영길이는 살고
병현이는 죽었다

효덕동 노대부락 앞길
신록이 한창

아버지 박월래 씨야 아직 아무것도 몰랐다 무삶이 논 물 가득 담겼다

박월례

아들 병현 죽은 뒤
주검 찾아
망월동에 묻고 나니
보상금이라고 나왔다
위로금이라고 나왔다
목숨 죽이고 돈 나왔다 무슨 보상이냐 무슨 위로더냐

원한의 돈

이런 돈에 달려든 사기꾼 있다
아들의 죽음 헛되지 않게
추모사업한다고
가로채는 사기꾼 있다

아들 잃고
돈 잃고

스물네살 아들의 세월 간데없다
쉰한살 아비의 세월 간데없다

개개비 둥지 개개비 떠나 텅 비었다

태안 이장돌이

들려오는 소리
늘상
공주 갑부 김갑순 타령이요
또 들려오는 소리
논산 갑부 김철수 타령이니
어제 태안 염전 딸린
갯마을 윗밭 아랫밭 다 사들였다
입은 마고자도 미워
벗어버렸다
공연스레
서산읍내 두 마름 불러다가
왜
인씨네 과부 논 9천평하고
집 뒤 용곡산 2만 5천평하고
흥정이 그 모양으로 안되느냐고 번둥대느냐고
호통
호통치고 나서
구시렁거리기를

염전 소금짐 나르다가
염전 차지하여
큰놈 6백 40정보
작은놈 2백 30정보
큰손자 1백 10정보에다

장돌이 영감 자신 명의
9백 정보 논밭인데
언제 4만석 김갑순 따라가나
언제 1만석 김철수 제쳐놓나

아이고 사마귀야 수레바퀴 네놈이 막아섰구나

박현숙

어머니 이름 구길성이지요

하루하루 끼니 잇기 힘겨운 시절
여덟 자식 데리고 광주에 나와
어머니는 채소장사
아버지는 막노동일
그래도 느른한 살림 한숨 돌리지 못하고
다시 담양 고향으로 내려갔지요
학교 다니는 사남매만 남아
광주 동신전문대 앞
단칸 사글셋방 하나 얻어
자취생활이었지요

나는 열여섯살
송원여상 졸업반이었지요
부기
주산 잘하였지요

담양 대숲 안마을 가면
부기처녀 왔느냐고
주산여왕 왔느냐고
이장 아저씨 부채질 멎으며 반기셨지요

버스값 없이

광주에서 담양까지
담양에서 광주까지
가다가 쉬며
가다가 쉬며
다저녁때 되었지요

그런 내가
5월 23일
시민군 버스 타고
총 맞아 죽은 사람들
관 구하러
화순 가는 길 나섰지요

이제 두 달 뒤면
제일은행 출근할 예정이라
무지개꿈 한껏 부풀었는데
어처구니없이
어처구니없이
지원동 주남마을에서
총 맞았지요
총 일곱 발 맞아
온몸 너덜너덜 벌집 나버렸지요

5월이 가고

6월이 와도
6월이 가고
7월이 와도
제 송장 찾을 길 없었지요
어머니는
쓰레기통
시궁창까지 찾아다니셨건만
망월동에서 썩어가는 나
암만해도 찾을 길 없었지요

그해 여름이 다 가서야
광주경찰서 찾아가
사진 속
총구멍 뚫린 바지 보고
제 신분 확인하셨지요

해마다 5월 23일
어머니가
딸의 제사를 지내셨지요

망월동의 낮
광주의 밤
어머니 실컷 우시는 날이었지요 울어야 소용없는 날이었지요

투금탄(投金灘)

아시겠지?
이화에 월백하고…
배꽃밭 달빛 내리는 그 황홀경
절도 있게 읊어낸
시조 작자 이조년(李兆年)

고려말

큰형 이백년
둘째형 이천년
셋째형 이만년
넷째형 이억년
그리고 막내 이조년

이 백천만억조 오형제 아리따웠다
이 오형제가
금덩어리를 주웠다
횡재였다

양천현 한강을 건너갔다
막내 조년이
금덩어리를 물에 던져버렸다

형들이
왜 그래

왜 그래
하고 화냈다

막내아우 조년이 말했다
형님 금덩어리 버리니
마음이 편해요
그것 가지고 있으니
다 내가 차지하고 싶었어요

그러자
억년도
만년도
천년도
백년도
나도 나도 나도 나도
다 내가 갖고 싶었다 잘했다 화 풀렸다

가난뱅이 오형제 중의 한 입 열려
강 건너가
강 돌아다보며 중얼거렸다

강 크기도 하지
강물 느리기도 하지

백대환

모처럼 홍겨우셨다

하루 앞 몇날 앞 모르셨다 오늘은 또 오늘이었다
어머니는 마을 아낙들과 함께
설악산 관광버스 타셨다
설악산 신흥사
비선대 비선폭포 아래
사진 찍으셨다
설악산에서
동해안길 달려 바다 실컷 바라보셨다
경주 불국사
석가탑 다보탑 앞에
쪼르르 서서
사진 찍으셨다
그곳 식당에서 백반 드시다가
어렴풋이
어렴풋이
광주 소식을 들으셨다

TV에 나올 리 없다
식구들이 궁금하여 전화를 거셨다
남편의 숨찬 소리
시방 광주에서 난리가 났다고
군인들이

학생이고
시민이고
마구 패대고
죽이고 야단이라고
그런데 아들 대환이가
집 나가서 안 들어온다고

무신 소리여
무신 소리여
사람을 죽인다니
그 무신
씻나락 까먹는 소리여 무슨 생파 대궁이여

부랴부랴
남은 일정 중단하고
광주로 돌아오셨다
아니나다를까
광주시내 출입봉쇄
발을 동동 구르셨다

공수부대 외쳐대기를
광주놈들 씨를 말리고 말겠다!
광주 빨갱이
광주 폭도

한놈도 남겨두지 않겠다!

삼각동 집 가지 못하고
언덕배기 올라
시내를 바라보셨다
어머니는
속수무책이셨다
어쩐다냐
어쩐다냐 아이고 어쩐다냐

그 밤을 꼬박이 새우고
새벽같이 걸어서 집에 돌아오시니
시어머니 홀로 집을 지키고
남편과 딸
대환이 찾으러
나갔다 돌아오고
나갔다 돌아왔다

그날도 대환이 돌아오지 않고
밤중에 옆집으로 전화가 왔다
공수한테 붙잡혔다가
죽도록 얻어맞고 겨우 풀려났다고
친구들과 여관에 있으니
아무 걱정 말라고

아침 일찍 들어가겠노라고

어머니 또 그 밤을 꼬박이 새우고
새벽같이 달려가
황금동 한일여관 가보셨으나
대환이 이미 떠나고 없었다

송원전문대 1학년 백대환

계엄군 학살에
몸 떨려
치 떨려
제일고 동창생들과 함께
시민군 103호차 버스 타고
불끈 시위에 나섰다
어깨에 총 두르고
물러가라 외치고 다녔다

5월 23일
사망자 관 구하러
화순 가는 길
지원동 주남마을
매복 공수의 사격을 받았다

탑승자 전원 사망

며칠 뒤에야
어머니는
내년에 스무살 되는
아들 없는 집에 돌아오셨다

폭도의 어미

그해 5월은 절규였다 비명이었다
M16이었다
M16 대검
박달나무 진압봉
피투성이였다
그해 5월은 죽음이었다

그해 5월 광주는
모든 도시로부터
모든 촌락으로부터
폭도의 도시로 단죄되고 말았다

그해 6월
비가 왔다
비가 왔다
빗속에서
폭도의 증거물을 집어들었다
열쇠고리 따위
신발 한짝 따위
그런 증거물을 짜맞추었다
조작
왜곡

검찰청 제7검사실

사망자 식별 불능
상고머리
수박덩이만하게 부어오른 머리통
뺑 뚫린 흉부
누런 구더기
흰 구더기
썩어문드러진 벌거숭이
이런 시체 앞에서
어미는 울음도 나오지 않았다

당신 아들은 폭도란 말이야
당신은
폭도의 어미란 말이야

폭도의 어미 박순례 여사
울음도 나오지 않았다
살아 있는 이유는 분노였다
원수 전두환이 조작한
폭도라는 누명
기어이 벗겨낼 분노였다
죽은 아들 가슴속에 말뚝 박았다

1981년 5월 18일

그 폭도들의 1주기
묘지에 가
돼지머리 놓고
과일 놓고
떡 놓고
향 피우고 촛불 밝혔다
경찰특공대 달려와
난장판 만들고
폭도의 어미
저 장성 산골로 실어가
내던졌다

내 자식 살려내라
내 자식 살려내라
내 자식 백대환을 살려내란 말이다
살인마 전두환아

그 폭도의 어미 박순례 여사 길바닥에 해받이 비받이 없이 주저앉았다

양반 김제길 영감네 제삿날 밤

저 전라도 완주
가물대기 냇가
논게 많은
그 냇가
여름
거머리한테 빨린 피를
가을 논게 먹고
채운 피로
한겨울 나는 농군들
한번 치면 그칠 줄 모르는
풍물패
징소리 멀리멀리 퍼져가는 냇가

들판에 오뚝 새집 한 채 들어섰다
상놈 추동길의 집이렷다
상놈 손자이니
대대 상놈인 조상이니
오늘밤
상놈 할아버지 제삿날 밤이렷다
제사란 것 지내야
에헴 하고
사람 노릇 빼길 수 있다

상고하건대

6백년 전
5백년 전 제사 없었다
가례 거의 없었다
그저 조상 위패야
반가에서도
절이나
무당 신방에 위패 두면
그것으로 되었다

임진왜란 뒤
새삼 주자가례라는 것 선포하여
이집 저집
조상 섬기기 제사가 강제로 퍼져갔다
영정조
그다음
강화도령 세도정치
그다음
반가 제사뿐 아니라
중인도
상놈도
양반보다 더 양반 행세 제사가 퍼져갔다
그것도 4대 봉사(奉祀)로
부모 조부모 증조부모 고조부모까지
제사 올리고

그 위 조상은
시제(時祭)로 받들었다
기껏해야 평민 2대 봉사로 때우던 것
상민 천노야 아예 1대 봉사도 그만두던 것
4대로 올려
제사 허례로
자손 허세로 두루두루 거들먹였다

양반가 제사 4대 봉사
이속가 제사 3대 봉사
그리고
평민가 제사 2대 봉사인데
부모
조부모
증조부모
고조부모 제사 1년에 여덟 번
그 조상 소실 후처 신위 더 보태면
1년에 열 번 열세 번까지 지내야 했다 아이고 허리 휘어라

상놈 추동길이
본디 타관 상놈인데
망한 상전 땅 팔아
공명첩 사서 양반 되었다 날쌘 상놈이로다
그 본이름 숨기고

선산 김씨 양반 성으로 바꿔
양반 김제길로 나섰노니
오늘밤
현고학생부군 유주 추씨 신위를 선산 김씨 신위로 모시고
과채탕적
조율시이
떡 벌어진 제사상
그 곁은
칠성님 제상
너무 초라하구나

촛불 한번
귀신 옷자락 바람자락에
훌렁 흔들려보다 만다

삼경
사신(辭神)하니
새벽닭 얼른 나서서 울어댔다 선산 김씨 귀신께서 유주 추씨 귀신으로 날래 돌아갔다

선종철

1980년 5월 23일
계엄군 지원동 퇴각중이었다
퇴각이면
그냥 퇴각인가
퇴각 보복인가
마구 쏴대며
죽여대는 퇴각

초토작전

화순 가는 버스에 대고
사람들 가득 태운 버스에 대고
갈겨대는 집중사격

열일곱 명 즉사
생존 중환자 세 명인데
그것마저 사살

15분 쏴대며
다 죽은 뒤에도
쏴대며
죽여대는 확인사살 퇴각이었다

그동안

연일 총소리였다
헬리콥터 선무방송 정중하여
광주시민 여러분
생업에 종사하기 바랍니다 어쩌구
그러나 연일 총소리였다

주남마을
통장 선종철
마을사람 나가지 못하게
만류하는 손짓
거기에 대고 쏴댔다

오메
오메
오메 이것이……

마누라 김옥희
기가 막혀 말을 잇지 못했다

아이들한테도
해라 하지 않고
하소
하소
어른 대접 하던 어른

마흔넷의 이승
마누라한테도
깍듯하게
여보 여보 하오 하오 하던 어른
선종철
선양반

비록 단칸방 사글셋방살이건만
세 아이 장하디장하여
모두 대학 마치기 전
둘째는 국비장학생
일본 유학까지 다녀오기 전

오메
오메 이것이……

안병섭

스물두살
이름 안병섭
그것밖에는
더 묻지 마오

5월 23일
광주교도소 앞

대퇴부 총상

전남대병원 이송중 사망
이것밖에는
묻지 마오

어머니!
내 어머니의 이름 임관순이오

오정순

세상에
세상에
이런 끝장 있다니
원 세상에
이런 끝장 있다니

운암동 허름한 동네 서러운 너러운 동네
아들 내외하고 사는 과부
오정순 여사
금호고교 앞이라
아침저녁
까마귀떼
까마귀떼
검정 교복 고교생들 보며
괜히 좋았다
갠 하늘 보며
괜히 좋았다

그런 날들 지나
어느날이었다 5월 23일이었다
총소리 요란하였다
대문 걸고
방문 걸고
방 안에 숨죽여 들어앉았다

그러다가 똥 마려워
화장실에 갔다

끙!

그런데
탕! 탕! 탕!

화장실 문짝 뚫고 날아온 총탄
안면부 관통
앉은자리에서 즉사

송장 들어내다
리어카에 싣고
학동 공원묘지에 가 묻었다

당국 명령
시신 파오라 해서
파다가
조선대병원에 놓았다
망월동 묘지에 묻었다

외아들 송진석

그 이후 말도 못하는 세월이었다
다니던 직장 그만두고
고향 등져
서울로 갔다
서울 수유리에 제과점 내어
광주를 잊고 살았다 과자는 달고 생은 썼다

사망자 53세 여자
호프만식 계산법 보상금
위로금 빼고 나면
겨우 몇백만원 그게 다였다

장재철

어머니는
대인시장 좌판 생선장수여라오
나는
바듯이 공고 졸업하고
일찌감치
생활전선에 뛰어들었어라오

에라 만수

넓은 세상 가고 싶어
운전 배워
운전면허증 받았어라오
중동행 수속 마친 뒤
대기중
곧 부른다 하더니
감감무소식

에라 만수

친구 아버님 이발소에서
이발을 배웠어라오
5월 광주
그 난리판에도
이발소 가

일 마치고
꼭꼭 집에 들어왔어라오

어찌어찌
5월 광주 시민군이었어라오
수습대책위 의료반에 배치되었어라오
부상자 병원으로 옮기고
사망자 도청으로 실어오는
차량 운전이었어라오
별명이 날쌘돌이여라오
시신 하나라도 더 찾아오려고
부상자 하나라도 더 살리려고
실어오고
실어오고
날쌘돌이 되었어라오

에라 만수

5월 23일 밤
지원동 벽돌공장에
부상자 있다는 연락 받고
달려갔어라오
달려가다가
지원동 비포장도로

거기서
매복 공수 총탄에 맞았어라오

복부 요부 관통
두부 골절 뇌손상
좌측 상박부 개방 골절상
23세
중동 사막 대신 저승으로 떠났어라오

아버지도 곧 저승이시고
어머니 아직 이승이었어라오
제 무덤 풀 뽑으며
날 저물었어라오
이승 광주도 저승 광주였어라오

장하일

장하일
장하연

단돈 2백원

형제뿐이다
부모도 모른다
고향도 모른다
고아원에서 자라나
세상에 나왔다

단돈 2백원

형 장하일
아우 장하연 두고
우는 장하연 두고
형이 터 잡으면
너 부르마 하고
무작정 서울 갔다

그렇게 헤어져
형은 서울 가 재단사 되었다
아우는 광주에서 결혼
애옥살이 가정을 꾸렸다

고속버스 한나절 거리 서울과 광주련만
형제 자주 만날 수 없었다

형이 아우더러
1년만이라도 함께 살자고
편지하고
또 편지하였다

형이 광주로 내려왔다
광주 시외버스터미널
고속버스 타고 온 형
마중 나온 아우
부둥켜안고
아우가 울었다
형이 울었다

마침 그 5월이었다
형은 날마다
시위대열에 참여하였다
아우는 말리고 싶었으나
아우의 말 들을 형이 아니었다
5월 21일
아우가 형을 따라나섰다

도청 앞 거기서
형이 총 맞았다
복부 출혈
형이 손 내밀어
아우가 그 손 잡았다
형
형
정신 차려
형
형

전남대병원으로 실려갔다
형이 수술실에 들어가 있는 동안
그 병원 안까지 치고 들어와
계엄군 총 난사
만행의 극

형은 수술 후 이틀을 견디다가
기어이 눈감았다 38세 독신

아우는 형 없는 고아가 되었다
직계가족 아니므로 보상금도 위로금도 없었다
무료 의료보험도 없었다

술 취하면
형과 함께 있고
술 깨면
형이 없는 혼자
어린 시절의 고아 그대로
아우 장하연이 우산 받고 걸어갔다
비 오는 날

전재서

나주벌
금성산 자락 끝
멀리
멀리
나주벌 새떼 가뭇없이 나는데

3남 2녀의 셋째
전재서

광주로 나와
송정리벌 가슴 훤한데
국졸 중졸 고졸 뒤
자동차부품공장 직공
툭하면 야근이었다 걸핏하면 특근이었다

그래도 고향 모내기철 휴가 내어 콧노래 부르며
모심으러 갔다
모심으러 가다가
모심으러 가다가
콧노래 그쳤다
매복병 총 맞아
뇌진탕 전신타박상
5월 19일 실려가
통합병원에 부려놓았는데

다음날엔가
그 다음날엔가
눈감았다 스물여섯살의 일생이었다 누구의 반생이었다

아버지 뒤이어 서슴다가 두 눈 감았다

도둑형제

조선 후기
벼슬이란 벼슬 거의 다 도적이었다
임금의 이름으로
벼슬 첩지 받은 관(官)
그 관으로부터 임명된 이(吏)
이 두 벼슬을 일러 관리라 하거니와
열에 아홉 도적
대두령
소두령이었다
나라는 낮이나 밤이나 내놓은 녹림당이었다

절도사 목사
부사
현감 등
수령방백 지방관
뇌물 바쳐 얻은 그 도적 벼슬
바친 뇌물 세 곱절 네 곱절
어서어서 모아들여야 할 도적 벼슬
어험 어험
무릇 벼슬
위에서 아래로
대궐 밖
지방 방방곡곡으로 위로 아래로 거의 녹림당 흑림당 탐관오리렷다

부임하자마자
현지 점고 마치자마자
왕실로 보낼
세도가에 보낼 뇌물을 모아들였다

백성 나날이
피 빨리고
뼈 빠져
살림 거덜나
세곡 보관 곳간 서생원 먹는 세곡까지
긁어가야 했다
일러 줘세

전라도 남원성 밑
농투성이 형제
갑동이
을동이 형제
이놈의 세
저놈의 세
또 저놈의 세 다 바치고 나니
초가삼간 한 채 팔아치워
하루아침 알거지 형제가 되었으니

형제 술 한잔 나눈 뒤

형 갑동이 도적질
건넛마을 주진사네 집 안방 스며들어
금비녀 꺼내와서
그 비녀 어머니 무덤에 한번 꽂았다 빼고 울었다
아우 을동이 도적질 나서서
명주 두루마기 한 벌
생목 한 통 훔쳐다가
아버지 무덤 앞에 놓고 아뢰기를
아버님 생전에
한번도 입지 못하신 명주 두루마기
이제야 대령하였사오니
한번 입어보소서
지하의 해골이나마
지상에 나오셔서 입어보소서 하고 무덤 덮었다 걷고 울었다

하현달 지는데
소나무 상수리나무 저쪽에
갑동이 아들
을동이 아들이 가만히 서 있다

달 진 어둠속 도둑형제 고향 떠났다

한영길

성은 청주 한씨 이름은 영길이올시다 한영길이올시다
1980년 서른살 먹었소이다

할머니가 어머니였소이다
어머니
어머니
세상의 어머니일 뿐
나의 어머니 아니었소이다

저 6·25 때
좌익
우익
하던 그때
우익 대한청년단 단장이던
나의 아버지
화순 처가로 피신
거기서 죽은 뒤
어머니는 홀어머니 되어
어린 나 업고 있다가
나 내려놓고
어디로 시집가버렸소이다
할머니가 업어 기르셨소이다
삼촌 고모 들 사이 잔주접 없이 자랐소이다
삼촌이 조금씩 아버지 노릇 맏형 노릇

고모가 조금씩 어머니 노릇 누나 노릇 하였소이다

방림동 어린 시절
자라나서
뒷간 휴지로 걸어둔
헌책으로 한글을 익혔소이다
공부가 무슨 공부냐
글자가 무슨 글자냐
무등산 등짝 올라
나무 한짐 해오면 된다 하였으나
남몰래 눈칫글 배워
기어이
국민학교 가고
중학교 갔소이다 술담배 안 배웠소이다

집에서 숨막혔소이다 찬물 한 바가지 마셨소이다
어서 세상 나가 숨쉬면서 살고 싶었소이다
도금기술 배웠소이다
무쇠 쪼가리에
금 입혀
노랗게 노랗게 빛났소이다
서울 가서
도금 기능보유자 되어
광주로 돌아왔소이다

삼촌들 다 제금난 뒤
고모들 다 시집간 뒤
허리 굽은 할머니 모시고
고향에서 허물없이 살았소이다 그렇게 살다가 할머니 제사 지내고 싶었소이다

광주 5월
친구 인철이가
계엄군 진압봉에 맞아죽었소이다
몸속에서 원수 갚을 노여움 마구 타올랐소이다
시민군 되어버렸소이다
군 트럭 타고
태극기 휘날렸소이다
노동청에서
서석동으로
금남로에서
대인동으로 달렸소이다

5월 21일 총 맞았는지
그 다음날인지
그 다음날인지
그 다음날인지
내가 죽은 날
아무도 내 죽음 알 수 없었소이다

도청 앞인지
서석동거리인지
어디인지
어디서 죽은 것인지
아무도 알 수 없었소이다

다만 작은아버지 한복동이 뒤늦게야 확인한 것
썩을 대로 썩어버린 내 송장
그나마 총 맞은 자국이 여섯 일곱 보였소이다

할머니
내 친구가 죽었습니다 가봐야겠습니다
이 말이 이 세상 마지막 말이었소이다

뒷날
이런 내 무덤에
신부 무덤 맺은
진혼결혼 영혼결혼으로
저승의 나 총각 면했소이다
내 아내
저승의 처녀 면했소이다

할아버지

할머니
아버지의 제삿날이
내 제삿날이었소이다

황호걸

찢어지는 가난이었다
뒤집어지는
뒤집어지는 가난이었다 오그랑쪼그랑 가난이었다

할아버지 황병학은 한말 의병이셨다
이른바 남한대토벌 때
순국 의병이셨다
그 아들 황길현이
내 아버지이셨다

불의를 보고 벌떡 일어서는 것이 정의란다
벌떡 일어나
호통치는 것
호통치고
멱살 잡아
매우 치는 것이 정의란다
이 애비는
네 할아버님 10분의 1 못된다

술 취하면
망할 놈의 세상
왜놈 간 뒤
왜놈하고 똑같은 놈의 세상
망할 놈의 세상

퉤!

아버지의 노여운 가래침 노랗다
노랗다가
피 섞여 빨갛다

이런 할아버님
이런 아버님 이어
아들 형제
하나는 소아마비로
하루 내내
주저앉았고
하나는 커서
갓 스무살
방송통신고 밤 이슥히 만학도였다

형
지금 도청 앞은 난리여
계엄군은
경찰보다 더 무서워
마구 쏴대
마구 찔러대
마구 밟아대
마구 치고 빠져

지금 광주 바닥은 지옥이여 생지옥이여

집에 오면
극장 간판 엉터리 신성일 얼굴 알려주고
석가탄일 등 단 것 알려주고
해남 교통사고 알려주던 아우의 입에서
어제도 오늘도 생지옥 이야기뿐

기공사 견습공
아직 월급 없어도
장래 성공에 부풀었는데
그래서
방송통신 공부 열심이었는데

그만
그 5월에 뛰어들어
총을 멘 시민군이 되고 말았다
21일 잠시 집에 왔다
아버지가 꾸짖었다
정의파이지만
아들의 목숨 아껴 꾸짖었다

아버님의 아들 황호걸이
전두환 몰아내려고 총 들었습니다

아버지가 총 빼앗아
농 속에 숨겼다
다음날 아침
다시 갖다주라고
숨긴 총 꺼내주었다

그 호걸이 돌아오지 않았다
그길로 도청에 들어가
희생자 시신 닦아주는 일
염하는 일 맡았다
관이 부족했다
관 구하러
화순 너릿재 넘어가야 했다
23일 오후
지원동 언덕길
매복 사격

29일에야 지산동파출소에서 사망소식이 왔다 낙서 없는 통신강의록 남겼다

그네 타는 날

고려 새악시들
서로
그네 솜씨 뛰어나
고려 아낙들
오래오래
그네 솜씨 안 버리고
제 딸한테 이어가더라

휘청
여섯 발 그네
끄떡없는 참나무 왕가지에 매달아
누가 밀어올리기도 전
저 나뭇가지 끝 훌쩍 넘어가더라

송악산 밑 인내천 가
5월 단오
다음다음날

인내말 새악시 금단이하고
인내말 이웃
수대동 되모시 여편네 깨곰보하고
쌍그네 타 겨루는데
누가 누구한테 뒤지랴
누가 누구한테 앞서랴

함께
저 나뭇가지 끝 훌쩍훌쩍 넘어가더라
어질어질하더라 아찔아찔하더라
두 마을 사내들 어느새 와
와아
와아 환호하더라

고려 새악시들 아낙들
두루 속 트여 탁 트여
인내천 시냇물
앞가슴 드러낸 채
목욕 서슴지 않더라
도리어 사내들이 힐끔힐끔
눈길 돌리더라

그네 뒤 목욕
수대동 되모시 아랫배 불룩하더라
절에 가 칠성불공 올리고 밴 아이
그 아이 선 지 넉 달 다섯 달 되었으니
뱃속 아이하고 에미하고 둘이 탄 그네더라

어느새 해 저물더라 돌아가더라
빈 데
새소리 송골송골 남아 있더라

강정배

정배야
나 네 형이다
못난 형이다
네 형 정환이란 말이다
나나
너나
가진 것 없이 태어나
가진 것 없이 살아왔다
내가 서른살 넘고
너는 아직 서른 밑
스물여덟살이구나
네 소문난 미장일이면
집 한채
방 한칸
네 벽이 휜칠만칠 번듯하였다
내가 도로공사 자갈짐 져
등이 휘어 돌아오면
으레 네가
등 밟아주었지
등 밟아
척추뼈 시원시원 오도독 풀렸지
갈비뼈들 우지끈 풀렸지

5월 23일

광주시민 온통 일어났는데
전두환부대
한동안 퇴각했는데
너야 그런 세상 알 바 없이
씨발
씨발
웬 군대판이여
포장마차
막걸리 한잔
막걸리 이어
소주 한잔 나눈 뒤
친구 안익순 데려다주려고
진흥고 수위실로 데려다주려고
앞에
뒤에
오토바이 타고
밤길 달려가는데

타앙! 타앙! 탕!

어제도 그제도
광천동 집까지 잘 돌아왔는데
제기럴

탕! 탕!

운암동 변전소거리
오토바이 나뒹굴고
친구는 살아서 끌려가고
너는 쓰러져
밤새 신음하다가
다음날 새벽
먼동 트는데
윽! 소리 한번 내고 눈감았다

정배야
정배야
내 동생 정배야

네 무덤에 초승달 떴다
누구 무덤
누구 무덤에 초승달 떴다

술 한잔 받아라 정배야

귀향

권근립의 마지막 다음과 같다

멀리 동해 포항까지 흘러가
스물네살의 삶
그곳 일터에 자리잡았다
고단했다 외로웠다 서럽고 서러웠다
혼자 욕하며 견디고 이겼다
2년이나 지나갔다

광주에 난리 났다는 소문
군대가 다 죽이고 있다는 소문
귀에 박혔다

일터에 며칠 휴가 내고
부모님 계신 집에 다니러 왔다
집이래야
광주 변두리 송암동 셋방살이
문간방 셋방살이
오랜만에 마음 놓고
어머니의 밥 먹었다

5월 24일
집 앞 큰길에서 총소리가 났다
총알이 날아들었다

지하실로 숨었다
한집에 살던 세 가족
모두 숨었다
총소리 그쳤다
지하실에서 나왔다

그때 공수가 들이닥쳤다
권근립을 끌고 갔다
옆방 연탄공장 운전사 임병철
옆방 선반공 김승후도 끌고 갔다

잠시 후

신작로 개울 바닥
거기에
권근립이 죽어 있었다
M16 총탄에 맞아죽었다
M16 대검에 찔려죽었다

귀향의 죽음이었다

김승후

5월 24일 오전 열시 오십분
20사단 61연대에
작전임무 인계
특전여단 63대대 이어
본부대대 이어
치중대 이어
62대대
차량 56대에 분승
주남마을을 떠났다

송정리 비행장행

낮 한시 반
APC장갑차 앞세워 철수작전 개시

효덕국교 삼거리쯤
거기서
시민군 몇 만났다

11공수 일제사격

63대대
효천역 앞
62대대

효덕국교 도착 즈음

효천역 부근에 매복중이던
전교사 보병학교 교도대
11공수 병력을
시민군으로 오인

공수부대와
교도대
쌍방 오인 사격

교전 후
흥분한 공수부대
분풀이 삼아
송암동 주택가 수색
보이는 대로
닥치는 대로
젊은이들 끌고 갔다

선반공 김승후
집 안에 있다가
한집에 세들어 살던
남선연탄 운전사 임병철
포항에서 일하다가

집에 다니러 온 권근립
끌려갔다
끌려가
송암동 철길에 쓰러졌다

열아홉살
다시 일어나지 않았다

전국기능올림픽대회
금메달의 꿈 거기서 멈췄다

김승후 아버지

그 5월 이후
폭도의 아비였다
빨갱이의 아비였다

가전제품 외판사원이었다
가는 곳마다
줄곧 형사가 따라붙었다
직장 그만두었다

자식 죽은 광주 떠났다

순천으로 갔다
거기서도
줄곧 형사가 따라붙었다

광주에서
5·18 행사 있는 날이면
경찰이 집 주변을 에워싸고
가족들 출입마저 아예 막아섰다

그림자 속 삶이었다
여수 앞바다에 가 빠져 죽고 싶었다

죽은 아들이

등 뒤에 있었다

아부지 내 원수 갚아야 써
죽지 마
죽지 마

죽은 아들이
없는 아우 같았다
없는 형 같았다
저승 가신 지 오랜 아버지 먼 아버지 같았다

오냐 나 폭도의 아비로
징허게 살 것이여 죽지 않고 딩딩허게 살 것이여

박연옥

교도소 주둔 공수부대
광주비행장으로 철수명령이 떨어졌다
입술 시퍼런 군대
지옥훈련 살기등등한 군대
그 20사단과 임무 교대
나주에서 송정리로
송정리에서 공항으로 이동
광주시내 학동
광주시외 진월동 야산
매복 중대 병력
소나무도 폭도이고
전선주도 폭도였다

한 아낙이 황톳길 걸어가고 있다

웬년이야
폭도다
폭도다
즉각 방아쇠

중학교 다니는 막내아들 걱정으로
송암동에서 오치 가는 길
저승길

하필
회음부 관통
하필
복부 단전 관통

비가 왔다
빗물이 핏물이었다

여기 그 아낙 시신한테 이름이 찾아왔다

박연옥 50세
광주시 송암동 농가 주부

길 가다가
총 맞은 것
길가 하수구에 숨었다가
총 맞은 것
남편도 세 아들 두고 죽어
피 한 동이 흘리고 이승 마친 것

김영수

그 5월에
어머니 생으로 총 맞아 죽었습니다

어머니 죽자
아버지 매일매일 술 받아다 드셨습니다
술 없이는 살 수 없으시더니
2년 뒤
기어코 세상 뜨셨습니다

3년 뒤
형마저 죽었습니다
어머니 묻고 내내 방황이더니
마흔둘 나이에 세상 등졌습니다
부모님 계신 저승으로 가고 말았습니다

아우는
어머니가 찾아나섰던
그 아우는
학교 작파
밖으로만 빗나가더니
그예 교도소 들락거렸습니다

졸지에 어머니 잃고
아버지 잃고

형 잃고
아우마저 그 모양이니

나 혼자 빈 들판에 새떼 바라보았습니다

나는 아직도 모르겠습니다
어머니가 왜
계엄군의 총에 맞아야 했는지
중학생 아들을 찾아나선 것
그것마저 죄인지

마른하늘에 빗방울
뚝
뚝
뚝

방광범

모험의 대학생도 아니다
용맹의 시민군도 아니다
열렬한 시민도 아니다
지극정성
새벽 기도꾼도 아니다 아무것도 아니다

막 중학생 되어
입학 3개월짜리 아이일 뿐
아버지 방두형
그 아버지 아들
열네살짜리 광범이일 뿐

원제마을 저수지
동네 아이들과
멱감다가
헤엄치다가
물밑 발놀림으로
간질간질 겁없는 붕어 입질 쫓다가
11공수
7공수 퇴각
마구잡이 총질에 놀라
물속에서 뛰쳐나와 도망치다가
열네살짜리 광범이 머리에 총 맞았다

폭도 병력 퇴각한 뒤
동네 젊은이들이 달려와
머리 날아간 광범이 시체
잔솔밭 언덕에 묻었다

아버지 정신이상
어머니 어디로 떠나버렸다
파리가 들끓었다
홀아비 아버지 긴긴 여름 누워 있다가 흰 눈 뜨고 벌떡 일어났다

송정교

전남 나주군 남평읍 우산리
으늑으늑한 대숲마을
그 대숲마을
4대 종가
여산 송씨 가문 의구하더라

그 종가 호주 송정교
길을 가도
한눈판 적 없이
여러 생각 없이 잔머리 없이
오로지 한줄기의 삶뿐인 송정교
영암국교 교감
몇달 뒤
교장 승진 앞둔 교감

마누라 임인순
5남 2녀
일곱 남매
마당 가득한
호주이신데

광주에서 난리 났다는 소식 듣고
광주 중흥동 셋집 아이들
어서어서 데려와야 한다고

자전거 타고 길 나섰다

시집간 큰딸 옥희가
남편이 외국에 나가 근무하는 중이라
광주농고 3학년 아들 명근이
창평고 1학년 딸 유행이와
함께 살며 뒷바라지해주고 있었다 갸륵했다

광주에 도착한 아버지
명근이에게 자전거 내어주며
옥희 태우고 먼저 떠나라 하고
유행이하고
어서 가자 걸음 놓았다

노안 지나
송정리 지나
땀 들인 뒤
송암동에 이르렀다

모내기철 한창
물 가득한 논
파릇파릇
어린모 심은 논
황새 찾아오는 논길 지나

송암동에 이르렀다

폭도의 눈에
영락없는 폭도로 보여
이 천하무죄의 선생 송정교 과녁에 넣어
총탄을 갈겼다
딸을 감싸안고 총알 막았다
쓰러졌다

마을사람들이 리어카에 실어
도로변 공터 헬기장으로 옮겼다
헬기에 실려갔다

5월 24일 통합병원 사망

나주 종가
일주일 뒤에 사망통지서를 받았다

이것이 51세 송정교의 생애

그 집

송정교의 유족

아내
큰딸
큰아들
둘째아들
셋째아들
넷째아들
둘째딸
다섯째 아들

이 일곱 남매 잘 자랐다
잘 자라나

어느새 어연번듯이
시집 장가 갔다

일년 열두 번
망월동
남편 무덤에 가서
아이들 일 하나하나 알려드린다

옥희가 벌써 셋째 아이를 가졌다오
명근이가 승진해서 과장이라오

명근이 처가 수술한 것이 잘되어
그전보다 건강한 것이 다행이라오
오근이가 술을 끊었어라오
한번 잔소리를 했었는데
느이 아버지는
술 한잔 말고는 더는 입에 대지 않으셨다 했었는데
그 말 듣고 끊었는가보오
논농사 보리농사
올해 풍년이 들었어라오

다른 집들은
다 양옥으로 바꾸는데
우리집은 옛날 그대로
당신 사시던 그대로
지붕 이엉 해마다 잘 이어온다오 기와 올릴 생각도 있기는 있어라오
그럼 편히 지시시오

이성귀

성귀야
성귀야
성귀야
성귀야

성귀란 이름만 남았다
성귀라는 이름이
내 자식이다

성귀야
성귀야
성귀야

5월 21일 도청 앞 분수대 언저리
두개골 깨진 주검
성귀야

광주상고 2학년
휴교령이라
자취밥 먹고
학생회관 도서관 가다가
도청 앞 지나가다가
두개골 깨진 주검이 되고 말았다

고향에 갈까
고향 영암
월출산에나 올라갈까 어쩔까
그러다가
도서관 가
밀린 공부나 하자고
재미있는 연애소설이나 읽자고
열여섯살
뒤늦은 사춘기
도서관 가다가
탕!
두개골 깨지고 말았다

성귀야
성귀야

1년 뒤 어머니 세상 뜨고 말았다
아버지 혼자
아버지 이상민 혼자
남은 새끼들 길러야 했다
영암
나주
광주
리어카 행상

막노동으로 오고 가야 했다

망월동 묘지번호 2-20
성귀 무덤
올해 5월에 갈 수 없었다

아버지 대신
상고 동창 기영남이
어른 되어 거기 갔다 하더라

법해

은사 오각당(五覺堂)께서 법명을 내리실 때
너는 법의 나라에나 풍덩 빠져 떠다니거라 하고
법해(法海)라는 이름 붙여주셨다

법의 바다라

장차 그 법의 바다 수행을 쌓아
나라 안 도승으로 납시어
마침내 경덕왕 마마께오서 화엄경 강설을 청하시었다

황룡사 법당

법의 바다 위엄을 떨쳐
화엄경 성기품(性起品)을 강설하였다
60화엄은
여래성기 묘덕보살이 묻고
보현보살이 답하신다
80화엄은
여래성기 묘덕보살이
스스로 묻고
스스로 답하신다 이 아니 멋지시뇨

여래들께서 오시건 오시지 않건
상관없이

법계에는 법이 머물고 법이 서노니
오로지 말하고 가리키고 지키고 알리고
주고 열고 따지고 드러냄이니

왕이 듣건대
그 말이 그 말이었다 봄날이 갔다
슬그머니
왕이 법의 바다를 떠보시려는바

유가종(瑜伽宗) 대덕 대현화상께서는
금광명경을 강설하여
우물이 솟아올랐다는데
화상께서는 어떠하시오
화상께서는 능히
저 토함산을 물속에 잠기게 하겠소이까

법의 바다
그 말 듣고 헛기침하고 나서
여래성기라
여래성기라 중얼중얼
남은 강설을 이어가는데
이어가기를 반나절가웃 다해가는데
궁에서 궁인들 몇이 숨차 달려왔다

지금 난데없는 물이 범람하여
50칸 궁궐 다
둥둥 떠내려가오이다

경덕왕 깜짝 놀라
법의 바다 법해화상께 뉘우쳐 고개 깊이 숙이고
황룡사를 총총히 떠나셨다

다음날
서라벌 밖
동해 감은사에 해일이 들어
본당 축대까지
잠겨버렸다 한다

어이쿠 법의 바다
어이쿠 법해화상
그 바다 법력 물 법력 어서 가라앉히소서

과연 떡값보다 한수 위 이름값이로군 법의 바다라

임병철

어허 시장님은 총 맞지 않으셨지
어허 부시장님은 총 맞지 않으셨지
경찰서장님
검찰청 검사님
법원 판사님
저 대학총장님은 총 맞지 않으셨지
대학교수님들 또한
총 맞지 않으셨지

총 맞은 놈은
총 맞아 죽은 놈은
피범벅된 놈은
검불
쓰레기
고아
사환
지푸라기 넝마주이
구두닦이
빈 깡통 막일꾼
연탄공장 운전사
여관 뽀이
돌자갈 흙덩어리 리어카꾼
공돌이였지

과부 어머니의 여섯 남매 중 둘째
임병철
곡성에서 국민학교 마치고 광주로 나와
연탄공장 운전사로 일했지
남선연탄 운전사였지 참을 인자 세 개 등에 새겼지

송암동 철로변 납작집
한집에 세 가구
그 집에 방 한칸 얻어
약혼녀와 그냥 함께 살았지

5월 24일
집 안에 있다가
송암동 주택가 수색하던
공수 들이닥쳐 끌려나갔지
끌려나가 총 맞았지
도랑에 처박혔지

형 임병원
소주 마시며 울다가 우짖다가
병철아 너도 한잔 먹어라
동그랑땡 철판 위
앞자리 빈자리
병철이 귀신한테 소주잔 놓고 소주 따랐다

전재수

일곱 밤 잤어
여덟 밤 잤어
아니 아홉 밤 잤어

내 열한살 생일선물

새 신발 신고
뒷산 비알 미끄럼 타다가
동네 아이들하고
뛰
뛰
뛰이
하고 쪼그리고 앉아
두 발로 미끄러져 내려오다가
탕
탕
공수부대 총소리
마구 도망쳐 숨다가
신발 벗겨져
벗겨진 신발 찾다가
탕
탕
탕
탕

탕
탕
여섯 발 총알 관통 즉사

기도 안 막힐 죽음 어이없는 죽음

아버지는 술이 밥이었고
어머니는
눈물이 밥이다가
그예 세상 떠났다

동네 아낙들
재수 그 녀석 얼마나 수말스럽던지
얼마나 싹싹하던지 수나롭던지
얼마나 지 에미 심부름 잘하던지
동네 아주머니 심부름도 잘하던지

촌동네 진월동 진제마을
효덕국민학교 4학년 전재수
밤이면
얼마나 달 보고 노래 잘 부르던지
부른 노래 부르고 또 부르고 잔즐잔즐 또 부르고

남만주 어른

만주 북간도에는 집안 어른 계시데
두만강 건너 선바위 지나
거기 명동촌에 김약연 어른 계시데

만주 서간도에는 집밖 어른 계시데
압록강 건너
회인현 산야
여기에 이상룡 어른 계시데

서간도 어른 이상룡께서
어찌어찌 만주 닿아
중국 손문이 무한혁명 일으키자
거기로 조선인 정예군 1개 소대 파견
그 근대혁명에 동참하시데
손문 감격해 마지않아
손문의 혁명정부
서간도 어른한테 훈장을 주시데

혁명 총통 손문과
나라 잃은 조선의 망명 지도자 이상룡
만나
그 회담으로
만주 일대
중화 일대

중국인 관속과 중국 토착인 비비닥거리며
조선인과 어울려 살게 되었네

서간도 회인현 한인촌
통하현
유하현
해룡
반석
저 만주 서부 기슭 전전하며
또다른 어른 이회영 이동녕 어른과
경학사 이끌어가네
일제 앞잡이와 첩자 따돌려
대교산 산중
숙연하게시리
비장하게시리
경학사 창설 회합
경학사 취지문 읽어가던 중
모인 동포들 눈물바다 이루었네

이상룡 어른
몸소 물가 땅을 빌려
억새 베고
풀뿌리 걷어내어
논을 만들어

처음으로
한해 벼농사 지어내고
학교 만들어
글과 역사 익히고
가감승제 셈 익히고
군사학교 열어
그 이름 신흥무관학교
왜적 격퇴 전술을 가르치시네

밤에는 관솔불 아래
대동역사 지어
역사 지키고
무관학교 졸업자 편성
군정부 총재로 우뚝 섰네

경학사 이어
옛 부여시대 후손 자처
부민단으로 나서니
과연
기미년 3·1운동 앞뒤
조선사람 대한사람의 본거가 되었네 거기 어른 계시데

김평용

사레지오고등학교 2학년 김평용 군
이쁘장한 평용군
이쁘장해서
동급생 아이들이
평숙이
평숙이라고 부르기도 했지

그 이쁘장한 평용이가
자전거 타고 가다가
휴교령 뒤
영암 고향집으로
따르릉따르릉 가다가
그만
송암동 둔덕 매복병 총 맞아
평용이와
평용이 자전거가 쓰러졌다
자전거 바퀴살 빙 돌다가 멎었다

청소작전 개시

사망자 부상자 이것저것 실어다가
국군통합병원에 부려놓았다
퉤 퉤 평용이도 부려놓았다

5월 24일 아직 살아 있던 평용이
하루 만에 눈뜨고 죽었다
아프다가
아프다가
아프다가
그 아픔 멈췄다

어머니는
서울 큰아들 자취방 가서
밀린 빨래 하고 있을 때
갑자기
두 귀가 먹먹 들리지 않았다

막내아들 평용이 죽은 시각

밤마다
꿈속에 서 있었다
평용이 서 있었다
교모 쓰고
단추 다섯 개 다 꿴
단정한 사레지오고교생 그 모습으로 서 있었다

101사격장에 매장한 시신 파내어
망월동 안장

어머니
숨만 쉬었다 헉헉 몇가닥 숨만 쉬었다

꿈속이었으면
꿈속이었으면

민청진

하루 저물도록
목판에 그림 새기는 일
손가락마다
돌멩이 굉이 박여
입 꾹 다문 채
한나절 뒤 점심때
반나절 뒤 소피 때
또 반나절 뒤 저녁때
그때에나 기지개 가만히 펴지

하루에 말 세 마디면 되었지
집 나설 때
다녀올랍니다
공장 나설 때
먼저 갈랍니다
집에 왔을 때
다녀왔습니다
이런 날들 쌓이고 쌓여
아직 스무살 앞
열아홉에
직수굿이 서른살 마흔살
그런 사람이
판화공 민청진이지

아버지는
양동시장 야채장수라
큰놈
작은놈에
네 딸 우쿠르르하지만
한놈 한놈한테
가는 실 가는 바늘같이 자상하셨지

청진아 너 밖에 나가지 마라
청진아 너 도청에 가지 마라
그렇게 걱정 자상하셨지

5월 21일 낮 한시
도청 스피커에서 애국가 울려퍼졌지
공수부대 집단 발포
학생들
시민들
줄줄이
썩은 나무토막으로 되먹혀 쓰러졌지

공장이 궁금해서 나갔다가
그길로 도청으로 갔지
머리에 총 맞았지
삶의 고비 죽음의 고비 오고 갔지

인근 병원에 실려갔다가
전남대병원으로 옮겨가
거기서 숨졌지
눈감고 말았지

무지막지하던 아픔 없어졌지
어머니 얼굴 없어졌지

박종길

5월 23일 총 맞았어
끌려갔어
어디로 실려갔어
상무대 씨멘트 바닥이었어
어디로 실려갔어
통합병원이었어
사흘 뒤 숨 놓았어
어디로 실려갔어
5월 26일 사망으로 기록되었어

ㄲ
ㄲ
ㄲ
ㄲ
ㄲ
반벙어리

이름 석 자 겨우 쓸 줄 알았어
박
종
길

아버지 목수였어
대목 아니고 소목이었어

대패질이 자랑이었어
형도 목수였어
어머니도 목수 마누라
목재 나르는 일꾼이었어
형수도 그랬어
박종길
나도 그랬어

으
으
으
으
으

5월 21일
시위 차량에 올라탔어
아무데도 가지 말라는
아버지 말을 두고 가고 말았어
반벙어리도
시민군 되었어
시민군으로
총을 껑충 들었어
건축자재공장
각목 나르던 일꾼이

시민군이 되었어
5월 22일 지났어

5월 23일
계엄군 총 맞았어
대검에 찔렸어
질질 끌려
어디로 실려갔어
어디로 실려갔어
어디로 실려갔어
또 어디로 실려갔어
101사격장 언덕
저수지 건너
거기 암매장되었어

뒷날 발굴 작업

다 썩어버린 주검으로 비주룩 나왔어
세상의 바람을 쏘였어

박종길 이후

반벙어리 건축 인부 박종길
스물두살
그가 시민군으로 죽은 뒤
아버지도 세상 떴어
어머니도 세상 떴어
형도 교통사고로 세상 떴어

형수만 남았어
형수만 남아

나 어떡하라고
나 어떡하라고
식구들 다 저승귀신
나 혼자 남았어

나주 친정도 싫어
광주 무등산도 싫어
나 어떡하라고

제삿날 밤
제삿날 밤
제삿날 밤
제삿날 밤
나 어떡하라고

비상

노론 우암 송시열의 권세
하늘 나는 제비들 우수수 떨어뜨린다 함 땅속 경칩 개구리들 못 나온다 함
그 노론 우암 송시열 어른
아침마다
아이 첫 오줌 받아 마셔
부귀강녕이신데
그런 숫된 오줌에도 찌꺼기가 쌓이는지
자리보전이신데
그런데 어르신께서 극구만류 떨치고
정적 남인의 영수 미수 허목한테
약처방을 청해 마지않는바

약처방 비상이었다 독약이었다

정적의 병에 독약 처방이라 가내 당내 극구만류였으나
우암 두말할 나위 없이 약을 먹었다
썩 나았다

그이들의 피투성이 당파놀음 속
심심파적
이런 놀음 제법이시군

서초시 육족

조랑말은 말 재종(再從)인가 개 사촌인가
조랑말 타고 가시는
서초시 어른 봐

양반 나들이 여섯 다리〔六足〕 갖춰야 하거니와
말 다리 넷
말구종 다리 둘
이것이 있어야
에헴 길 비키렸다
채신 안성맞춤이거니와

서초시한테야
조랑말 하나 있어
헌 구종배 있어
이런대로
저런대로
양반 나들이 고개 헉헉 넘어오느니

하이고
저 조랑말
하도 난쟁이라

점잖게는
과수원 열매 밑 지난다 하여

과하마(果下馬)라 하느니

서초시 조랑말 봐
고개 넘어가며
줄줄 오줌싸개질이라
예끼 놈
지린내 풍기지 말렷다

서산낙일
벌써
굴풋이 시장기 드느니 눈에 정기 다 나가느니

조일기

나 조일기
식당 주방장이오
고향 화순에서
국민학교
중학교 마치고
열일곱살에 무작정 상경
오지게 식당 눈썰미 붙었소 앞치마 걷어지른 나날이었소
서울 충무로
서대문
마포 두어 식당 전전
새벽 네시 일어나
해장국 끓이고
밤 열두시 지나야
뒷방에 누울 수 있었소
그런 날
그런 밤 지나
설날 고향 가서
부모님 뵙고 왔소
춘삼월에도 한번 다녀왔소
서울에도 있다가
광주에도 있다가 했소

우동 면발 춤추어 뽑기로 이름나
조일기 수타면

춤추는 수타면
차차 알려지는 판인데
그해 5월
광주공원 10만 시위대열에
그 주방장 조일기도 들어 있었소
아니
어느새 드리없이 시민군 되어
식당이 아니라
거리를 달리는 트럭 위 투사였소

5월 27일
광주공원
7공수 특공조한테
시민군 조일기
전신타박
개머리판에 맞아죽었소

죽고 나서
사흘 뒤
아버지 꿈속에 나타났소
다음날
사망소식 날아왔소 나 조일기 이렇게 툭탁치고 말았소

늙은 머슴 문호종의 임종

통 웃음 없다 통 말 없다
한나절
웃는 이빨 보인 적 없다
반나절
입술 달싹여
한마디 내본 적 없다

있다

이것 해라 저것 해라 하면 그제야
가시덤불 속 그 어드메에 걸렸다 나오는
예
그뿐이었다

사람들이 벙어리라 한다
아니라 한다

세월이 있어 아이가 어른 된다
총각이 할아범 된다
젊은 머슴 문호종
모름지기 늙은 머슴 문호종이다

여기 사연 있으니
아버지가 몸 팔려와

되놈의 머슴 된 세월
머슴 2대째 문호종 문정술이다

여기 사연 있으니
어느날 밤
아비 머슴 호종이
아들 머슴 정술을 데리고 나서서
억수비 맞으며
삼십리 밖 훈장한테 가
천자문 공부로
아들을 가르쳤다 아들이 하늘 속에 봄춘 가을추 썼다

아비 머슴 예순둘에 눈감는 날

술아
술아
부디 널랑은
네 자식들 종 만들지 마라
자식을 머슴 만든
이 아비 한 풀어다오

네 어머니 산소 꼭 잊지 마라
삼도구 망배봉 서쪽 골짝
큰 상수리나무 밑

거기 평토장 무덤
세모돌 박힌 데 거기
잊지 말고 가보거라

술아
술아
네 자식한테
부디 하늘천 따지 가르쳐라
술아

딸꾹 숨졌다

저 여편네

광주서부경찰서 정보과 형사들의 입언저리
저 여편네
저 여편네
저 앙칼진 여편네
저 독사 같은 여편네 하면
다 김복의 여사를 말하더라

김복의 여사

누구냐 하면
조일기의 어머니
막내 죽음
가슴에 퍼담고
거리 나섰어
유족회 투쟁밖에 없었어
팍 눌러놓고
아가리들 봉해버린 시절
이른바 재야인사도 뭣도
슬슬슬 몸 사릴 시절 질려 있을 시절
죽이고 묻고
고문하고
감옥에 보낸 뒤
대학도 숨죽여 으스스할 시절
오직 유족회밖에 없었어 여편네밖에 없었어

오늘도 김복의 여사 나서서
남동성당 앞
전두환 눈깔 빼어라
전두환 죽여라
죽여
그놈의 송장
조리돌려라
외쳐대니

어느새 안기부 분실
보안사 분실
경찰서 본서 정보과
지서주임 나와
기동경찰 닭장차 나와

저 여편네
저 여편네
저 악질 여편네만 없애버리면 돼

우르르 달려가
김복의 여사
번쩍 들어다가
닭장차에 처넣고 부릉 부릉 부릉

어디로 달려갔다
그렇게 달려갈 때
소리질러

이놈들 나 어디로 데려가냐
어디로 데려가 죽일 테냐
이놈들
이 전두환의 졸개 발가락 놈들 밑씻개 놈들

벌써
담양 지나
곡성
곡성역 지나
유곡산 골짝
거기다 꺼내 던져놓고 부릉 떠나더라

아이고
아이고
아이고
내 새끼야 일기야 일기야

적막산중에 혼자된 김복의 여사
그 여편네

신영일

항쟁 이후
학살 이후
그 피비린내 진동하던 곳
물대포 쏘아
물비린내로 바꾼 곳
너냐 나냐 놀러 나오던 곳
전혀 딴판
쫓기는 거리
힐끔힐끔 돌아다보아야 하는 거리
공포의 거리로 된
모든 마음 안팎의 폐허 그곳

거기 신영일이 나타나 새벽처럼 나타나
살아남은 학생 하나둘 모아
전남대 오월대
조선대 녹두대 만들어

다시
싸우는 청춘 들사리져 모여들 때
언제나
거기 있었다 뒤에 있었다
그러다가 잡혀가
감옥에서
언제 나올지 모르는 긴 세월 맞서

숫제 광인 행세
정신이상 행세 밤낮으로 이어
기어이 가석방

지난날 일제 감옥
박헌영이
정신이상으로
제가 싼 똥 먹고 히히 웃고
자다 일어나
자장가 불러
아기 재우는 시늉 하고 풀려나듯이
교도소 소장더러
어머니라 하다가
조카라 하다가
혼자 웃다가 울다가
정신이상으로 판명되어
가석방

세상에 나와서도
거리에서
장바닥에서
미친놈 행세 철저하다가
한밤중
김윤창의 만화가게 거기 오면

철저한 정신이상 증세 뚝 멈추고 되찾은 눈빛

80년대 반제투쟁전선 강화에 밤 지새웠다 먼동 텄다

그 몇시간만 정상으로 살았다
다음날 아침
다시 정신이상으로 돌아가
히히히 헤매고
구시렁구시렁 헤맸다
안기부도 경찰도 시정잡배도
다
이제 신영일은 광인이다 영 글러먹은 미친개다
불치의 정신이상이다 하는 세월의 고독 거기서

오직 김윤창을 만나고
김윤창이 불러온 김형수만을 만나
그 신영일과
술 한잔 없이 물 한잔 없이 단호한 밤 새웠다
조직을
이론을
예술을
실천을 말했다 벌써 동창 밝았다

훗날

조직을 재건하다
조직을 새로 만들다가
과로로 즉사
병원도 가지 않고
학생조직의 방 안에서 그냥 즉사 지독하게 멋진 엄지머리 생이었다

일기 어머니에 관한 지시

가르랑
가르랑
이 소리가
아직 송장 아니라는 것
어제도 오늘도 내일도 모레도
칠성판에 누워버린 듯
누워서
한밤중이면 가르랑
헛손 들어
한번 공중을 휘저으며

일기야아

죽은 아들 불러보는 것
이것이 산 일우 어머니
죽은 일기 어머니이시더라
그해 다 가는
섣달
첫눈 내리는 날
무등산 쪽 보고
우뚝 서니
이로써 지난 몇달의 중증 말짱 거짓인 듯 걷혔다

1981년 1월부터

5·18유족회에 나가
맨 앞장 서시더라
경찰서장 가라사대

웬년이여
웬놈의 에미여
김복의란 년
그동안은 전계량이 하나만
막으면 되었는데
김복의란 년이 나서서
남동성당을 다 차지하고 있단 말이여
그동안 정보과는 무얼 하였기로
그년의 뿔따구
뽑지 못한 것이여
그래 김복의 이년
난데없는 흉악한 년이로군
그래 김복의가
그놈 조일기 어미로군 고약한 년이로군

내 아들 살려내라
전두환 눈깔 빼내어라
노태우 잡아다
광주교도소에 처넣어라

흐음
이런 흉악무도한 구호 외치는 년이로군

사상 배경 더 알아보도록
저 화순이 고향이라 했지
백아산 공비
여순반란사건
영광 불갑산 공비
지리산 공비
그런 공비 배경 유무 샅샅이 알아보도록

한편으로
보상금 주어 무마하도록
한번에 다 주지 말고
명절 때마다 10만원씩
10년쯤 코 꿰어 무마하도록

그러나 사상 배경 덮어두지 말 것
조일기 아비가
제주도 건너다니며
장사한 사실 확실하면
제주도 4·3공비 가족과도
어떤 연관 있나 조사할 것
아니 없으면 육하원칙 꾸며대어 조작할 것

1981년부터
1988년
1989년까지
유족회 시위
맨 앞의 그 여편네
철저히 관리할 것

어제도 산 일우 어머니
죽은 일기 어머니
앞장서시더라
오늘도 서시더라

흙비

성종 9년

흙비 쏟아졌다
임금 수라상
어찬 절반으로 확 줄여 삼갔다
삼정승이
사직을 청하고 엎드려 삼갔다

사람들의 눈총 받는
외척 간신 임사홍 일가
예종의 딸 현숙공주의 부마인
큰아들 광재
성종의 딸 휘숙공주의 부마인
둘째아들 숭재
이 간신 일가는 꿈쩍하지 않았다 흙비면 뭐고 벼락이면 뭐야

흙비고 벼락이고 꿈쩍하지 않았다

젠장 흙비가 사흘 오나 닷새 오나 왜들 호들갑인고

숭재가 기녀들 말 태워 들놀이 나섰다
들놀이 사흘 뒤
돌아오는 밤길
말 타고 잠들었다

김민우

운수대통으로 한일식당 시다였습죠
배고픈 것 마쳤습죠
식당 잔반으로 배부르니 이제 부황나지 않았습죠
열두살에
짱뚱어탕집
영산포집 시다였습죠
짱뚱어 실어오며
창시 발라내었습죠
송정리 밖
나주 노안으로
시래기 무청 실어날랐습죠
2년 뒤 무등옥 주방 요리사 되었습죠
시다 마치고
어엿이 요리사 되었습죠
주방장 임오순 아저씨가
뒷배 보아주시고
시다 면하게 하여주셨습죠
서른살에
그 아저씨 장례 맡아 치러드리고
무등옥 주방 숙희와 눈 맞았습죠 극장 갔습죠
신성일 문희 영화 보며
손 잡았습죠
몸 떨렸습죠
화순옥 주방장 되었습죠

이제 내 인생길 활짝 열렸습죠
마누라 생겼것다
주방장 월급 쏠쏠하것다
입춘대길
건양다경이었습죠

5월의 밤거리 구경 나갔습죠
거기 쓸려들어
외쳤습죠
외쳤습죠
광주공원 시위 인파 속
외쳤습죠
총 들었습죠
총 맞았습죠 아니
총 맞고 기어가는
공원 광장
거기서
7공수 개머리판 맞고
뻗었습죠
내 인생길 거기서 다했습죠

여보
여보
여……

낫

아벼지가 낫 들었다
낫 들어
벽을 찍었다
이 살인마 전두환 놈아
내 아들
살려내라
이 살인마 전두환 놈아
너 죽어봐라
벽 찍었다
벽 찍다가
벽에 걸린 두루마기 찍었다

조일기 아버지 낫 들고
대문 밖으로 나갔다
가로수 찍었다
쓰레기통 찍었다
소방용 모래주머니 찍었다
포장도로
아스팔트 바닥 찍었다

내 아들 내놔라
이 살인마 전두환 놈아

날이 날마다

이렇게 외쳐대는 어느날

그날밤

청와대 전두환의 꿈속

번쩍! 낫이 공중에서 춤추었도다

집 팔아 딸 찾기

만주벌판 거기
압록강 저쪽
두만강 저쪽 거기
도적들이 쫙 바둑 포석(布石)을 펼쳤나니 한 점이 무궁의 시작이나니
첫째 바둑알 한 점 놓으니
금비(金匪)가 있것다
금 훔치는 도적
다른 것은 눈여겨보지 않고
오로지
금덩어리 금가락지 금비녀 금반지만
노리는 도적
둘째 바둑알 놓으니
삼비(蔘匪)가 있것다
애면글면 가꾸어
길러낸 삼밭
그 삼 다 캐가는 도적
셋째 바둑알 놓으니
연비(煙匪)
담배밭에 가
다 익은 담뱃잎 따가는 도적
다 익은 아편 봉지 똑똑 따가는 도적
넷째 바둑알 놓으니
기껏 베어온 통나무를
어느날 밤

뗏목 지어 다 실어가는 도적
목비(木匪)
그보다 더한 도적
숫제
보퉁이 하나 든 처자
지게 진 사내
생짜로 잡아다 가둬두고
아비더러
어미더러
몸값 바치고 찾아가라는
사람 도적
인비(人匪)

해산진 건너
거기 되놈 적굴로
집 판 돈 가지고 가서
딸 찾아온 권달생
이제 집 날아가
밭 날아가
빈털터리 되고 말았다

딸 도둑맞은 뒤
어미 실성
낮이나 밤이나

헛소리하고
헛웃음 치는데
찾아온 딸마저 실성
앙알앙알 우는가 하면
히히히히
히죽 웃어댔다 나비 오다 가버렸다

오로지 아버지 권달생만이
움막 쳐
솥단지 걸고 부뚜막 매만져
감자 반 지게 얻어다가
감자 삶느라
생솔가지 매운 연기에
눈물 콧물 난다
배고프면 마누라도 딸도 정신이 조금 돌아왔다 서로 버벙히 젓가락 들었다

김동수

열일곱살에 조계산 갔지
스무살에 조계산 갔지
스물한살에 또 조계산 갔지

유난히 조계산길 찾았지
찾아
조계산 고개 올라
저 아래 선암사 보았지
또
저 아래 송광사 보았지
송광사 가서
삼일암 조실스님 보았지
곶감 얻어먹었지
공수래공수거
구수한 설법 들었지
대불련 전남지부장으로
서울 본부로
광주 지부로
목포 지부로 잰걸음하였지
조선대 전자공학과 3학년
장차
전자문명에
불교 화엄법계 제망중중 띄워
온누리 위해

몸 바칠 뜻 세웠지

조선대 뒷산 절에 가서
이른 아침과 저녁
고즈넉이 앉아 있었지

5월의 거리로 기어이 나왔지
나와
전두환 계엄군 만행 앞에서
총 들었지
5월 21일 무기고 총 들었지
끝내 전두환 계엄군으로부터
폭도가 되고 말았지
아버지는
폭도의 아비가 되고 말았지

내 무덤은 폭도의 무덤이었지
그러다가
그러다가
광주 민주열사의 무덤이 되었지

양친의 풍경

상성(傷性)하고 말았어
실성(失性)하고 말았어
미치고 말았어

영감 버젓이 살아 있는데
영감 죽어
삼년상 안쪽이라고
한겨울에
삼베치마 꺼내 입고
대지팡이 들고
아이고
아이고
아이고
마당을 도는데
영감이 뙤창 열고 내다보다가
토방 맨발로 뛰쳐나와
이놈의 여편네까지
내 속을 다 파먹네그려 하고
죽은 아들 동수 생각으로
영감마저
취중실성으로
제 마누라를
삼거리 주막 주모로 알고
이년이

나를 홀려
내 구곡간장 다 빼내려 한다고
머리채 끌고
한바퀴 돌아치니
이웃집 아낙
이웃집 사내 다
울 너머
혀 끌끌 차며
아이고 여섯 자식 가운데
한 자식 잃어도
여섯 자식 다 잃은 것이여
에미도
저리 실성하고
애비도
저리 술 퍼먹고 실성이니
창천 일편백운도 어찌 그리 무정하시누

그 동성애

1931년 4월 8일

홍옥임 21세
김용주 19세

너 없으면 나는 죽는다
너하고 떨어져서는
하루하루 숨 못 쉬겠다
네가 이 집 첩으로 들어오너라
어찌 첩으로야 들어가겠냐
내가 네 집 부엌어멈으로
들어가겠다

홍옥임은 실연을 당하고
김용주는 결혼을 후회하는
여학교 친구

자살을 결의하고 기념사진을 찍었다
그 사진을
여기저기 보냈다

둘이 손잡고 한강에 들어갔다
난데없는 인기척으로
수중 자살 단념

1931년 4월 8일 낮 두시 반
경인선 오류동 철도
인천발
경성행 428호 열차
두 몸을 던졌다

산산조각 피조각
팔뚝만
손목만 튀어
풀밭에 떨어졌다

이미 두 유서는 각자의 부모에게 도착했다
옥임의 유서에는
한시 1행
이 세상은 짧고 저세상은 길다
(此世一日短 彼世一日長)

그해 가을 만주사변
일본군 봉천 입성 며칠 뒤 치치하얼 점령

금입택

헌강왕조 서라벌
초가 한 채 없었다
기와집 처마와 담이
이웃집 처마와 담을 이어갔다
가무음곡
하루 내내 끊이지 않았다

성안 17만 8천 9백 36가호
그 기와집 가운데

저 봄날의 동야택(東野宅)
여름날 곡량택(谷良宅)
가을날 구지택(仇知宅)
겨울날 가이택(加伊宅)

모두 금으로 지은 고래등 가옥

왕족 7대 이전 성골
왕족 8대 이후 진골
이 진골 김유신의 집 재매정택(財買井宅)도
금입택(金入宅) 35채 중의 하나
금으로 지은 가옥

위로 태종무열왕 김춘추도

진골내기요
그 아래로
단짝 신하 김유신도
진골내기라

김유신 금집의 노비 2백인 중
잘난 노(奴) 잉검이와
잘난 비(婢) 내실이
주인 측실 금덩어리 훔쳐 달아나
신새벽
경주 남산 삼화령 마애불 앞에서
맞절 부부를 서약하였다

그길로 북으로 북으로 가
동해 삼일포 두메로 가
금덩어리 땅에 묻고
빈손으로
어엿이 가문 여니
뒷날의 석씨(昔氏) 별파
석빈(昔濱) 가문의 시작

죽기 전
금강산 화공으로 하여
근영(近影)을 그리게 하니

죽은 뒤
그 유영(遺影)
밤 촛불 비쳐
자못 신선의 용모 못지않았다 얼쑤절쑤

김영석

나 동수 애비여
동수 그 녀석 애비란 말이시

1980년
음력 정월 초하룻날
네 아들
두 딸
우쿠르르 모여
한방 그들먹하면
그 을매나 복될 것이여 여한 없을 것이여

이 여섯 남매 두루거리
세배 받을 적에
지 에미는
또 눈가생이
듣느니 맺느니
눈물방울 찍어내며
그 을매나 복될 것이여

아버님 어머님 산소
그렁께로
제놈들헌티야
할아버지 할머니 산소
남은 눈 치워내고

줄느런히 서서
재배 드리니
지하의 양친 내외께옵서
그 을매나 복되실 것이여 여한 없으실 것이여

이대로 아이들 흩어 보내기 아까우니
백양사 구경이나 가자 하여
한가족 여덟이 나서는
그들먹한 행차
눈 쌓인 뒷산 백암산 아스라허고
앞골짝 아늑자늑허니
그 을매나 복될 것이여

때는 5월 버들잎 푸르러
꾀꼴새
곱게 곱게 머리 빗고
시집가고지고
시집가고지고
그 옥구슬 소리 이 가지 저 가지 건너뛰어 노니는데

그런 날
증조부
그렁께
그놈들헌티 고조부 산소

새로 터 잡아 이장하고
향 사르고
술 따르고
재배 올리니
조상 음덕으로
저희 여섯 남매 무탈장성
가운이
가뭄에 단비로
삼동 서설로 내리니
그 을매나 복되고 복될 것이여

그런디 말이여
그 5월 아직 다 가지 않고
고향에 와 있던 녀석
동수 녀석
초파일 행사 있다고
5월 17일 광주로 가
도청 앞 점등식 뒤
5월 18일 목포 행사로
목포 갔다가
거기서
광주 학살 소식 듣고 한달음에 달려와
분연히 궐기한 시위대열
시민군 총 들었으니

어쩐디야
어쩐디야
5월이 다 가지 않고
그 녀석
도청 한밤중 피투성이 주검으로 나뒹굴었으니

아이고아이고
나 애비도 뭣도 아니란 말이여
그 녀석 내 아들 아니란 말이여 내 아들이란 말이여 아이고

김명숙

왜 이 죽음일까
왜 이런 죽음일까
왜 이렇게 시시한 죽음일까
왜 이렇게 시시할 수 없는 죽음일까

김명숙이
서광여중 3학년 아이였소
열다섯살이었소
첫 몸에 놀라 밥을 먹지 않았소
그것 말고는
어머니의 고생에 늘 우는 아이였소
학교 갔다 와
가방 놓자마자
설거지하고
김칫거리 다듬고
빨래 널고
걸레질하고
제 교복 다리미질하는 아이였소
아버지의 막일 품팔이
마음 아픈 아이였소
숙제하다 말고
밤 이슥히 아버지 다리 욱신욱신 주무르는 아이였소
아침마다 학교 가다가
전남대 정문 쪽

대학생들 보고 설레는 아이였소
그 대학생들
경찰과 맞서 싸우는 것 보고
무서움 재우지 못하는 아이였소
5월
대학 앞 용봉천 언저리
공수부대 깔린 것 보고
무서워 대문 꼭꼭 닫는 아이였소

그날
어머니 밥상 차려드리고
뒷집 동무 인숙이한테
책 빌리러 갔다가
총소리에 놀라
개천 다리 밑에 숨은 아이였소
거기서 총 맞아버렸소
공수가 지프차에 싣고 갔소
통합병원 가는 중
숨 놓았소
한줌 가루가 되어 밭머리 묻혔소

이제 화병 앓는 어머니의 세상이었소
전주로
담양으로

나주로
병원 찾아다녔소
산발 맨발 정신이상이었소

히히히 웃다가 엉엉엉 울다가 웃다가
지는 해 보고
전두환! 전두환!을 불렀소
김명숙의 어머니 양덕순의 이런 나날이었소

왜 이런 세상일까

김부열

저 망국의 세월이었다
남만주 삭풍 속 거기
소년 의병이 있었다
그뒤
소년 독립군이 있었다 사무치는 세월이었다

저 4월혁명의 세월이었다
소년 봉기가 있었다
대학생 시위가
고교생 시위
중학생 시위로 피어났다

1980년 5월 광주
소년 시민군이 있었다
조대부고 3학년 김부열이 있었다

5월 21일 초파일날
절에 가는 어머니와 집 나서는 길
그길로
짝꿍과 함께 거리로 내달려갔다

시민군 총 받아
어깨에 총 메고 거리를 내달렸다
동명동 집 잊어버리고

금남로
광주역전
광주터미널로 내달렸다

제7특전여단 33대대 35대대
제11특전여단 61대대 62대대
지원동 주남마을에 작전진지 구축 완료
광주 화순 간 도로 차단
광주 고립되었다 꽉 막혔다
광주에서 화순 가는 버스
화순에서 광주 오는 버스
다 쏘아 박살냈다
다 쏘아 학살했다

시민군 부열이
지원동에서 공수의 표적
태어나기보다
살기가 어렵고
살기보다
죽기가 쉬웠다

부열이 죽은 뒤
육남매
피붙이 남았다 살기 어렵다 죽기가 어렵다

어머니

어찌 70년대
전태일의 어머님만 어머니이시리오
어찌
김주열의 어머님만 어머니이시리오
어찌
저 김구의 어머님만 어머니이시리오
저 안중근의 어머님만 어머니이시리오
어찌
저 율곡 이이의 어머님만 어머니이시리오
어찌
저 고주몽의 어머님만 어머니이시리오

광주 김부열의 어머님
칠남매 중 하나
계엄군이
주남마을 뒷산에 파묻은 아들 시체
기어이 찾아내어 망월동에 묻고 나서
5공 경찰과 싸우고
5공 안기부와 싸우다가
발길에 차이고
진압봉 맞아
골병들고
감옥에 갇히더니

끝내 실성

부열아 부열아 부열아 외치다가
으흐흐흐흐흐흐
귀신으로 웃어대다가 턱주가리 들치다가

끝내 치매

부열아 부열아도 잊어버리고
아무나 보고
너 이놈의 새끼
아무나 보고
엄니 엄니
아무나 보고
너 내 돈 떼어먹었지 어서 내놔

부열이 어머니 김차남 여사

걸상이

앉는 걸상 아니오 나무걸상 아니오
한 사내 이름이오
버젓이 이름이오
걸상이
걸상이

임걸상이 그 사내 이름이오

벌써 스물아홉살이나 먹어
서른 앞서
갖은 사연 주렁주렁 달린 사내 이름이오

임걸상

개마더기 풍산
가진 밭
가진 고샅 밑 다랑논
고리채놀이 일본놈한테
다 넘어간 뒤
오냐 머슴 살자 하고
머슴 살다가
함경도 무산 첩첩산중 거기로 걸음 놓아
화전촌 들어가
머슴 노릇 치웠다

쌀밥 모른다
감자 감자국수 수수밥 기장밥으로도
떡 벌어진 앙가슴팍
쇠냄새 난다

한 달에 한 번 달포에 한 번
용케도
노루 잡아 구워먹고
멧돼지 잡아
화전촌 남녀 어깨춤 잔치 차렸다
그러다가
조선산림령 이래
화전허가제에 목숨 달렸다
산림주사 나리
한번 거동하면
범 앞의 족제비 신세
암내 고양이 앞
쥐 신세가 되고 말았다
화전 한 뙈기
벌금 때리면 망해버린다
결박되어 잡혀가면
홍원형무소 죄수 되어버린다

임걸상이 보다 보다 못해 참다 참다 못해
산림주사 때려죽였다
화전민 노인의 외동딸 겁탈하려는 것을
돌로 쳐죽였다
그날밤 살인자 되어
두만강 건너갔다
간도 산중 헤매다가
마적단에 잡혔다
마적단 부두목 진(陳)장군 휘하
신출내기 마적이 되었다

목단강 기마단 마적
말을 잘 탔다
밤 강기슭
달 올려다보고
물속 달 내려다보고 맹세키를
이 세상 나쁜 놈
열 명만 죽이겠다고
입술 씹어
피 머금었다

용정
간도 일본헌병대
조선인 밀정 김기동이놈 죽였고

훈춘 농토 분양한다고 속여
회령 온성 경성 일대
조선백성 돈 삼킨 사기꾼
중국인 만두평(曼斗平)
배에 칼 꽂았고
독립군 행세로
돈 걷어대는 건달 한 놈
물에 던져 죽였고
그렇게 죽이기를
여덟 명
아홉 명에 이르렀다

목단강 마적단이
일본군 앞잡이 된
장춘 마적단과 맞서 싸울 때
송화강 양구진 전투
등 뒤에서 쏜 총에 맞아 죽었다
애마도 함께 연발 총 맞고 쿠르르르 쿠르르 죽었다

애마 이름
임걸상의 죽은 동생
임점박이
어릴 때 굶어죽은 동생
임점박이 목에는 점이 있었다

말 목에도
접시만한 점이 있었다

열 놈 목표 못 이루고 죽었다
그 한 놈 누구?

김종연

종연아
준치 같은 종연아
네가 열아홉살이구나
내년이면
스무살이겠구나
민어 같은 종연아
그 미끈한 스무살 못 보고
마지막날 새벽 이 세상 그냥 떴구나

남녘 장흥에서
대처 광주로 나와
고입 재수생
학원에 다니다가
그만 5월 광주에 뛰어들었구나
장흥 앞바다
미끈한 숭어 같은 종연아

자취방
전기밥통에 밥 남아 있더구나
밥 말라붙어 곰팡이 나 있더구나
김밥 급히 말아갔는지
김 몇장 남아 있더구나
김 만 도마도 그대로 놔두었더구나
거리 구경꾼이다가

안돼 안돼
거리 시위꾼이었더구나
끝내
도청 시민군이었더구나
누구한테
총 격발장치 익히고
누구한테
TNT 뇌관 제거 익혔더구나

그날밤 깊어가매
서로 총 들고
창밖 어둠 쳐다보며
옆 친구와 몇마디 주고받았더구나
어머니 보고 싶다
이런 나 보시면
어머니 기절초풍하실 것이다
그래도
사나이로 태어나
한 번 죽지 두 번 죽을쏘냐
기꺼이
여기가 내 무덤이다
너 무섭냐
아니 무섭지 않다
너와 함께 있지 않느냐

그래

그래

우리 저승에 가서도

함께 있자

탕!

탕!

탕! 탕! 탕! 탕!

종연이 아버지

장흥읍내 뜨르르
큰 냇물 지나
겨울 배추밭
겨울 시금치밭 한바퀴 돌아
띄엄띄엄
열두 마을
한바퀴 돌아
우편물 배달하고
부칠 편지
부칠 소포 받아다
우체국으로 돌아가는 길이 나의 길
멋쩍게 휘파람 불면
어린 시절 돌아온다
광주 간
아들 녀석 아부지 소리 들린다
처갓집
장모 해소기침 소리 헛들린다
그런 어느날
배달 중단하고 들어오라는
우체국 직원의 급한 전갈
들어갔다
들어가
광주 아들 사망소식을 들어야 했다

두 발이
땅속으로 빠져들었다
아무것도 보이지 않았다

경찰서 형사가 나왔다
당신 아들은 폭도로 죽었어
김일성 졸개로 죽었어
당신은 대한민국 역적의 아비란 말이여

아무것도 보이지 않았다

김성근

저 말이오
저야
그저 나무토막이나 만지는 위인이지라오
나무 잘라
나무 깎아
먹줄이나 핑 튕겨
서까래 만드는 위인이지라오

대목 어른 밑
매운 시집살이로
톱질
대패질
제법 손에 익어
노는 듯
일하는 듯
한나절 후딱 가고 없는 소목이지라오

트랜지스터라디오 노래
동백 아가씨도 듣고
저 푸른 초원 위에도 듣고
당신과 나 사이에
저 바다가 없었다면도 듣노라면
어느새
날름 백열등 백촉짜리

불 꺼
이제 그만 하거라
대목 어른의 말씀이면
나무 부스러기 털고 일어서는 소목 신세이지라오

그런 내가
월산동 집 들어가다가
그길로
시민군이 되어번져
시내 치안과 질서 맡아
그날 새벽까지
지역 순찰 다니는 당당한 시민군이지라오

공수여단 재진입 작전중
무진중학 골목에서
탕
탕
탕
몇방 맞고
벌집 몸뚱어리 피범벅으로 눈감은 시민군이지라오

이름 김성근
나이 24세

김응립

할아버지도 아버지도
광산 김씨라
광산 김씨 양반들 앞에서
본관 광산이라고 말했다가
멍석말이로 매맞아
죽을 고비에서 살아난
천민의 자식 김응립

낫 놓고 기역자 모른다
낫 놓고 니은자 모른다

그런데 지난날 매맞은 뒤
얼 빠졌다가
빠진 얼이 신 내린 얼이 되어
놀라워라
놀라워라
지나가는 사람 얼굴 보고
그 사람 고질병 알아맞힌다

영감님 해소 30년 넘으셨지요
당근 서른 개만
꼭꼭 씹어 자시오

그 영감 곧이듣지 않다가

하도 하도 된 해소로
밤잠 설치다가
문득 당근 얘기 생각나
당근 서른 개 먹고
고질병 썩 나았다

남녀 내외 자심한 시절이라
금산부사 이락의 며느리
그 사또 며느리가
백약무효로 사경을 헤매는데
김응립을 불러왔다
안색 보아야 한다 하는데
양가 여인 내보일 수 없다가
생사가 더 급한지라
별당 며느리 누운 얼굴
얼핏 퇴창 너머 보았다
피식 웃었다

병도 아닙니다 엿 녹여 드시도록 해보시오
하고 그 집 나섰다

유난한 처방이려니 했다가
겨우 엿물이라니
너 이눔 하고 김응립을 꾸짖어 보낸 뒤

한번 그래보아라는
사또 분부 있고 나서야
엿물 먹였더니
된가래 한 덩이 토하고는
그 사경 헤매던 병 썩 나아버렸다

열다섯살 때
가지 하나 따먹은 것이
이제까지 모진 병 되었던 것이오
김응립의 말 새삼 놀라웠다

이 금산부사 며느리 살린 소문
뜨르르 번져가
너도나도 김응립 찾는 병객들
나 좀 살려요
나 좀 살려요 하고
여러 고을에서 불렀다

그런 병객 처방하는 일로
한바퀴 돌면
이 고을
저 고을
또 저 고을 돌고 오면
어느새 일년이라

전라도 완주 송광사 밑
전주 이씨 양반집에서는
양반이고
천민이고 무엇이고
사람 목숨이 제일이라고
김응립을
집 안에 붙들어두고
병든 딸 낫거든
그대 안사람으로 데리고 살게
하고 사위 삼으려
술상 차려 대접하였다

딱 술 석 잔 뒤
천생(賤生)은 산수간에 있는 물건이라
감히 귀댁 규수 곁에 머물 수 없습니다
앞으로 규수께서는
병석에 누우실 일 없으실 것이오
이러이러하시면
썩 나아
무병장수하실 것이오

이만 하직하렵니다

문용동

시민군 문용동

5월 26일날 저녁
오래된 단팥빵 두 개 먹었다 배고픈 것 나았다
옆에서 피우는 담배연기 독했다
구약성서 모세의 떨기나무와
벌거숭이 시나이산을 생각했다

호남신학대 졸업하면
낙도에 가
교회 개척할 생각도 가려운 듯 무러운 듯 이어졌다

밤이었다
이런 생각 다 버렸다

지난 열흘 동안
어설픈 시위대열
하루하루
가열찬 시위대열 시민군이 되고 말았다
도청 지하실 무기관리를 맡았다

도청 시민군
하나둘 빠져나갔다
시민군 문용동

그렇게 빠져나갈 수 없었다

도청 옥상에 내건
광주학살 조기가 휘날리다가
비 맞아 뚝 멈췄다

밤이었다
각
일각
각
일각

죽음이 다가왔다
신새벽이었다
계엄군 충정작전 병력이 칠흑 속 다가왔다
도청 1층
탕 탕 탕 쓰러졌다
2층
풀풀풀 쓰러졌다

M16 총탄 세 발 맞은
주검 문용동

그 아버지

여덟 남매로 집안이 가득 찼다
근재
근섭
근주
근호
용남
용동과
근희
용숙
이런 두 딸 여섯 아들 낳은 마누라 더불어
집 안팎이 넘쳤다
작은 뜨락 넘쳤다
마루 밑
여덟 켤레 신발
삽사리 한 마리 꼬리 치면
저문 하늘 넘쳤다

그런 날들이
그 5월 광주로 날아가버렸다

시민군 나가 죽은
여섯째 용동이란 놈
망월동에 묻은 뒤
날마다 술이었다

10년이 술이었다

문용동의 아버지 눈감았다

텅 빈 마당 한구석 맨드라미가 히무스름 붉었다

이어령

한국에 있으면
그대가 세계였다
세계 어디 가 있으면
그대가 한국이었다

단 한번도 그대는 뒤가 아니다
언제나
그대는 맨앞이다

아날로그 스무살도
디지털 예순살도
디지로그 백살도
그대의 불면증의 연주 끝날 수 없다

약혼녀

문용동의 연인 박혜신
금반지 끼었다
문용동의 약혼녀 박혜신

약혼자 주검 찾아갔다
무덤
몇번인가 찾아갔다

새로 난 무덤 잔디 뜯으며 울었다

허망의 세월 3년
에라
혼자가 좋았다
책갈피 속에 숨겨둔
문용동의 사진 꺼냈다

해마다
문용동의 무덤에 갔다

다른 남자의 아내가 되었다

어쩌다가 꿈속에서
문용동과 누워 있었다
보리밭이었다

강진 갯벌에 밀물 들어왔다
밤배 타고
둘이서 어디로 떠났다

그날 아침 미안했다 밥 생각 없었다

어떤 일기장

5월 22일
"이 엄청난 피의 댓가 어떻게 보상해야 하는가
이 엄청난 시민들의 분노
어떻게 배상해줄 것인가
도청 앞 분수대 위의 시체 서른두 구
남녀노소 불문
무차별 사격으로 피흘린 그들에게
그네들에게
무자비하고 잔악한 명령을 내린
장본인
역사의 심판을 하나님의 심판을 받으리라"

"뭔가를
진정한 민주주의의 승리를 보여줘야 한다
나의 불참이
나의 방관이
나의 외면이
이 사태의 수습을 더 지연시키는 것이다"

그렇게도 성경공부에 날 새우더니
군부대 전도에도 빠지지 않더니
빈민촌 농촌 아이들 간절히 가르치더니

광주 해방 3일

쌀 걷어오고
라면 걷어오고
김밥
주먹밥 광주리 받아오고
빵
음료수 받아오더니

5월 26일 누나가 울며불며
집에 가자 해도
누나
나 갈 수 없어
나 죽으면
태극기로 싸서 묻어줘
하고 도청 사수하러
2층으로 올라가더니

사망자 장례
부상자 치료에
피 묻은 옷차림 그대로 눈코 뜨지 못하더니
도청 수습위원
무기관리
TNT 뇌관 제거에
여념없더니
시민군 치안대로

거리와
골목 달리며
이 일 저 일 앞장서더니

하루 한 번씩 두 번씩
무등산을 바라보더니
한밤중 잠들기 전
고개 꺾고
간절히 기도하더니 아멘이더니

그 27세의 청춘 문용동
어머니한테
아버지한테
2녀 6남
누나한테 형들한테
아우들한테
친구들한테
가슴속 무덤이고 말았다

천당 있으라 지옥 있으니 천당 반드시 있으리라 아멘

니시자까 사까도요

니시자까가 왔다네
니시자까가 왔어
니시자까의 연설이 왔어
들으러 가세
보러 가세

니시자까의 입이
불을 뿜는다네
가보세
가보세

언제부터 일본 청년 니시자까가
한양 사대문 안
운종가 거리에 알려졌는지
언제부터
삼개나루
애오개 다 알려졌는지

강 건너 말죽거리 마동(馬童)들도
밥 싸들고
먼길 걸어
물 건너왔다

일본 청년 니시자까 사까도요(西坂坡豊)는

작달막한 키에
진한 머루 눈동자
코가 크고
귀가 컸다
일본 하오리 게다 아닌
양복 입었다 만년필도 꽂았다
풍선 타고
화륜선 타고
천진 상해 순회하며
동양평화 강조하였다 똘스또이 본받아 일본의 침략을 규탄하였다

보름 전 인천에 상륙
한성 일본인 거리에 투숙하였다
그저께
남대문 밖 연설회에서
사이고오 타까모리의 정한론(征韓論)과
일본 군벌의 대륙진출작전 결탁으로
조선은 풍전등화라고
장차
동양 각처를 유린하여
동양평화를 파괴하리라고 웅변하였다

1905년 11월 20일
종로 누각 밑

청중이 모여들었다
때마침
종로 철시 뒤 개시라
사는 사람 파는 사람도 손놓고 모여들었다

소생 니시자까는 일본사람이외다
소생의 조국 일본이
동양평화에 크게 기여하기를 고대합니다
그러나 일본은
이 같은 동양의 대사명을 저버리고
서양열강보다 더
동양평화라는 이름으로
동양을 지배하려는 야욕을 재촉하니
나는 저 토요또미의
조선 침략을 규탄하거니와
최근의 사이고오 정한론도 규탄하외다
조선인 제현이시여
대한제국 만백성이시여
일본의 침략을 막으려면
먼저 단결하여야 하외다
지푸라기는
한다발로 묶어야 섭니다
지푸라기는
지푸라기 한줄기로는 쓰러지고 맙니다

첫째도 단결이외다
둘째도 단결이외다
셋째도 단결이외다

오늘은 일본 전권대사 이또오 후작이
조선통감이 된 날입니다
이로부터 대한제국 국권은
일본제국이 맡았습니다

소생 니시자까는
동양평화를 위하여
이웃나라 대한제국의 주권을 위하여
이 한목숨
일본의 참회로 삼아 바치는 바외다

이 연설 마치자마자
누각 끝에서 투신 즉사하였다

황성신문은 「시일야방성대곡(是日也放聲大哭)」 실어내고
전국 각처에서 의병이 일어났다
한성에서는 자결로 피범벅이 되었다

남산 왜성대는

일본공사관에서 통감부로 바뀌었다
몇해 뒤
총독부로 바뀔 것이다

조선에서 자결한
일본의 양심
니시자까 사까도요!
국치(國恥) 오십년 백년
누가 이 양심의 비 세우지 않겠는가

한강 배다리

연산군 6년 10월 1일
영의정의 충고가 있었다
농사철 사냥을 삼가셔야 하옵니다

연산군 6년 10월 2일
한수(漢水) 건너
청계산 사냥 나섰다

멋져

봄에는 수(蒐)하고
여름에는 묘(苗)하고
가을에는 선(獮)하고
겨울에는 수(狩)함이니
10월이야말로 사냥철 아니뇨

군사 5만이
임금 사냥길 수행이다
징집군 3만
기타 2만
이 5만 일행
한강 건너는
배다리
배 8백 척

돌아오는 길 꿩 열두 마리였다
꿩불고기 야들야들하였다
녹수야
녹수야

세월 두남두어본다

연산군 11년 10월 25일
또 청계산 사냥길 나서는데
눈 내릴 조짐이라
과인 대신
정승인 그대가 가거라 하여
좌의정 박승걸과
5만 군사가 배다리 건너갔다

돌아오는 길 꿩 한 마리였다

상감마마께서 슬쩍 비아냥대셨다
정승의 위엄에다
5만 군사의 위엄에다
고작 한 마리 까투리라

이런 세월 있었다 있다 있으리라

그 석굴 소년

하늘 속 온갖 사람의 눈 하나하나 빛난다
하늘 아래
바닷속 투명하여라
바닷속 수많은 갓난아기 울음소리 들리는 듯
2백 30자 밑
2백 60자 밑
거기까지 다 보이는 바다
투명하여라
투명하여라

바다 위 이윽고 해가 진다
내일 다시 떠올라라
떠올라
내일 저녁 다시 지거라

아 동해 전체의 낙조!

뭍에서 오백리 밖
동해 난바다
금빛 불빛 낙조 파도 출렁거기에
에워싸인 섬
이제 막
숨쉬는 섬
울릉도

그 울릉도 태하석굴

낙조 속에서
태어난 아이가 있었다
어느새 소년이었다
신들려 밤에는 별들과 이야기하고
바람소리 잠들면
귀신과 사귀었다
배 타고 나간 고기잡이 돌아오지 않아
그 마누라 엉엉 울 때
아저씨는 살아 계셔요 하고 달래주었다
누구도 곧이듣지 않았다
9일 만에 그 고기잡이 살아서 돌아왔다

저녁 낙조 속
소년의 얼굴에는 어김없이 신들이 내려왔다
밤이 오면 귀신들과 사귀었다

귀신들린 놈이라고
미친놈이라고
소년은 끝내 마을에서 버림받았다
오징어도 못 잡는다고
노 저을 줄도 모른다고

오직 별하고 놀고
귀신하고 놀고
심부름도 잊어먹고
헌 책장 닳아빠지게
읽고 또 읽는다고
이 바다 복판
아무짝에도 쓸모없는 책 읽는다고
재수없는 아이라고
침 퉤퉤 뱉으며
오징어 덕장에 나타나지 못하게 했다

어머니는 슬펐다
아버지는 소년을 자주 때렸다
한밤중 돌아와
작대기로 잠든 소년을 때렸다
집 안에 귀신을 둘 수 없다고
끝내 소년은 쫓겨났다
어머니는 가죽옷 입혀주며 울었다
수레야
수레야
내 새끼 수레야
하고 울부짖었다

소년 수레는 산 위 움막에서 지내야 했다

여름밤 내내
각다귀 물리며
모기 뜯기며 지냈다

꿈속에서 세상 떠난 할아버지가 나타났다
꿈속에서
누워 있는 수레를 일으켜세웠다
생전의 검은 수염이
꿈속에서 하얀 수염 가슴팍까지 내려왔다

어서 저 위 석굴로 들어가거라
거기가 네 세상이다
거기
네가 실컷 읽을 책이 있다
증조할머니 조상
증조할아버지 조상
몇천대 조상들의 이야기가 씌어 있는 책
장차
몇만대 내일의 자손들 이야기가 쓰일 책
끝없이 읽어야 할 책이
너를 기다리고 있다
어서 들어가거라

꿈 깨었다

바다 낙조 절정!
그 불타는 바다
그 불타는 하늘을 쳐다보며
어머니
어머니
하고 불렀다

소년은 꿈속의 할아버지가 가리킨 석굴로 들어갔다

석굴 앞에 서자
소년의 넋은 전혀 달라졌다
온갖 귀신 사라졌고
온갖 헛것들 지워졌다
텅 빈 마음
텅 빈 백지의 넋이 되었다
몇만년 전의 기억과
몇만년 후의 예감으로 가득 찼다
바닷속 투명하여라
그 바닷속 어둠으로부터 수레의 넋이 새로 왔다

벼랑 위 소경부엉이가 날아올랐다

소년 수레는 석굴로 들어갔다
처음에는 엉금엉금 기어갔다

그다음에는 두 발로 걸었다
박쥐들이 날아올랐다
누군가가 이끌듯이 수레는 들어갔다
어떤 무서움도 불안도 없었다
새로움의 낯익음
낯익은 새로움

쿵

석굴 안 공간이 울렸다

쿵
쿵
쿵

어둠속 푸른빛이 스며 울렸다

쿵

거기 돌상
돌상 위
돌책이 있었다

쿵

꿈에 본 할아버지가 나타났다 사라졌다

그날부터 소년 수레는
돌책을 한장 한장 넘겨갔다
이로부터 석굴은
책 읽는 소리로 우렁우렁 차올랐다

그날부터 소년이 한장 한장
무거운 책장을 넘길 때마다
이야기 하나하나가
무겁게 넘어갔다
세상의 삶들
세상의 희로애락들
세상의 온갖 사연들
세상의 죽음들
세상의 온갖 유정(有情) 무정(無情)의 사연들
그 이슬 같은 이야기들 하나하나
그 구름 같은 이야기들 하나하나
그 꽃 같은
그 홍수 같은
그 태풍 같은
그 산들바람 같은
그 울음과 웃음 같은 이야기들 하나하나

덧없어라
덧없어라
그 덧없음으로 영원한 본성의 화신들 하나하나가
책장을 넘길 때마다
훠이훠이 넘어갔다

차츰 돌책 책장이 가벼워졌다
나비 날개
잠자리 날개
아 떨어지며 춤추는 잎새로 가벼웠다

석굴에는 세상의 시간이 없었다
가을인지 아닌지
눈보라 속
섬 전체가 절규하고 포효하고 통곡하는
그 겨울이 왔는지 갔는지
다음해 봄이 와서
두메양귀비꽃이 피었는지 졌는지
몇해가 지났는지 몰랐다

세상 밖에서는
한해가 갔다
한해가 왔다
백년이 갔다

백년이 왔다
천년이 갔다

그대로 하여금 이 세상의 낙조 가득히
이 세상의 길고 긴 이야기 다함 없느니
오늘밤도 그대 따라가는
만인의 삶 이야기 삶과 죽음 이야기 그칠 줄 모르리

지금 세상 밖은 온통 머리 푼 바람 속

영겁의 소년 수레여 다할 줄 모르는 영겁의 돌책이여 돌노래여 돌이야기들이여

| 발문 |

『만인보』 완간에 부쳐

임형택

『만인보』는 이제 27~30권이 나옴으로써 드디어 완성을 보게 된다. 이 연작시편 『만인보』는 작자 자신이 "내가 이 세상에 와서 알게 된 사람들에 대한 노래의 집결"이라고 밝혔듯, 오만 사람들의 얼굴을 그려놓은 대규모의 사진첩인 셈이다. 작자 스스로 이 세상에서 '알게 된 사람들'과의 만남을 사적인 것이 아닌, 궁극의 공적인 것임을 각성하는 데서 『만인보』는 시작된 것이다. "이 공공성이야말로 개인적인 망각과 방임으로 사라질 수 없는 것이며, 그것은 삶 자체로서의 진실의 기념으로 그 일회성을 막아야 한다."(1권 '시인의 말') 그의 만남들은 물론 직접적인 경우가 많겠으나 견문과 지식의 확장을 통해서 고금을 종횡하고 있다. 『만인보』의 작업은 실로 '사람에 대한 끝없는 시적 탐구'이자 '시적 역사 쓰기'에 값하는 것이었다.

『만인보』가 우리 앞에 처음 선을 보인 것은 1980년대의 중반이었다. 당시 전두환이 주도한 신군부의 득세로 군부독재가 연장된 암울한 상황이었지만, 민주화의 열기는 용암처럼 밑에서 끓어오르고 있었다. 이즈음에 『만인보』 첫 세 권을 대면해서 경탄해 마지않던 기억이 나의 뇌리에 또렷하다. 시인은 바로 1980년 여름 신군부 세력에 의해 내란음모 및 계엄법 교사의 죄명으로 육군교도소 특별감방에 수감되어 있었던 바 그 감방에서 구상을 했다는 것이다. "살아서 나간다면 몇가지 일 중 먼저 『만인보』에 매달려보겠다고."(16권 '시인의 말')

『만인보』는 당초 구상한 지 30년, 첫 선을 보인 지 25년이 경과한 지금에 전체로 성사가 되는 것이다. "다른 일들에는 안장 없는 생말등을 타고 내달린 자취였는데 오로지 이 『만인보』 일만은 석양머리 나귀를 타고 끄덕끄덕 걸어오는 셈으로 턱없이 완만하였다"(21권 '시인의 말')는 시인의 고백이 있다. 다분히 수사적이지만 '안장 없는 생말등을 타고 내달린 자취'라는 표현은 고은의 그 자유분방한 인간과 문학에 체감을 가진 사람이라면 누구나 아주 딱이라고 박수라도 칠 듯싶다. 그런데 정작 『만인보』 작업은 '석양머리에 나귀를 타고 끄덕끄덕 걸어오는' 모양이었을까? 노년의 일이었다는 점에서는 맞다. 허나 결코 끄덕끄덕 걸어오는 한만한 걸음은 아니었다. 워낙 대공사여서 서두르지 않고 완급을 조절했을 따름이다. 30년 세월이 소요된 『만인보』 30권은 실로 고은의 문학인생에서 필생의 노작이요 대표작이라고 말해도 좋을 것이다.

미국의 시인 로버트 하스는 『만인보』를 논평하여 '20세기 세계문학사상 가장 비범한 기획의 하나'라고 했다는데 결코 과장된 찬사나 허투루 하는 수작이 아니라고 여겨진다. 이에 견줄 만한 사례가 동서고금에 흔치 않기 때문이다. 나는 이 '비범한 기획'을 완수한 시인에게 먼저 축하를 드리며, 아울러 문학사가의 입장에서 기뻐해 마지않는다. 그리고 차분히 제기할 문제가 있다. 『만인보』는 과연 세계문학의 차원에서 어떻게 평가할 수 있는 것인가? 또한 한국문학사에서 어떤 위상을 갖는 것인가? 냉정하게 말해서 '비범한 기획'이 '비범한 성과'로 등치되는 것은 아니지 않는가. 기획과 성과는 무관할 수 없겠으니 지금 분명히 말할 수 있는 바 『만인보』 30권은 비평가·연구자들 앞에 던져진 엄청난 과제이다. 앞으로 이에 대한 연구·평론, 그리고 주석 작업까지 기다려진다.

『만인보』의 완간에 붙이는 이 글에서 나는 시인의식 내지 창작론에 해

당하는 언급을 하려고 한다. 지하수맥에서 시원한 물이 샘솟고 엄동설한을 겪은 대지에 저절로 풀이 돋고 꽃이 되는 그런 천기가 『만인보』에는 작동하는 것 같다. 하지만 그냥 '천기자발(天機自發)'이 아닌, 시인의 고뇌에서 우러난 창조의 묘법이 거기에 내재해 있다. 그 단면이나마 헤쳐내고 싶다. 『만인보』에 접근하는 시각 내지 독자들을 위한 안내의 말이 되었으면 하는 것이다.

"나는 이제 서구시의 외세로부터 해방된 것이다. 이 말 한마디에 내 긍지의 전부가 들어 있다."(1권 '시인의 말') '긍지의 전부'라는 어조에서 민족주의의 뜨거운 입김이 느껴진다. 우리 시의 독립선언인 셈인데, 서구시의 속박으로부터 풀려난 다음에 시가 갈 길은 어디인가? 회고적 안주라거나 오리엔탈리즘 따위가 아닌 것은 말할 나위 없었다. 시인 고은은 문학이란 무엇인가, 시와 인간의 관계는 어떠해야 하느냐는 근본적인 물음을 던지고 스스로 고민해오던 터다. 그리고 "시의 원천인 시의 외부에 대한 갈애(渴愛)"(16권 '시인의 말')를 부단히 해왔으니, 시인의 심혼을 사로잡고 있는 것은 사회현실이고 인간의 삶의 역사였다고 보아야 할 것이다. 근대시에 대한 반성은 근대 자체에 대한 회의이기도 하다. 그것은 투철하게 근본적이지만 뜨겁게 현실적이다. 그리하여 탐구한 시학의 길은 과연 어떤 것이었을까? 다름아닌 『만인보』로 실천한 길이다. 이 대목에서 나는 특히 두 가지 점을 주목하는데 하나는 시와 소설의 근대적 경계를 의도적으로 월경한 사실이다.

『만인보』의 기획은 문학의 상식에 비추어 소설적인 것이다. "빠리의 호적부와 겨루겠다"던 저 유명한 발자끄의 호언장담은 근대소설의 위대한 리얼리즘으로 성취된 것이 아닌가. 그런데 『만인보』의 시인은 그 발자끄상(像) 앞에 서서 "당신이 내가 한국의 만인들을 그려내는 박물관적인 혹은 천장화의 단청(丹靑)과도 같은 작업을 비록 귀신으로나마 도와주기 바라오"라고 되뇌었다는 것이다. 그러고서 덧붙인 말이 있다. "왜 당신(발자끄)은 그렇게 빨리 문학의 세상을 떠나버렸소. 당신의 단명을 내가

보충하겠소."(13권 '시인의 말') 시인 고은은 근대소설의 리얼리즘은 조기 사망한 것으로 진단하고 있다. 이미 '문학의 세상'을 떠난, 근대소설의 리얼리즘을 시적으로 변용하겠다니 그건 정녕 '비범한 기획'임에 틀림없다. 그렇다고 고대의 영웅서사시를 호명하는 식은 아닐 것이다. 전근대사회에서 이런저런 양상으로 존재하던 이야기시들, 혹은 서사시들 가운데 『만인보』의 연원을 찾아보면 더러 잡히는 대목이 있다. 특히 수용폭이 거의 무제한이었던 한시의 경우 서사한시의 형식이 『만인보』로 이어졌다고 말해도 망발은 아니며, 한편 사람과 사람의 만남을 소중히 기억해서 연작으로 엮어낸 회인시(懷人詩)는 『만인보』와 기맥이 통하는 듯 여겨진다. 이런 연원관계를 탐색하는 작업은 그것대로 의미 있는 일이긴 하겠지만, 『만인보』 세계의 본령을 설명하지는 못한다고 본다. 『만인보』는 대단히 반역적·해체적인 것이기 때문이다. "선악과 미추의 차별은 지배논리를 털어낼 때에만 정당하다"(16권 '시인의 말')고 천명했듯 윤리적·미학적으로 반역을 획책한 것이다. 또한 "내일의 인간은 끝내 어제의 인간으로 돌아가고 만다"(13권 '시인의 말')는 깨달음에서 온 그의 윤회적 시간관은 현재에 매몰된 상태를 지혜롭게 극복하고자 하는 변증법으로 해석이 가능하며, 거기에는 생생(生生)의 항상성으로 향한 발원이 담겨 있다. 이처럼 시와 소설의 근대적 경계를 넘어서기 위한 공작을 시로 수행하자면 당장 부딪히는 난점은 시의 문법이다.

우리에게 익숙한 (서정)시는 1인칭 주관 진술의 방식을 취하는 것이다. 『만인보』의 경우 특성상 시적 화자를 1인칭으로 써나가기는 아무래도 곤란하다. 3인칭을 쓰는 것이 불가피한 노릇이라고 할 수 있다. 때문에 "1인칭의 2인칭화를 꿈꾸는 내적 대화의 실험"(같은 글)이라는 시인의 독백이 나오기도 했다. 그런데 이 사안은 시적 화자를 어떻게 처리하느냐는 인칭 문제로 그치는 것이 아니다. 문제의식이 근대시에 대한 발본적 반성과 연계되어 있다. "근대시의 주어(主語)로서의 '나'"에 대해 시인은 굉장한 의미를 부여한다. "시 속의 '나'야말로 네발짐승이 두발 직립인간이 되어 땅 위에 일어선 것만큼이나 하나의 감격적인 사건이다. 세상이 그것으로 비로소 달라지는 것이다."(16권 '시인의 말') 근대시의 자아확립의 의미를 극대화하여 인간의 역사에서 직립보행의 출발에 비유하고 있다. 그야말로 시 지상주의인데 그에 비례해서 시가 갖는 사회개조적 의미를 중시하는 점이 고은 시학의 특성이라 하겠다.

이처럼 중차대한 근대시의 자아 문제는 실상이 어떤 형편이었던가? 시인은 판단하기를 "식민지시대에 이은 분단시대 역시 한층 더 자아의 역경"이었고 "'나'를 죽여서 '나'는 아슬아슬히 살아왔다"는 것이다. 그런 까닭에 한국시는 많은 경우에 "1인칭의 굴레를 못 벗어난 그대로 잃어버린 자아에의 비애"를 안고 있는 한편, "타자에 대한 선무당에 가까운 모방"으로 나가기 십상이었다고 시인은 탄식한다. 그리하여 시적 자아에 대한 반성적 발언이 나오는데 "인간과 세계에 대한 서사구조의 상상력과 인간의 자아발견에 반드시 전제되는 정신의 '외부성(外部性)'이 없는 상태의 '나'라는 화자는 허깨비이다"라는 주장이다. 이에 도입한 것이 '3인칭의 새로운 화자'다. "3인칭은 1인칭과 2인칭의 이질이 아니라 그것의 내적 융합의 의미"라고 해명한바 곧 『만인보』를 써나간 문법이다.

다시 명확히 해두자면 시인의 한국근대시에 대한 문제제기는 한국 근대에 대한 문제제기와 직결되어 있다. "근대가 자아의 해방을 이루어낸 창조의 시대인가를 따질 때, 근대는 자아를 억압하는 통제의 폭력을 행사한 연대기"라고 근대 자체를 통렬하게 비판한 것이다. 이렇듯 상처투성이의 근대, 비틀린 근대에 대항한 시적 경륜이 다름아닌 지금 이 『만인보』이다. 시인의식은 "근대를 재근대화할 것과 근대적 자아를 반성함으로써 '자아의 새로운 타자'를 추구하지 않으면 안될 것이다"(같은 글)라는 그 자신의 언표에서 선명하다. '재근대화'란 무슨 의미일까? 탈근대의 논리에서는 나올 수 없는 개념이다. 근대를 바로 세워야 한다는 열망에 근대를 극복하려는 의지를 포괄한 듯싶다. 옛날이 오늘이고 먼 훗날이 현재가 되는 윤회적인 시간에 삶의 무수한 구체성이 펼쳐지는 공간에서 생생의 지속가능한 발전이 그려지는 그런 것은 아닐까.

시인은 이번 27~30의 네 권으로 대역사(大役事)를 마무리 지으면서 "만인보 25년//이 바람 치는 여덟 바다에 그물을 펼쳐두었다(張羅八海)./이제 그 그물을 뉘엿뉘엿 걷어올린다."(27권 '시인의 말')고 사뭇 유장하게 감회를 표출하고 있다. 십년이면 강산도 변한다는데 그 사이에 세기 전환과 함께 세상은 얼마나 달라졌던가. 바깥에서는 사회주의권의 몰락으로 냉전체제가 해체되는 세계사적 변화를 겪었거니와, 안으로 군부독재의 퇴장과 함께 민주화가 진행되면서 갈등이 일어나고 역풍을 맞기도 했다. '바람 치는 여덟 바다'에서도 『만인보』는 흔들리지 않고 드디어 닻을 내리게 된 것이다. 시인 스스로 "『만인보』를 시작한 80년대 중반의 눈으로만 이 일을 마쳤다면 그 시기의 얼얼한 인식한계를 무시로 넘나들기 어려웠을 것"(16권 '시인의 말')이라고 술회했듯 시간의 진행에 따른 인식의 변화 및 자기 확충이 없지 않았을 터이다. 그러나 초발심을 오롯이 지켜 원래 잡은 기획을 꾸준히 밀고 가서 대미를 이룬 것이다.

이 『만인보』를 마무리 짓는 네 권은 1980년 5월의 광주에 집중해서 엮어진다. 신군부의 폭력적인 정권 탈취에 맞서 싸운 5·18 민주화운동에 초점을 맞춘 것이다. "1979년 다음해를/1980년이라고 부르지 말자/그해라고만 말하자"(「이빨 두 개」, 27권)고 부르짖을 정도로, 1980년 5월은 시인에게 있어서 혐오의 시간대이다. 그렇기에 또한 시인의 뇌리에 특별한 의미로 각인된 시간대이기도 했다. 그때 시인 자신 '내란음모'라는 무시무시한 죄명으로 수감되어 있었던바 '내란'이란 다름아닌 광주의 이 사태를 가리킨다. 시인은 특별감방에서 눈앞에 어른거리는 죽음의 그림자를 지우며 『만인보』를 구상했던 것이다. 1980년 5월의 광주는 『만인보』의 원점이면서 종착지라고 말해도 좋다.

『만인보』는 긴 세월에 이리저리 시공을 비행하여 마침내 이 종착지에 다다른 것이다. 당초에 "우선 내 어린 시절의 기초환경으로부터 나아간다"(1권 '시인의 말')는 시인의 말 그대로 고향 사람들을 추억하다가 7권에 와서 비로소 고향의 산야를 벗어나 1950년대를 편력하여 12권에 이르렀으며, 13~20권은 1970년대 사람들을 묘사하더니 위로 올라가 한국전쟁 시기의 인간군상을 점호했다. 21~23권에서 1960년대 초 4·19와 5·16의 인간군상을 그리다가 24~26권으로 와서 신라에서 근세까지 불승들의 행적을 들추고 있다. 이 대목은 일찍이 불교에 귀의했던 그 자신의 향념을 담은 것이기도 하지만 『만인보』의 전체로 보면 종착지로 넘어가기 위한 숨고르기였던 셈이다.

이처럼 『만인보』는 시순에 따라 정연하게 전개된 형태를 취하지 않고 있다. 방금 구분지어본 것 역시 대략의 현황일 따름이요, 실제로 각권 내에서 고금을 종횡하여 불쑥불쑥 끼어든 사례가 허다하다. 학술적인 책에 견주어 말하면 잡다하고 혼란스럽기 그지없다. 이 점을 어떻게 보아야 할까? 시인은 정해진 틀에 얽매이는 것은 사법(死法)이라고 치부한바 시 창작 자체가 '해방 행위'로 되어야 함을 확신한 때문이다. 『만인보』는 창조의 혼돈으로 무질서의 질서가 약여한 그런 것이다.

『만인보』 전30권은 마지막 네 권으로 와서 시인 특유의 예술적 개성이 더욱 잘 살아나는 듯하다. 26권에 이르기까지 원숙해질 대로 원숙해진 필치는 어느덧 입신의 지경에 들어선 느낌이다. 시가 '해방 행위'임을 내용과 형식을 아울러 실감케 하는 것이다. 여기서도 전과 마찬가지로 시대와 성격이 서로 다른 사람들의 이야기가 심심찮게 끼어들어서 읽는 재미를 배가해준다. 27권의 첫머리에 나오는 시 제목이 '단군'이고(미혼모가 길거리에서 낳은 아기를 단군이라고 명명한 사연) 이어 「세종」을 만나기도 하며, 박지원의 시종으로 『열하일기』에서 조역을 담당한 「창대 장복」(29권), 정약용의 제자로 일찍이 해양에 관심을 돌린 「이강회」 등이 눈길을 사로잡는다. 일제하로 와서 「백씨」(28권)는 이광수의 조강지처인데, "백씨 혼자 버림받아/그 배신의 세월/한 조국/한 겨레의 배신을 누누이 바라보았다"고 노래하여 독자의 마음을 섬뜩하게 만든다. 가까운 시기로는 박중빈·문선명 같은 종교계의 거물이 등장하는가 하면 최근의 일로 노무현 대통령의 죽음이 '봉하 낙화암'(27권)이란 제목으로 그려져 있다.

물론 이 네 권에서 시인의 최대의 고심처요 창작적 기량 또한 최고로 발휘된 곳은 『만인보』 전체의 종착지인 5·18 광주이다. 그것은 시대의 증언이자 역사의 기록이다. 잔혹한 만행, 처참한 정황의 풍부한 증언으로 그치는 것이 아니고 무수한 개체들의 삶의 진실에 분노와 격정, 애환, 간간이 웃음까지 깃들어 있다. 하나의 사례로 「김중식」과 「윤숙자」(27권)를 들어보자. 김중식은 장흥 사람으로 광주로 올라와서 살다가 5월 21일 도청 앞에서 행방불명이 되어 망월동 무연고자 가매장 묘지에서 썩은 송장으로 발견되었다. 이런 무명 인물의 일생을 서사시 형식으로 엮었을 뿐 아니라, 그의 아내 윤숙자에게도 자상한 시선이 미쳐서 "무슨 놈의 여편네가/남편 죽었는데/울음도 모른당가/독한 년이여/독한 년이여 욕해도" 그녀는 두 딸을 키우기 위해 생활전선에서 팔을 걷어부치다가 밤이면 "딸내미들 잠든 밤/실컷 울었다 마구 울음 풀어놓았다"(「윤숙자」)고 읊는다. 서사적 진술에서 객체인 '너'와 주체인 '나'는 3인칭 속에 이미 용해된 상태다. 이처럼 이름 없는 사람들의 얼굴도 부각됨으로써 5·18 광주의 역사는 그의 육체성을 풍부하게 얻은 것이다. 문학의 진면목이 무엇인가를 실감케 하는데 『만인보』의 세계문학적 의미 또한 다른 어디보다도 여기서 찾을 수 있지 않을까.

옛날 어떤 문인이 국문소설을 짓다가 일이 생겨서 중단하고 초고를 묶어 두었다. 하루는 꿈에 그 작중의 주인공이 나타나서 "사람을 어찌 곤경속에 빠뜨린 채 구해주지 않느냐"고 하소연하여, 부랴부랴 마무리를 지었다 한다. 소설의 가공적인 인물도 이렇거늘, 시인과 만남의 인연을 가진 『만인보』의 무수한 사람들, 그중에는 풀지 못한 원한을 지닌 이들도 적지 않으니 30년의 긴 세월 시인은 얼마나 재촉을 받고 소리 없는 아우성을 들어야 했을까. 이제 무거운 짐을 벗은 듯 마음이 한결 홀가분해졌지 싶다.

『만인보』는 총 30권으로 우리 앞에 역사의 실체가 되었다. 『만인보』가 한국의 근현대, 한국시에 던진 문제제기를 우리는 묵살하거나 비껴가서는 안될 것이다.

林熒澤 | 성균관대 명예교수

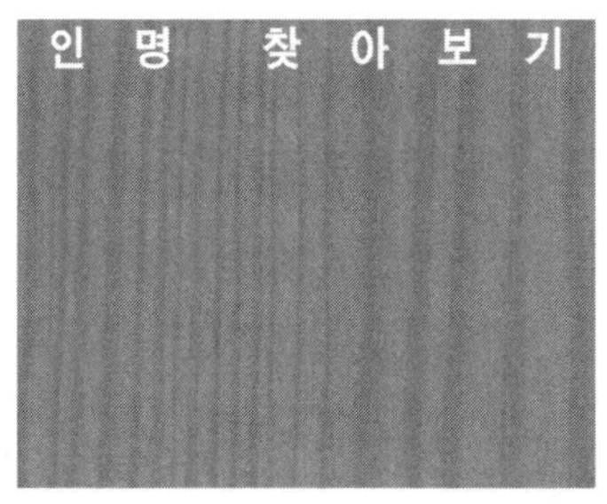

* ○ 안 숫자는 권 표시

ㄱ

ㄴ

ㄷ

ㄹ

ㅁ

ㅂ

ㅅ

ㅇ